時間是不是能夠暫停，停止在我們相愛的那一刻，你不曾離去，我不被遺忘。

倒數三百天

Countdown to the day

煙波——著

出·版·緣·起

三百六十度全媒體出版

城邦原創創辦人　何飛鵬

當數位變革浪潮風起雲湧之際，做爲一個紙本出版人，我就開始預想會不會有數位原生內容出版社出現？如果會的話，數位原生出版會以什麼樣貌出現？而我又將如何面對這種數位原生出版行爲？

就在這個時候，我看到了大陸的起點網，這個線上創作平台，聚集了無數的寫手，形成數量龐大的創作內容，無數的素人作家在此找到了夢許之地，也成就了一個創作與閱讀的交流平台，而手機付費閱讀的習慣養成，更讓起點網成爲全世界獨一無二、有生意模式的創作閱讀平台。

基於這樣的想像，我們決定在繁體中文世界打造另一個線上創作平台，這就是ＰＯＰＯ原創網誕生的背景。

做爲一個後進者，再加上我們源自紙本出版工作者，因此我們在ＰＯＰＯ上增加了許多的新功能，除了必備的創作機制之外，專業編輯的協助必不可少，因此我們保留了實體出版的編輯角色，讓有心成爲專業作家的人，能夠得到編輯的協助，我們會觀察寫作者的內容、進度，選擇有潛力的創作者，給予意見，並在正式收費出版之前，進行最終的包裝，並適當的加入行銷概念，讓讀者能快速認識作者與作品。這就是ＰＯＰＯ原創平台，一個集全素人創作、編輯、公開發行、閱讀、收費與互動的一條龍全數位的價值鏈。

經過這些年的實驗之後，ＰＯＰＯ已成功的培養出一些線上原創作者，也擁有部分對新生事物好奇的讀者，不過我們也看到其中的不足—我們並未提供紙本出版服務。眞實世界中，仍有許多作家用紙寫作，還有更多讀者習慣紙本閱讀，如果我們只提供線上服務，似乎仍有缺憾。

爲此我們決定拼上最後一塊全媒體出版的拼圖，爲創作者再提供紙本出版的服務，讓所有在線上創作的作家、作品，有機會用紙本媒介與讀者溝通，這是ＰＯＰＯ原創紙本出版品的由來。

如果說線上創作是無門檻的出版行爲，而紙本則有門檻的限制，線上世界寫作只要有心，就能上網、就可露出，就有人會閱讀，沒有印刷成本的門檻限制。可是回到紙本，門檻限制依舊在。因此，我們會針對ＰＯＰＯ原創網上適合紙本出版的作品，提供紙本出版的服務，我們無法讓所有線上作品都有線下紙本出版品，但我們開啓一種可能，也讓ＰＯＰＯ原創網完成了「三百六十度全媒體出版」的完整產業及閱讀鏈。

不過我們的紙本出版服務，與線下出版社仍有不同，我們提供了不同規格的紙本出版服務：（一）符合紙本出版規格的大眾出版品，門檻在三千本以上。（二）印刷規格在五百到二千本之間的試驗型出版品。（三）五百本以下，少量的限量出版品。

我們的宗旨是：「替作者圓夢，替讀者服務」，在作者與讀者之間搭起一座無障礙橋梁。

我們的信念是：「一日出版人，終生出版人」、「內容永有、書本不死、只是轉型、只是改變」。

我們更相信：知識是改變一個人、一個組織、一個社會、一個國家的起點。讓想像實現、讓創意露出、讓經驗傳承、讓知識留存。我手寫我思，我手寫我見，我手寫我知，我手寫我創，變成一本本的書，這是人類持續向前的動力。

我們永遠是「讀書花園的園丁」，不論實體或虛擬、線上或線下、紙本或數位，我們永遠在，城邦、ＰＯＰＯ原創永遠是閱讀世界的一顆螺絲釘。

楔子

「石智瀚，阿言跟別人打架了啦！」

石智瀚正坐在教室裡乖乖地寫作業，由於來自國外的母親看不懂中文，無法課後教導他，所以得利用空檔趕快寫一寫，如果有不懂的問題可以馬上請教老師。

一聽見外頭傳來的話聲，石智瀚立刻丟下作業跑了出去。操場邊的草地上，周哲言已經跟人扭打成一團，誰也不敢出面阻止，直到老師過來，這場鬥毆才畫下休止符。

「阿言，你幹麼跟別人打架？」放學後，石智瀚走在周哲言身邊，背著書包，兩人手裡握著石母買給他們的冰棒。

學校老師聯絡不到周哲言的爸爸，又無法從周哲言的口中問出半句話，最後只能寫家庭聯絡簿，算是把事情交代過去。

周哲言臉上掛彩，一直不願意開口，此時終於敞開心房，說出與人起衝突的原因，「他罵我是沒有媽媽的野孩子！」

石智瀚左思右想，看了一眼自己的媽媽，拍拍胸口，「沒關係，我媽媽也可以當你媽媽，以後你就是我弟弟。」

周哲言想了想，「不要，我要當哥哥。」

聽著兩人的童言童語，石母不禁莞爾一笑。

這一年，他們小學三年級。

✦

「阿言，我媽媽要改嫁了。」

小學畢業那天，周哲言邀請石智瀚到他的新家玩。跟著周哲言走進大門，石智瀚發現新居的坪數占地廣大，跟周哲言以前的家比起來，簡直像是座城堡。

那時候他還不懂什麼叫做園林式建築，只知道周哲言帶著他走過彎彎曲曲的走廊，最後來到了一處花園。

小學三年級之後，只要有人敢再說周哲言是沒有媽媽的小孩，石智瀚就會搶在周哲言反應過來前挺身而出，大聲駁斥對方，「誰說的，他有媽媽！」

幾次下來，漸漸沒有人再提起這件事。

兩個個頭已經拔高的男生坐在花園裡的長椅上，周哲言遞給他一瓶飲料，「你覺得不高興嗎？」

石智瀚接過飲料，搖搖頭，「我根本沒有見過我的親生爸爸，所以沒什麼感覺，只是有點擔心……我媽要嫁的那個男人，會不會不喜歡我？」

周哲言想了會兒，「我不知道，但如果他不喜歡你，你來我家好了，就像你的媽媽是我的媽媽，我的家也是你的家。」

石智瀚認眞思考後回答，「我還是想要跟我媽住在一起，我媽嫁給他後，如果那個男人敢對她不好，我就揍他！」

周哲言煞有介事地點頭，「好，如果他對你媽不好，你儘管跟我說，我找人跟你一起揍他！」

石智瀚覺得很有道理，用手上的飲料向周哲言乾杯，應和道：「好！」

這一年，他們十三歲。

✦

「呼……呼……」石智瀚跟周哲言躺在河堤邊上，兩人身上都帶著瘀青跟擦傷。

「這樣就沒問題了吧？」石智瀚開口，「這間學校的老大就是你了。」

周哲言聞言一笑，拉扯到臉上的傷口，疼得他嘶嘶抽氣，「你想要當老大的話，這位子也是可以讓給你啊。」

石智瀚大笑幾聲，「不要，沒興趣。」

兩人繼續躺了一會兒，突然間，石智瀚像是想起什麼，立刻從口袋裡拿出手機一瞧，螢幕上顯示三通未接來電、　封簡訊。

石智瀚點開了那封簡訊。

「媽媽病危，速來醫院。」

簡訊後面還附上了一串地址。

是他繼父傳來的。

石智瀚看到簡訊猛然跳起來，拔腿奔向馬路邊，周哲言見狀，也起身緊追在後，等到兩人攔住計程車搭上去後，石智瀚顫抖地把那封簡訊遞給周哲言看，狹小的車內頓時瀰漫著沉重的氣氛。

兩人到了醫院，急切地趕到病房，石母懸著一口氣躺在病床上，虛弱得宛如風中殘燭。

「媽！」石智瀚坐在床邊握住了母親的手，不知道自己該說什麼。

明知早晚會有這一天的到來，卻仍令他不知所措。

石母勉強抬了抬嘴角，氣弱游絲地開口：「讓我跟智瀚單獨說點話，好嗎？」

周哲言跟石智瀚的繼父一起走出病房。

石智瀚已淚盈於眶。

石母看著他，心中千頭萬緒，想交代的事情很多，但時間所剩不多，只能叮嚀他最重要的那件事。

「你很善良、很重義氣，跟阿言很要好，可是，他們家是黑道……」石母欲言又止，重重地喘了幾口氣，想說的話梗在喉頭，她慢慢抬起手，摸了摸石智瀚臉上的瘀青，「答應媽媽，不要加入黑道。」

石智瀚重重地點頭，眼淚啪嗒啪嗒地往下掉，「我答應妳！」

當天晚上，石母過世了。

這一年，他們剛從國中畢業。

第一章

距離大學指考只剩下三百天。

三百天說長不長、說短不短，足以發生許多事情。

比如說，每年都有黑馬，只衝刺三個月就能考上國立大學，因此老師總是孜孜不倦地勉勵大家現在努力還來得及，甚至開玩笑說現在大學生比狗多，不考上間國立大學，簡直比狗還不如。

又比如，去年有位成績普通的學長，在高三那年忽然發現自己有原住民血統，多了加分資格，本來從比狗還不如，一下子變成人生贏家，據說後來考上了政大。

這些情況雖然少見，但多少還能理解；然而，有時也會發生一些匪夷所思的情況，像是現在。

石智瀚看著面前的這個人，想了好一會兒，才懶洋洋地問：「妳是今天早上出門的時候，腦子被門夾到了？」

少女笑咪咪地豎起手指搖了幾下，「沒有，我身體健康，心智正常。」

「那麼妳一個資優生說要蹺課，是哪條神經接錯了？」他的口氣裡帶著一點漫不經心，注視著她，像是想從少女的臉上找出答案，「還有，妳要蹺課，關我屁事？」

就算他不關心成績，也不知道面前這人的名字，但少女連續兩年每次考試都是校排第一，時常上臺領獎，他瞎了才認不出來。

石智瀚的眼神上下打量著少女，對方有張瓜子臉、柳葉眉及一雙水靈大眼，一頭長髮束成馬尾，薄弱的身板彷彿風一吹就會飛走，制服紮進裙子裡，是標準的好學生裝扮。

「第一次蹺課，當然要找最擅長的人帶我。」她理所當然地說，頓了下，繼續道：「雖然你成績吊車尾，但你可是這所學校的老大，翹課對你來說想必是家常便飯，你一定有辦法帶著我蹺課。身爲老大，可別說連這點小事你都辦不到。」

石智瀚單手支頤，忍不住笑了，想看看這人到底打些什麼算盤。

少女迎上他的目光，侃侃而談，「我是個自我要求很高的人，你看我每次校排名列第一就知道，我凡事追求完美，不能容許任何差錯，所以就算是蹺課，也要蹺得很漂亮，鑽狗洞什麼的我可是不做的。」

石智瀚微抬眼簾，「喔，我明白了。但是，我爲什麼要幫妳蹺課？妳有毛病就算了，還拉上我跟妳一起發瘋？」他指著寫在黑板上的指考倒數日，笑著說：「我也是要考大學的。」

石智瀚聲音不大，但他的話音一落，原本吵鬧不休的教室瞬間靜默，所有人滿臉不可思議地轉頭看向石智瀚，呆愣了三秒後，傳出一陣竊竊私語。

「老大說他要考大學欸！」

「你知道他上次模擬考的分數嗎？平均一科拿十分。」

「可以了啦，五十分就有大學可以念了。」

石智瀚的目光淡淡地掃過那些人，吵雜的教室再次安靜下來。

少女表示理解地點頭，仰起下巴，「既然我們都有各自想追求的目標，不如你幫我蹺課，我教你功課？」

石智瀚往後靠上椅背，把一雙長腿擱在桌上，用一種不疾不徐的口氣說：「不需要，我不跟好學生浪費時間。」

少女依舊從容不迫，目光看似不經意地環顧四周，最後注意到散落在附近課桌上的某樣東西，腦中靈光一閃，「你不同意，可我也不會輕易放棄，既然如此，我們就用那個一戰定勝負。」

石智瀚順著她的視線看過去，「打麻將？好啊，妳贏了我聽妳的；我贏了也沒別的要求，妳滾就可以了。」

距離社團時間結束只剩下半個小時，兩人協議以三戰兩勝來決定勝負。

少女姿態從容，把手上的牌逐一看過。

石智瀚笑咪咪地看著她，語氣帶著一種提不起勁的懶散，「放心吧，我的場子絕對光明正大，輸贏各憑本事。」

圍觀的人群中，有人忍不住吱聲：「眞的，老大一向願賭服輸，雖然老大好像沒有輸過。」

少女聽到只是淺淺一笑，對著石智瀚說：「我覺得要賭就賭大的，省得我們兩個浪費時間。這樣吧，如果你贏了，我就充當你的軍師，就算要我配合作弊，我也二話不說，除了體力活的部分幫不上忙，其他事我都能幫你出謀劃策。但是，如果我贏了，你得當我的小弟，以後我說什麼你就做什麼。」

眾人一陣靜默。

這是上門來踢館了？

石智瀚聽見這話，總算端正了眼神，看了她幾秒笑起來，「好啊，那妳要是輸了呢？眞會遵守諾言？」

少女抬起下巴，「那是當然。」

說實在話，石智瀚從頭到尾都沒相信過少女，只當作是一場笑話。身為放牛班的學生，總是堅定地認爲好學生都是跟老師站在同一邊的，說不定少女其實是教官派來測試他的暗探，只要他一答應帶她蹺課，教官就會在圍牆外等著逮住他。雖說他從來沒在意過教官，但是也犯不著自投羅網。

「你有沒有紙筆啊？」她轉頭問剛剛吱聲的人。

那人立刻把紙筆遞上來，「請用。」

少女低著頭在那張紙上飛快寫下幾行字。

旁邊的人開始議論紛紛，說什麼假如有個資優生當後盾，他們還會畏懼那幫狗眼看人低的老師嗎？動物都有動物保護法了，放牛班就不能有人權嗎？

有人忍不住了。

「老大，答應她吧。」

「老大，我們也不是完全不想念大學的。」

「其實我一直想去美國NASA研究外星人。」

石智瀚無言地看了一下那個說想研究外星人的傢伙。

少女自然不會錯過他們的七嘴八舌。

「如果你贏了，我願意每週過來幫大家補習功課。」她大方地說，目光從眾人的臉上淡淡掠過，「當然，前提是你得先贏過我。」

少女這一招玩得高明，石智瀚瞥了眼她泰然自若的神情，雖然還猜不出她這麼做的動機，不過他隱約察覺到少女心中另有盤算。

她到底想做什麼？

石智瀚起了瞭解的興致，一口應允：「好。」

「很好，既然你答應了，那就簽名畫押吧。」少女把手裡的那張紙遞給石智瀚。

石智瀚接過一看，上頭不僅寫明了她剛剛提出的賭約內容，還把自己的名字先簽上了。

「我們先小人後君子，以此爲憑，不然要是你最後翻臉不認帳，那我不就虧大了。」少女聳聳肩，一副無可奈何的模樣。

石智瀚笑瞇了眼睛，隨即斂起笑容，聲音不若方才戲謔，「妳想清楚了？賭約立下了就沒有反悔的機會。」

石智瀚一改原先不情不願的態度，少女有些驚訝於他的轉變，但想法仍然不變，「那當然，不然我幹麼主動寫下這紙合約？」

「好。」石智瀚看著少女方才寫在紙上的簽名，邊說邊簽下自己的名字，「這個字還真少見。」

少見？是你少見多怪吧？少女心裡腹誹。

看著他在合約上簽完名，少女滿意地頷首，朝石智瀚伸出手，「初次見面，我是梁曉栩，很高興認識你。」

現在才自我介紹是不是太遲了點？

石智瀚笑了聲，握上那隻小手。

「石智瀚。」

在夏蟬的鳴叫中，下課鐘聲響起了。

梁曉栩站起身，甩甩手又轉了轉頸子，「好了，我要回教室了，過幾天再來找你。」

「妳出千？」石智瀚有些懷疑地問，臉上漫不經心的笑容也消失了。

要是出千，他怎麼會看不出來？

梁曉栩斜睨了他一眼，「上家、下家都是你的人，這裡還是你的地盤，我怎麼出千？」

她說得沒錯，石智瀚回頭看了一眼麻將桌，仍覺得不可置信。

梁曉栩順了順髮尾，揚起得意的笑容，「我沒告訴你，其實我從三歲就跟著我阿媽流連在麻將桌上了。」

言下之意是她還不會認字就先學會打麻將了。

石智瀚啞口無言，好半天才問了句：「這樣妳居然好意思跟我賭麻將？」

梁曉栩面露詫異，「我幹麼不好意思？你不也從來沒輸過？高手過招，比的是實力。」

他愣了好一會兒，別過頭笑，看來這女生比他想像中還有趣。

「也是，那我們到外面談吧。」

「好，走吧。」梁曉栩隨意地點頭。

眾人趴在窗口，看著身形高大的石智瀚跟纖細瘦弱的梁曉栩一前一後穿過長廊。

走到眾人看不見的地方，石智瀚停了下來，注視著梁曉栩。

梁曉栩知道他肯定有話要說，因此也不催促，站在他面前等著。

「我實在想不出來，妳這種好學生爲什麼會突然想蹺課？」石智瀚盯著她的臉，像是想看穿她心中的想法。

他的口氣很有梁曉栩不告訴他答案，他就絕不罷休的意思。

「那你又爲什麼蹺課？」梁曉栩不答反問。

「學校無聊，老師教的那些我又聽不懂，聽懂了也不覺得有什麼重要，就算最後考上大學，也不知道自己想念什麼科系，既然這樣，我幹麼還要乖乖坐在教室裡上課？」石智瀚爽快地說完，隨即看向梁曉栩，朝著她揚了揚下巴，示意輪到她說話了。

梁曉栩琢磨了一會兒，迎上他等待的目光，「我過膩了好學生的日子，想知道學校外面有什麼好玩的。」

石智瀚大笑，他雖然眼睛小了點，但五官立體，這麼一笑倒顯出幾分爽朗帥氣。

「真想不到好學生也會這麼叛逆。」他頓了頓，收起笑容，「帶妳蹺課沒有問題，可是，那群傢伙……」他用拇指比了比教室的方向，欲言又止，「能不能麻煩妳替他們補習？」

梁曉栩偏著頭想了想，「剛剛是你輸了，依照約定，你本來就要帶我蹺課，所以你不能再拿這件事跟我談條件。」

石智瀚抿緊了脣，點頭。

「合理，那妳還想怎樣？」他問起這話時，儘管嘴角微微勾起，卻令梁曉栩隱約感到不寒而慄。

梁曉栩反覆思索，遲遲不答，顯然是沒料到會碰上這種狀況。

不一會兒，上課鐘聲響起。

「我可以答應你，不過今後你要對我言聽計從，我說什麼你做什麼。」話才說完，梁曉栩忍不住嘆了口氣，「唉，按照賭約，你本來就該服從我啊。」

石智瀚靠在一旁的牆上笑了笑，對著梁曉栩頷首，「好，他們會很高興的。」

梁曉栩心情有些無奈，總覺得自己真是虧大了。

秋天到了，天氣依舊炎熱，但樹葉已漸漸枯黃凋零，每當風一吹過，就會拂起一地塵沙與漫天黃葉。

兩人討論後，暫且約定下週同一時間，趁著社團課教官比較鬆懈的時候，石智瀚帶著梁曉栩從學校後門溜出去。

目送梁曉栩踩著小跳步雀躍離去的背影，石智瀚腦中倏地浮現一句成語。

大禍臨頭。

在日後看來，他這個預感完全稱得上是眞知灼見，果然沒人招惹梁曉栩還能全身而退，只是石智瀚比較倒楣，他是被迫與這個不請自來的禍端牽扯在一起。

原先已經走到樓梯口的纖細身影，突然折返回來，石智瀚看著她朝自己步步逼近，不禁一笑。

「你老是看著我笑幹麼？」梁曉栩站在他面前問。

「難道妳希望我看著妳哭？」石智瀚故意這麼說，在梁曉栩做出反應前開口問：「妳走回來幹麼？」

「手機號碼。」梁曉栩從口袋裡掏出手機。

純白的機身倒是很符合她的形象，他不覺得梁曉栩會選擇粉紅色之類的顏色。

梁曉栩抬起頭，見石智瀚有些走神，出聲提醒，「我們交換手機號碼吧，不然找你太麻煩，這次來我才發現原來我們班離你們班這麼遠。」

石智瀚聳聳肩，不論是課業成績或是教室所在位置，資優班和放牛班本來就相隔遙遠。

他拿出自己的手機，兩人交換號碼，梁曉栩才心滿意足地離開。

石智瀚轉身，雙手揣在口袋裡，慢吞吞地走回教室。

回到教室，迎上一眾期待的眼神，石智瀚一言不發地回到座位上。

「老大，資優生就是不一樣，我要哪張牌她偏偏就不打哪張牌，我從來沒見過這麼強的人啊！」說話的是剛剛的下家。

「眞的眞的，我打什麼牌她都吃，都搞不清楚她到底聽哪一張了，結果她就自摸了！」剛剛的上家接著說。

石智瀚一臉黑線，忽然體認到豬一般的隊友會多麼讓人萌生殺意。

「不過老大，她會來教我們功課嗎？」周圍的人還是抱持著些許期待。

「她爲什麼要來？我們贏了嗎？」石智瀚明知故問。

周圍的議論聲接連不斷，最後逐漸靜默。

這片安靜沒能持續多久，有人忍不住爆了句話：「我以爲老大能搞定這問題呢，原來老大也不是全能的嘛……」

話裡充滿了濃濃的失落。

石智瀚斜睨了那人，突然不怎麼想把眞相告訴他們。

正當他們還想繼續說些什麼時，下堂課的老師已經走進教室，大家陸續回座，準備上課。雖然他們對老師沒有什麼好感，但還是會保持基本的尊重。

講臺上，老師翻開課本，說了個頁碼後就開始上課。

石智瀚坐在最後一排，看著窗外的操場渲染上昏黃的餘暉，直到現在，他才有空把事情細細想過一遍。

原來，她的名字叫梁曉栩。

原來，她也有不想遵守規矩的時候。

原來，她的麻將打得這麼好。

石智瀚忽然覺得未來一年的高中生活，將會因爲梁曉栩而充滿意料之外的樂趣。

連資優生都不想留在學校上課了，肯定會有更多有趣的事情發生吧！

✦

本來石智瀚打算過幾天就去找梁曉栩商量，早點把課後輔導的事情定下來，而且估計補習一次還不夠，不然他們就不是放牛班了。

只是看到一群豬隊友擺出理所當然的態度後，石智瀚就把這件事情拋到腦後。反正他不想念書，要不是爲了幫班上那群人，他根本不需要拜託梁曉栩來上課，既然好心沒好報，那就不急著處理了。

石智瀚依約來到後門附近。

現在是社團活動的時間，後門會暫時打開，讓垃圾車進來收垃圾，這時候教官跟糾察隊都很忙，他成功溜走過好幾次，就算再多帶上梁曉栩應該也不會有問題。

他靠著牆，遠遠就看見梁曉栩踩著輕快的步伐蹦蹦跳跳地過來。

等她走近了，石智瀚挑眉，不禁揶揄她，「眞慢啊。」

「身爲校排第一，必須隨時保持優雅的形象。」梁曉栩一臉理直氣壯，「而且無緣無故地跑在路上，不是太引人注目了嗎？這樣會被懷疑的，第一次蹺課，我當然要務求完美。」

石智瀚面無表情地看著她，「奇怪，妳一個資優生，自戀程度怎麼跟智商一樣高？說好的謙虛呢？」

「在弱者面前謙虛，只會顯得我虛偽。」梁曉栩順了下瀏海，「有句話是這麼說的：自戀總比自卑好，何況我想不出自己應該自卑的原因。」

石智瀚笑了，用一種見到稀奇生物的語氣說道：「妳說這話的時候，不會覺得渾身不對勁嗎？」

「完全不會。」梁曉栩擺擺手。

他聳聳肩，決定回歸正題。

「妳過來，接下來要注意這個地方，這裡有兩支監視器，妳得小心不要被拍到。」石智瀚指著監視器的位置，頓了頓，「不過被拍到也沒差，等教官從監控室發現不對勁的時候，我們人早就不知道跑哪兒去了。」

「不，做任何事都應該追求完美。」梁曉栩湊過來，「你告訴我移動路線。」

石智瀚觀察四周情形，本來想開口，但話到嘴邊卻停住。

梁曉栩見狀，也不催他，耐心等著。

「好像有人來了，沒時間廢話，妳跟著我跑就對了。」石智瀚低語，一把抓起她的手，覷準了時間，兩人壓低身形跑到對街馬路上。

不過短短幾秒鐘的路程，讓梁曉栩大開眼界。

「你果然專業，兩支監視器之間的時間落差跟紅綠燈變換的時間，你居然抓得這麼準。」梁曉栩拍了拍石智瀚的手臂，不吝稱讚，「我要對你另眼相待了。」

「我應該說謝謝嗎？」石智瀚似笑非笑地看著她。

「你可以說，我不會介意的。」梁曉栩笑咪咪地問：「那我們接下來去哪裡？」

石智瀚沒有回答，只是沉默地拉著梁曉栩往前走，來到離後門有些距離的小巷子裡，瞥一眼梁曉栩的穿著，「欸，妳那制服能不能不要紮進裙子裡？別人看到眞的很像是我誘拐妳蹺課。」

梁曉栩一愣，輕聲笑了，三兩下把制服下襬拉出來，「你會怕？我都不怕了。」

石智瀚朝她聳聳肩，「穿得那麼規矩來蹺課，用妳的話來說，就是不夠完美。」

梁曉栩思考了一會，「有點道理，不過服裝儀容跟蹺課並沒有什麼關係。」

石智瀚哼笑了聲，期待她還會說出什麼話來據理力爭，「通常願意遵守服裝規定的人，也比較會遵守校規，這不是常識嗎？所以好學生做事才會一板一眼的，無趣極了。」

梁曉栩忍不住哈哈大笑，「你挺聰明的嘛。」

「不過，你還觀察過好學生的行爲舉止啊？」她笑得直不起腰，雙手撐在膝蓋上，「怎麼樣？對我有什麼評論？」

「沒有。」石智瀚冷淡地說：「我懂你們比你們懂我來得太多。」

「我是不懂沒錯，」梁曉栩止住了笑，抬頭挺胸與他平視，「但現在不是正試著要懂嗎？」

石智瀚不以爲意，「在我心裡，妳只是暫時受夠無聊的好學生生活，心血來潮想要玩點刺激的蹺課遊戲，藉此調劑一下心情而已。」

梁曉栩有些不滿，吸了口氣想辯解，卻被石智瀚打斷。

「走吧，妳蹺課是爲了要跟我鬥嘴嗎？」石智瀚邊走邊說，最後停在一輛機車旁，打開車廂，隨手扔了頂安全帽給她，然後發動機車。

梁曉栩表情怪異地問：「這是你的車？」

石智瀚嗯了聲，遲遲沒等到梁曉栩有所動作，石智瀚轉頭看了她一眼，「上車啊。」

「喔。」她跨上車，石智瀚從照後鏡裡瞥見她一臉不可思議。

「妳幹麼？」他問。

「沒有，我剛剛以爲你連車都能順手偷了，這樣以後我想要什麼，叫你去偷就好啦。」

石智瀚勾起嘴角，「妳有病啊？我是奉公守法的好國民。」

梁曉栩挑眉，表示質疑，「奉公守法但是不遵守校規？也是滿少見的。」她頓了頓，話題一轉，「不過你有駕照吧？騎車技術怎麼樣？我不能受傷的。」

他瞟了她一眼，「受傷留疤會破壞妳完美的形象，是吧？」

「呀！原來你也有腦子？」梁曉栩的口氣裡全是滿滿的惡意。

石智瀚聽到不禁放聲大笑。

「梁曉栩，妳眞奇怪。」石智瀚帶著笑意評論。

梁曉栩聳聳肩，「還以爲你有更特別的想法呢，這話我聽過很多次了。」

「哦？可見我的想法跟大家還滿像的。」

石智瀚載著梁曉栩離開巷子。

這是梁曉栩第一次蹺課，一樣的街景看在她眼裡變得有所不同，格外新鮮。

一路上七彎八拐，最後梁曉栩被石智瀚帶到了一間網咖門口。

下了車，梁曉栩好奇地往裡面探頭，「這間網咖挺乾淨的。」

「嗯，有人罩的網咖，誰敢讓它不乾淨？」石智瀚隨口說，他順手接過梁曉栩抱在懷裡的安全帽，掛在機車上，往裡面走去，「先去找我朋友打個招呼。」

梁曉栩恍然大悟，難怪剛才問石智瀚要去哪時，他沒有回答，她立即追了上去，「欸，你怎麼不先說是要來找你朋友啊？」

石智瀚停下腳步，一臉不以爲意，「這有關係嗎？」

梁曉栩冷靜思考後，搖搖頭，「也對，就算你先告訴我，我也不能怎麼樣。」

網咖裝設了整片的落地窗，採光良好。兩人走了進來，店內窗明几淨，瀰漫著淡淡的咖啡香氣，沒有半點菸味，梁曉栩有些意外，這跟她所認知的網咖不太一樣。

但網咖畢竟是網咖，店內仍充滿了此起彼落的遊戲音效聲。

店員認出石智瀚，對他笑了笑，用拇指比著店內深處。

石智瀚拉著梁曉栩走過去，敲了幾下門，聽見裡頭有人喊：「進來。」

兩人推門而入，裡頭坐著一個年輕的男生，一見到石智瀚帶著一名未曾謀面的女生走進來，他的表情有些訝異。

石智瀚關上門，爲兩人介紹，「梁曉栩，這是我兄弟，周哲言，也是這間店的老闆。」他轉頭又說：「阿言，這是……跟我同間學校的資優生，梁曉栩。」

周哲言不著痕跡地打量著她，「幸會。」

梁曉栩對周哲言點點頭，環視了辦公室一圈，裡面的布置乾淨俐落，沒有多餘的擺設，看不出一點個人喜好，就像是她對周哲言的第一印象。

周哲言讓櫃臺送了兩杯飲料進來之後，讓他們在沙發上坐下。

一落座，石智瀚立刻三言兩語簡單交代完跟梁曉栩的關係，隱瞞了自己在麻將賭局中落敗一事。

「反正以後我們大概會常常過來。」這也是石智瀚帶著梁曉栩蹺課後，第一站就決定來找周哲言的原因，之後梁曉栩要蹺課，就帶來這裡打發時間，反正要常來，不如先把話說清楚，免得日後解釋起來麻煩。

周哲言又看了一眼梁曉栩，恰好對上她同樣在端詳自己的目光。

他略略頷首，沒說什麼。

「晚點跟湯湯一起吃飯？」周哲言看向石智瀚問道：「她最近一直說很久沒見到你了。」

石智瀚本來要答應了，但眼角餘光瞥見正四處張望的梁曉栩，想到日後帶她來這裡不免會遇到湯湯，於是轉頭跟她解釋了湯湯是誰。

湯湯是周哲言的青梅竹馬，小他們三、四歲。

「那妳要跟我們一起吃飯嗎？」石智瀚問。

「喔，可以啊。」梁曉栩漫不經心地回答，「欸，你們聊吧，我出去逛逛。」

「妳要去哪裡逛？」石智瀚有些好奇，「網咖有什麼好逛的？」

梁曉栩挑眉，一副這有什麼好大驚小怪的樣子，「我就出去逛一逛，看看大家都玩什麼遊戲啊。」

對喔，他都忘了這女孩在一個星期前，還是個被關在資優班裡，整天只知道用功讀書的書呆子。

「算了，我帶妳去吧。」石智瀚起身，「阿言，那我們先出去打LOL，等一下湯湯來了再一起去吃飯。」

周哲言點頭，石智瀚便推著梁曉栩走出辦公室。

「你和你朋友繼續聊啊。」梁曉栩不明所以，「我只是在店裡晃晃，不會惹事生非的。」

「我可不想讓妳造成阿言的困擾，妳以爲每個顧客的電腦都能隨便看的啊？」石智瀚不懷好意地笑，「要是剛好有人在看A片，妳也打算一起看？」

「少唬我，公共場合不會有人做這種事的。」她說著，忽然用手肘頂了頂他的腰側，「那臺玩的是什麼？」

石智瀚順著她的視線看過去，「LOL，《英雄聯盟》。」

「教我玩那個。」

他本來就想教梁曉栩玩LOL，聽她這麼一說，石智瀚反而好奇了。

「爲什麼想玩這個？」

「放眼望去，十臺有六臺在玩這個。」梁曉栩很有興趣，「這麼多人在玩，證明這遊戲肯定有過人之處。」

石智瀚有種帶學者來網咖做研究的錯覺。

儘管梁曉栩的存在實在跟網咖格格不入，他還是請服務生開了一個情侶座給他們，接著開始了一對一的《英雄聯盟》遊戲教學。

一小時之後，梁曉栩整個人重重往椅背一靠，「嘖嘖，這個比三角函數還難。」

石智瀚伸了伸懶腰，隨意地回：「要是讓妳稍微玩一下就上手，這遊戲就不會這麼風行了。」

梁曉栩頷首，「你說得對，不過熟能生巧，我就不信這小東西能夠難倒我。」

正當她興致勃勃要繼續挑戰時，周哲言已經走到他們身旁，從他的身後忽然竄出一道人影，還沒等梁曉栩看清楚，那抹桃紅色的身影已迅速撲向石智瀚。

「歐巴！你好久沒來了，我好想你！」

哇喔！

梁曉栩在心裡驚嘆了聲。

看不出來這人居然還有點女人緣啊。

不過，「歐巴」是怎麼回事？

在湯湯仇視的眼神中，梁曉栩面不改色地吃飯。

「湯湯，吃飯。」周哲言無奈地往湯湯碗裡添菜，「是妳說要吃熱炒，來了又不吃，今天的魚跟青菜都很新鮮，多吃一點。」

湯湯癟嘴，目光在石智瀚跟梁曉栩之間來回打轉，「可是，歐膩她……」這是第一個出現在石智瀚身邊的女孩，不禁讓湯湯起了戒心。

「又不是韓國人，說中文。」周哲言無奈地說。

說實在話，湯湯是個很可愛的女孩，有著符合大眾審美的可愛相貌，穿著打扮就像是會出現在流行雜誌裡的那種女孩子。

只是開口閉口都是韓語，實在是裝可愛裝得太過頭，讓梁曉栩有點感冒。

她同意周哲言的話，又不是韓國人，哥哥就是哥哥，姊姊就是姊姊，叫什麼歐巴、歐膩啊。

湯湯理直氣壯，「可是歐巴是韓國人啊！」

哦？

梁曉栩看向石智瀚，「你是韓國人啊？長知識了。」

石智瀚對這件事不願多提，只是點點頭。

倒是周哲言臉色有些不太好，「幹麼提起這事情？」

「算了，沒關係，湯湯也不算說錯話。」石智瀚緩頰，轉頭問吃不多的梁曉栩，「妳不喜歡吃熱炒？」

「不會啊。」梁曉栩微笑，當著他的面吃了口炒田雞，「我只是胃口不大，吃不多。」

「難怪歐膩這麼瘦。」湯湯插話，笑嘻嘻地說：「歐巴每次都要我多吃一點，好像我不會自己吃飯一樣。」

見湯湯笑得很燦爛，梁曉栩勾起嘴角，在想要不要教訓她一頓。

石智瀚眼角覷到微微帶笑的梁曉栩，又看了眼湯湯，發現場面有些緊張。

湯湯是周哲言那邊的人，他不想因爲湯湯的關係而讓周哲言對梁曉栩印象不佳，於是開口：「以前我家住在阿言家旁邊，阿言家裡……湯湯妳也知道的，所以阿言常常到我家吃飯，有時候是早餐，有時候是午餐。」

石智瀚本來只是不想讓梁曉栩跟湯湯起衝突，沒想到說起那些塵封已久的往事，一時停不下來。

說著說著，石智瀚忍不住笑了，目光柔和，「那段時光眞的很美好，一到下午的時候，我媽都會準備下午茶，我跟阿言一邊看電視一邊吃，吃完了就去外面玩。」

周哲言一直沒什麼表情的臉，聽到這些話泛起了淡淡的溫柔。

「後來呢？」梁曉栩果然被這個話題吸引了注意力，「你媽媽是個怎麼樣的人？」

聽到這話，湯湯跟周哲言的臉色都變了，石智瀚依舊淡然地道：「我媽是個很溫柔的人，但是凶起來的時候會拿衣架追著我打，從家門口打到大馬路上，好像跟我有仇一樣。」

梁曉栩笑出聲，「眞好，我媽在我讀幼稚園的時候就過世了，我不知道被媽媽追著打是什麼感覺。」

說完這話，餐桌上隨即陷入一片安靜。

她說錯話了嗎？

梁曉栩低頭思索了一會兒，還好吧……不就是提到自己的媽媽過世嗎？都十幾年前的事情了，要說有多悲傷，現在也早就沒什麼感覺了，更別說當時她年紀太小，根本什麼都不記得。

石智瀚忽然伸手夾了幾樣菜放在她碗裡，「吃飯吧，這話題不好。」

梁曉栩想說這話題也沒有什麼不好，但是連湯湯都安靜下來，她決定從善如流。

「那就先這樣，我們先走了。」石智瀚對周哲言及湯湯這麼說。

吃完飯，三人站在門外，梁曉栩刻意走到一旁，方便他們說話。

她明白自己才剛認識周哲言跟湯湯，與他們並不熟稔，加上方才湯湯又特別針對她，她很有自覺，對他們來說自己確實是外人，理應留點時間讓他們說一些悄悄話。

聽到石智瀚的話，湯湯有點意外，伸手拉住石智瀚，楚楚可憐地問：「今天不去唱歌嗎？以前吃完飯都會一起去唱歌的……」

石智瀚摸摸湯湯的頭，「不去了，今天要先送我朋友回家。」

「喔……那送完再去唱？我們等你。」

石智瀚搖搖頭。

湯湯的失望溢於言表，追著問：「那什麼時候我們再去唱歌？」

「再看看吧，我最近有點忙。」說著這話的時候，石智瀚往梁曉栩看去，後者不知道在研究什麼，看得很專注。

「資優生，走了。」石智瀚朝她喊。

「喔。」梁曉栩走了過來，看見湯湯抓著石智瀚衣角，「你確定你好了？」

石智瀚順著她的目光也看向自己的衣角，拍了拍湯湯的頭，而後才拉開她的手，「乖，我們要先走了。」

周哲言走上前，「你們走吧，路上小心。」

「嗯。」石智瀚伸手搥了下周哲言的臂膀，「拜。」

石智瀚走到梁曉栩身邊，「妳剛剛在研究什麼？」

「我在看大廚炒菜，動作眞流暢，果然術業有專攻。」

「說人話。」

梁曉栩瞥了他一眼，「意思是『果然專業』。」她頓了頓，接著說：「看在你是韓國人的份上，我就不說什麼了，但是我記得這是高一國文課本裡出現過的句子，你這樣對得起老師嗎？」

石智瀚大笑，「要是每個老師都跟妳一樣，把那些天書翻譯成聽得懂的人話，我怎麼可能會學不會。」

梁曉栩一笑，「有道理。」

「走吧，送妳回家。」

「不急著回去，我們先找個地方聊天，其實我對他們兩個很有興趣，也有些事想問你。」梁曉栩隨口說。

「哦？」石智瀚忽然湊近梁曉栩的臉，「很有興趣？妳看上阿言了？」

「我只是覺得好奇，你有事嗎？」梁曉栩忍不住翻了個白眼，「湯湯跟周哲言明顯有戲，湯湯跟你也很不單純，我當然會好奇啊，難道這是兩段單向的暗戀關係嗎？」

「眼睛這麼利，改天帶妳去買刮刮樂吧。」石智瀚笑著嘆了口氣，「那換個地方吧，河堤？」

「好。」梁曉栩一向見好就收，並不過分堅持。

兩人走回機車旁，梁曉栩戴上安全帽，安靜乖順地坐上機車後座。

石智瀚被她這種一下張揚、一下乖巧的態度弄得有些摸不清楚頭緒，不過女生嘛，他還不是常常搞不懂湯湯在想什麼，索性不想了，專心騎車。

路上起了風，石智瀚把車速提高，涼爽的秋風吹得他渾身舒爽，這也是爲什麼他一直很喜歡秋天的原因。

騎了一段路，機車突然在超商前停了下來，梁曉栩把頭探到他肩上，「幹麼？」

「買點東西喝。」石智瀚指著超商，「妳不買就在外面看車。」

梁曉栩想了想，「那你幫我買瓶水。」

「喔。」

✦

機車停在河堤上，底下的籃球場還有不少人正在運動。

涼風徐徐吹來，兩人席地而坐，望著不遠處的河面。

石智瀚拉開塑膠袋，拿出一瓶水給梁曉栩，自己則拿了罐啤酒出來，才剛拉開瓶蓋，酒氣都還沒散出，梁曉栩淡淡地看了他一眼，「依照〈道路交通處罰條例〉，酒駕者處新臺幣一萬五千以上九萬元以下罰鍰，並當場吊銷執照一年。如果血液中酒精濃度達〇．〇五%，則以刑法公共危險罪移送……」

石智瀚望著她，默默把酒放回袋子裡，而後抬手阻止了她，「可以了。」

梁曉栩笑著點頭，「你果然奉公守法。」

他有點啼笑皆非，也不打算就著這個話題繼續講下去，而是直接進入正題，「所以妳找我聊天，是想知道什麼？」

梁曉栩淺笑，「石智瀚，我發現其實你人很好，只是……總覺得你戴著面具，爲什麼？」

「我人很好？」石智瀚像是聽見什麼笑話，故意忽略了問題，眼底漸漸顯露出一點難以言喻的情緒，「好久沒聽到別人這樣說我了。」

「我眞的覺得你人不錯啊，信守承諾，對朋友又很有義氣。」梁曉栩轉頭看他，「我也不覺得你是那種會想要去當學校老大的人，所以，為什麼？」

「妳是教官派來的嗎？問這些幹麼？」石智瀚轉過頭，不想面對梁曉栩。

「幹麼不能問。」梁曉栩瞄了他一眼，「裡面有鬼？」

「沒有！」只是這語氣，讓他想起了……

「讓我猜猜，難不成跟周哲言有關？其實不只是網咖，學校也是他的地盤？」梁曉栩看見石智瀚表情變得愁眉苦臉，不是很能理解，便隨口胡扯，「難道是周哲言拜託你接管？因為沒有可以信任的手下？看起來他勢力不是很大嗎？會連這麼一間小學校都沒辦法處理？」

「都被妳說成什麼樣子了，別亂猜。」石智瀚不想讓梁曉栩這麼不著邊際地亂說，連忙開口解釋，「前半段沒錯，後半段就很有問題。」

「阿言家是勢力很大的黑道家族，學校也的確是他的地盤。那時候我剛上高中，學校還有周家的人管著，可是人總是會畢業，當時本來有另一個人要接手，可是不知道為什麼，那個人居然跟藥頭搭上線，周家忌諱他會在校園販毒於是急忙把他換掉，又臨時找不到內部的人取代，所以阿言就先讓我幫忙接管，本來只是暫時的，沒想到就……」

「藥頭？」梁曉栩沉吟，「我以為黑道對黃賭毒一點都不介意。」

「有些確實是這樣的，但周家不是。」石智瀚停了一會兒，才補上一句，「至少在學校沒有。」

梁曉栩頷首，「那你現在再一年就要畢業了，到時候這位子交給誰？」

「阿言那邊在安排了，那人我見過幾次，是個很正直的人。」石智瀚雙手往後撐在地上，「周家這幾年也不好過，先不說內部一直有矛盾，對外還有陳哥那邊的勢力在虎視眈眈。」

「原來黑道眞的會搶地盤？」

「其實沒有大問題的話，通常都是小打小鬧，並沒有眞的想跟對方爲敵。周伯伯跟我說過，就算將全部地盤都搶到手，也不好管理，與其給自己增添麻煩，不如兩邊維持平衡就好。」

梁曉栩若有所思，「聽起來你是礙於情面才接管學校，還不是周家的人，那你打算加入他們嗎？在畢業之後？」

石智瀚仰望著天空，搖搖頭，「不打算，我媽媽不希望我加入。」

這口氣……

「你媽媽……」

「她過世了。」石智瀚嘆了口長氣。

此時，梁曉栩覺得自己好像看到他脫下了面具，露出眞實的面目。

他口氣平淡地說：「就在三年前。」

第二章

梁曉栩安靜了會兒，輕輕地拍了拍石智瀚的手臂，「我媽媽過世的時候，我年紀太小沒有印象，所以一點也不傷心，但是我想你一定覺得很難受，你不要傷心，她現在在天上過得很好……大概吧。」

本來石智瀚有點被安慰到，一聽見最後那句「大概吧」，他忍不住笑出了聲。

「妳會不會安慰人啊？」

「顯而易見，我不會。」梁曉栩大方承認，「那你找點別的事情說說。」

「妳不是想知道湯湯的事情嗎？」

「喔，也行。」梁曉栩看了袋子裡一眼，掏出了包餅乾，「我吃了啊。」

石智瀚沒有拒絕，梁曉栩當他同意了，於是拆開包裝吃了起來。

「湯湯其實挺可憐，她爸爸以前是周家的幹部，在執行的任務的過程中死了，湯湯的媽媽又拋棄了她，周伯伯不忍心把湯湯送到孤兒院，所以就留在周家自己照顧了。」石智瀚說得輕描淡寫，但對於湯湯的遭遇，語氣裡不禁帶著點憐惜。

「湯湯平時吃穿都是跟阿言一樣的待遇，可是畢竟不是自己家，多少會有點彆扭，所以她小時候總是到我家來住，至少比在周家自在，直到我搬家後才住回阿言家裡。」

梁曉栩咔咔地吃著餅乾，「原來是這樣，難怪她跟你一副很熟的樣子。」

看著梁曉栩一臉不以爲意，石智瀚學著她的語氣說道：「顯而易見，妳不覺得她可憐。」

「不覺得。」梁曉栩吮了吮手指，「雖然聽起來是挺可憐的，但她最後沒有被送到孤兒院，一直被周家照顧得好好的，還養出一點嬌氣，這樣的她會很可憐？」

「寄人籬下不夠可憐嗎？」石智瀚挑起眉，臉上露出有些嘲諷的笑容，「還是妳根本就不懂她哪裡可憐？」

「我是不懂沒錯。」梁曉栩斜了他一眼，覺得有些莫名其妙，「你有病啊？激動什麼？這世界上本來就沒有人可以決定自己的出身，打麻將也是同理，沒有人能決定自己拿什麼牌，但是要胡牌也沒規定只能門清自摸，屁胡也是胡牌，這道理你懂不懂啊？」

石智瀚哼了聲，「站著說話不腰疼。」

「那怎麼辦？總不能把腿打斷，坐在輪椅上跟你說話。」梁曉栩兩手一攤笑嘻嘻地說。

聽到梁曉栩把歪理說得頭頭是道，石智瀚總算忘掉剛才那一點點的惆悵。

「爲什麼不行，我不也坐在這裡跟妳聊天了？」

梁曉栩睜大眼睛，「你坐在這裡是因爲你輸給我，不是你自以爲的紆尊降貴，兩者是不一樣的。」

她豎起手指，接著說：「前者是你沒贏我，後者是你施捨我，你這韓國人不會連這個道理都不懂吧？」

「妳非得一直提起這事情？」石智瀚有些不滿，「我們有仇嗎？」

「沒有，但我覺得必須澄清一下事實，不能讓別人以爲當初的賭局是你讓我，我才會贏的。換個說法，雖然我人很好相處，但你畢竟是我的小弟，我還是要適時展現出老大的威嚴，來確定我們的主從關係。」梁曉栩笑了，在夜色下顯得更有韻味。

「必要時，我不介意再打一場麻將，讓你知道誰才是老大。」梁曉栩信心十足地說。

石智瀚帶著笑別過臉，「知道了，女人眞的很煩。」

梁曉栩繼續吃起餅乾，「我們就事論事，別性別歧視和人身攻擊，是不是男人啊？」

他舉起雙手，「好，女人不煩，只有妳煩。」

瞥見梁曉栩一臉不服氣，打算要爭辯的樣子，石智瀚有些感慨地接著說：「眞是不可思議，我怎麼會跟妳坐在一起聊天。」

梁曉栩帶著笑意回答他，「浪漫點的說法，那就是緣分嘍。」

「那不浪漫呢？」

「不浪漫的話……」梁曉栩表情變得有些古怪，「你從頭到尾都有參與這整件事，卻說出這種話，難道你……得了早發性阿茲海默症？」

石智瀚聽到這話實在很想回嘴，但忍不住哈哈大笑。

✦

結果這次的蹺課，沒有引起任何人的注意，估計因爲梁曉栩是資優生，所以大家認爲她社團課不見人影，肯定是去念書了，而石智瀚本來就不常去上課，都合理解釋了當時兩人不在的原因。

隔天到了學校，石智瀚本來做好被叫去教官室訓話的心理準備，沒想到一切風平浪靜，一時之間讓他心情有點複雜。

「欸，妳那頭有發生什麼事嗎？」

上課時，石智瀚忍不住傳了則訊息過去，過了半天沒等到回音，石智瀚想想這也是理所當然的，人家是資優生，現在肯定在認真上課，跟他這種上課會神遊的人不一樣。

說起來，梁曉栩只是想蹺課去學校外面看看，如今也見識過了，說不定之後就不想跟他有所來往了。

石智瀚往後靠上椅背，看著窗外的藍天放空，直到下課鐘聲響起，他都還維持著一樣的姿勢。

「老大……資優生來了……」

聽到旁邊的人這麼說，石智瀚立刻回過神來，才一轉頭，梁曉栩已經笑嘻嘻地坐在他前面的座位上看著他。

「我看到訊息了，我當然沒事，還有你什麼時候要再帶我蹺課？」

「妳還蹺啊？」石智瀚忍不住脫口而出，感受到周圍一齊看過來的目光，他拉著梁曉栩的手立刻離開了教室。

兩人行走在校園裡，最後來到位於學校偏僻一角的榕樹下，此時秋意漸濃，遍地枯枝落葉，一走過去就會簌簌作響，聲音接連不斷。

梁曉栩坐在樹下的石桌上，不禁抱怨，「蹺個課，竟然不能在教室裡說，不說我還以爲你是我們班上的那些書呆子呢，蹺課在放牛班裡不是很正常嗎？」

「什麼正常……」石智瀚被她的話氣笑，「要是正常，我還不大搖大擺地從正門走出去，幹麼特地從後門爬牆出去。說吧，妳爲什麼又要蹺課？」

梁曉栩晃了晃自己的手機，滑開螢幕，「我做了很多功課。」

啊？什麼東西？

石智瀚看了螢幕一眼，是LOL攻略。

「妳的意思是……」

梁曉栩沉痛地開口，「我昨天的表現實在太差了，所以回去特別研究好幾個遊戲實況主的玩法，熟悉了很多戰術跟裝備，後來我了解到這遊戲是很考驗玩家的反應速度沒錯，但是靠腦力也可以克服很多問題。」

她這痛心疾首的表情，到底想要表達什麼……

「妳在家裡玩不就好了，腦袋這麼好還跑去蹺課打電動，妳有想過別人的感受嗎？」石智瀚忍不住碎碎念，「沒事就好好念書，不要浪費才能。」

「你有什麼毛病啊？」梁曉栩對他翻白眼，「我現在才發現，原來你是老媽子，特別愛碎念。」

石智瀚當場石化。

他……是第一次被人這樣形容……

梁曉栩很好心地等他從傻仕的狀態中振作過來。

石智瀚壓了壓額角，「緣分就是用來解釋我遇上妳的原因嗎？我看這是孽緣啊。」

「遇上我有什麼不好，不過就是什麼都強了點。」梁曉栩笑個不停，「總之，我們什麼時候再去打電動？我已經準備好幾套戰略想來小試身手。」

石智瀚提議，「其實我們可以等放學後再去打。」

梁曉栩搖搖頭，「不行，我不想太晚回家，我十點前要上床睡覺。」

「這事情有重要到一定要蹺課嗎？」石智瀚靠在樹上，「我不幹，妳回去好好上課。」

梁曉栩笑咪咪的，一臉早就料到的表情，「就知道你會反悔，沒關係，如果你不帶我蹺課，我就把那紙賭約公布出來，反正學校老大不是我，丟臉的人也不是我。」

石智瀚逼近她，兩人的鼻息錯落在彼此的臉上。

「梁曉栩，我是爲妳好。」他壓低聲音恐嚇她。

「不用你操心，我的人生，我自己決定。」她笑著，絲毫沒受到他威脅的影響，「擇日不如撞日，就今天下午吧，我不上輔導課了，打掃完就來找你。」

話說完，還沒等石智瀚反應過來，梁曉栩就事不關己地走了。

接下來的幾堂課，石智瀚臉色一直很陰沉，全班都籠罩在他的低氣壓下，沒人敢吭聲。

直到梁曉栩再度出現在教室外面，石智瀚才慢慢起身走了出去，看在班上的人眼裡，感覺他像是要去一決高下，畫面充滿了悲壯感。

跟石智瀚比起來，梁曉栩倒是氣定神閒，對著教室裡投來目光的眾人揮了揮手，「不好意思啊，借走你們老大了。」

她說得無比自然、自然無比，大家還想著資優生來借人做什麼的時候，兩人早已不知去向，徒留一地問號。

梁曉栩走在石智瀚身後，引起了走廊上不少人側目，但也沒人敢多說什麼。

突然間，梁曉栩拉住石智瀚的衣角，他略略回頭看了她一眼，停下腳步，彎下腰把耳朵湊上前，梁曉栩在他耳邊嘀咕了幾句，只見她說完話，嘆了口氣後，兩人繼續往前走。

眾人目送兩人的背影離去，內心不禁波濤洶湧。

「草泥馬，什麼時候資優生跟吊車尾走在一起了？」

「看起來是資優生苦追校園老大，而老大不屑一顧，這有戲啊！」

「我的老天爺，這兩個人並排第一，一個是校排第一，另一個是校排倒數第一，怎麼就碰上了？」

另外一頭，梁曉栩轉頭看著後方起閧的人群，很眞誠地問石智瀚：「你眞的不需要我回頭去教訓一下他們？我有上百種方法可以讓他們對學校產生心理陰影，從此害怕來上學，而且方法很安全，保證看不到外傷。」

石智瀚看著這個不怕事情鬧大，只怕鬧得不夠大的女孩，覺得有些無奈。

「妳以爲我們是要爲校出征，可以大搖大擺地走出校門嗎？」他再度被梁曉栩的態度氣笑，「梁曉栩，拜託妳有點常識，妳懂什麼叫蹺課嗎？」

梁曉栩別過眼，「我怎麼會不懂，不就是沒依照合法程序離開學校嗎？」

「那妳懂不懂什麼叫做低調？」石智瀚頭都疼了。

他不是不在意他人的目光，而是就算在意，也拿那些人沒辦法。他明白梁曉栩跟他走在一起，就別想過平平淡淡的校園生活，畢竟他們倆又不是路人，一個常駐司令臺領獎，一個常駐教官室被罵，也算得上是校園裡的風雲人物。

「我要怎麼低調？」梁曉栩聳聳肩，「既然無法低調，不如就高調一點。」

「我不跟妳吵這個，帶妳蹺課是我答應的事情，但要是因爲妳自己的緣故導致蹺課失敗，那不在我負責的範圍內。」石智瀚淡淡地說。

梁曉栩被這麼一說，才不太情願地放棄回頭教訓他們的想法。

她跟著石智瀚走到一處牆角前，停下腳步，「這時間後門已經關了，得從這裡出去。」

他對梁曉栩使眼色，「妳先上去。」

梁曉栩無言了，這牆比她還高，她怎麼爬上去？

石智瀚看著梁曉栩，彎下腰，「妳把鞋子脫了，踩在我肩膀上。」

「喔。」梁曉栩聽話照做，毫不扭捏地拎著鞋子踩上石智瀚的肩膀。

她扶著牆，一下子就攀上牆頭，另外一邊的石智瀚踩著旁邊的箱子，也翻了上來。

「當男生眞好。」梁曉栩讚嘆，「難怪你們蹺課總是游刃有餘，翻牆跟走後門出去一樣輕鬆。」

石智瀚斜她一眼，懶得接話，「我先下去，妳別動。」

梁曉栩自然得聽話，要是石智瀚丟下她，她就只能被困在牆頭上進退兩難了。

石智瀚往下一跳，穩穩地站在地面上，轉身朝梁曉栩伸出手，「跳吧，我會接住妳的。」

說得眞容易。

她無言地看著他幾秒，咽了口口水，「你一定要接住我。」

石智瀚忽然笑出來，「原來妳也有害怕的事，我還眞以為妳天不怕地不怕。放心吧，我一定會接住妳。」

梁曉栩看著底下深呼吸，她也沒有別的選擇，就算現在決定不蹺課，她還是得從牆頭上下來，既然都得跳，那她當然要選擇離開學校。

她眼睛一閉，直接往下跳。

石智瀚被嚇出一身冷汗，剛剛梁曉栩還怕得要命，現在要跳了也不打一聲招呼，她以為是在跳海嗎？

幸虧石智瀚長年跟著周哲言習武鍛鍊，雖然沒練出什麼實質的成果，但反射神經特別敏銳，在梁曉栩跳下來的瞬間，他已經反應過來，迅速攬住她的腰身，順勢往懷裡帶。

「唉唷！」梁曉栩直直撞上他的胸膛，疼得她喊出聲。

「我都沒喊痛了，妳叫什麼。」石智瀚穩住梁曉栩，雙手扶著她的肩膀，目光對上梁曉栩痛到泛淚的雙眸，「撞到哪裡了？」

她摀著鼻子，一臉困惑，「鼻子。我剛撞上什麼？」

「撞到我了。」石智瀚指著自己的肩頭，「這裡。」

梁曉栩湊近看了看，了然頷首，「難怪會這麼痛，原來是撞上骨頭了，你一點肌肉都沒有，太不防撞了。」

石智瀚居高臨下地鄙視她，「梁曉栩，妳有沒有一點良心？」

梁曉栩笑起來，「當然有，只是我的良心只給老弱婦孺，你是哪一種？」

石智瀚無言以對。

好啦！他什麼都不是，這女人眞的很懂得如何一開口就氣死人。

「走了。」

「喂。」梁曉栩追上他，「你蹺課怎麼不帶書包啊？」

石智瀚邊走邊回答：「我上課都不帶書包了，蹺課幹麼帶？」

梁曉栩想了會兒，「有道理，那你上課也用不到課本，你有把課本退掉嗎？」

石智瀚頓了頓，「我還眞忘了這件事，早知道就把課本退了，換點零用錢。」

梁曉栩嘖了兩聲，「用不到又沒退書，你眞是浪費資源。」

「少囉唆，上車。」走到機車旁，石智瀚打開車廂，拿起安全帽扔給她，「等一下妳去阿言那裡不要亂說話。」

梁曉栩接過安全帽，回想了昨天晚上，當時自己的確是說了滿多話，她開口詢問：「有哪些話不能說？我還以爲你跟周哲言之間沒有祕密。」

石智瀚跨上機車，回頭看向她。

「阿言不喜歡別人議論湯湯的出身，他喜歡湯湯。」石智瀚接著說：「而且他因爲家裡因素沒念高中，所以妳也不要在他面前提起這件事。」

梁曉栩了然頷首，戴起安全帽，坐上機車後又問：「他爲什麼不繼續升學？只有國中畢業很吃虧的，至少念個高中吧？現在高中很好考啦，也不怕畢不了業，有些學校只要出得起錢，就能拿到畢業證書。」

石智瀚無奈地聳聳肩，邊說邊把車騎上路，「我也是這樣勸他，但還是沒能改變他的決定，既然他有自己的想法，我也就沒什麼好說的了。」

一路上，梁曉栩還想說些什麼，卻忽然聽見他淡淡說道：「不過說眞的，高中學歷對像我這樣子的人來說根本沒什麼用，更何況是待在那種環境下的阿言，就更不需要學歷了。」

兩人到了網咖，先去了辦公室跟周哲言打聲招呼，周哲言見到他們兩個再次同時出現，驚訝的表情都寫在臉上。

就算是石智瀚，也沒有這麼頻繁蹺課過，更別說連續兩次都帶了一個看起來就不像他們圈子的女人。

三人才一坐下來，梁曉栩就說自己要去洗手間，溜出了辦公室。

「你這樣好嗎？」周哲言看著梁曉栩離開的背影，問起石智瀚，「這個時間她不應該出現在這裡。」

石智瀚皺著眉頭頷首，「我知道，可是我沒有辦法阻止她。」

周哲言是不信他的話，彼此認識那麼多年，怎麼會不知道他的性情，石智瀚要是眞的不想去做，這世界上還有誰逼得了他？

石智瀚很清楚他心裡在想什麼，但又不願跟周哲言說自己簽了喪權辱國的合約，只好轉移話題，問道：「最近陳哥那裡還好嗎？」

一說起這個話題，周哲言皺起眉頭，端起手邊的茶喝了一口。

「挺糟的。」周哲言搖了搖頭，「好幾個地盤都起了衝突，他們那頭還在走私槍械，同時買通條子，逼得我們不得不跟進，就怕哪天起衝突，我們沒有還手的力量。」

這絕對不是個好消息，石智瀚臉色也凝重了起來。

叩叩。

梁曉栩站在門外喊：「我可以進去嗎？」

石智瀚跟周哲言相視一眼，周哲言開口，「進來吧。」

梁曉栩推開門走進來，目光在他們臉上轉了一圈，「你們聊什麼啊？臉色這麼難看。」

「阿言問妳幹麼又來。」

「好玩嘛。」梁曉栩對著面無表情的周哲言笑了笑，「欸，你們還要聊天的話，我先去外面玩了。」

她對兩人的話題一點興趣都沒有，更何況她很清楚地感覺到周哲言對她有些防備。

既然如此，她也不想浪費時間去管這件事，沒有人規定顧客一定要跟老闆很熟，就算他是石智瀚從小一起長大的兄弟，那也跟她無關。

「你們去吧，我有點事情要先走了。」周哲言起身，收拾桌上的東西。

梁曉栩到了這裡才知道，原來黑道的辦公室並不如外界所想像的那般髒亂且菸味繚繞，其實也有像周哲言這種乾淨到一塵不染的辦公室。

或許是因爲沒有繼續升學的關係，周哲言對其他事情會特別在乎，尤其是在環境整潔的部分，辦公室不僅乾淨整齊，就連目光所及的擺設跟用品，幾乎只有黑白兩色，完全是極簡風的布置。

不過周哲言總是一臉冷漠，一副生人勿近的樣子，如果不說，梁曉栩眞覺得這是從世家大院養出來的貴公子，而不是黑道的接班人。

「走吧。」石智瀚出言打斷了梁曉栩探究的目光。

「喔。」梁曉栩眨了幾眼，對著周哲言笑了下，轉身走出辦公室。

她站在門邊，看著特別乾淨的網咖，感覺得出來周哲言花了不少心思在經營這裡。其實她並不覺得一定要念書才有出路，像周哲言選擇繼承家族事業而不升學也是可行的，只是他太早當家，太快看到許多陰暗的事情，所以眉宇之間總有些揮之不去的陰影，眼神裡也諸多防備，令人難以親近。

石智瀚陪梁曉栩開了情侶座之後，就跟她一起入座。

還在等電腦更新遊戲時，周哲言信步走到他們座位旁，敲了敲隔板，「我先走了，需要什麼就跟櫃臺說，算我的。」

「知道，我不會客氣的。」石智瀚笑著朝他擺擺手，「拜。」

「嗯。」周哲言在臨走前看了梁曉栩一眼，想說些什麼，但終究沒說出口，「拜。」

梁曉栩看著他欲說還休的神情，想知道他爲何一直打量自己，但也沒有多問，並不是什麼問題都需要答案，尤其是這種無關緊要的事情。

認眞說來，她跟周哲言只是一起吃了頓晚餐，交情也不過如此而已，也許他是看在石智瀚的分上對自己愛屋及烏，因此才多看了幾眼。

「他眞是個大忙人，既然不用上課的話，都在忙些什麼？」等周哲言離開後，梁曉栩說出心裡的疑惑。

電腦更新好遊戲，石智瀚邊開程式邊說：「忙很多事，又不是只有這裡需要管理，他沒念高中的原因就是想要早點接班，畢竟周伯伯身體不好，這幾年進出醫院總不見起色，再這樣下去他遲早得接手，不如放棄學業，趁早學會如何管理組織還比較有幫助。」

「這樣啊……」梁曉栩托著腮，陷入自己的思緒裡。

石智瀚開啟遊戲，轉頭看著沉思的梁曉栩，「想什麼呢？」

她搖搖頭，瞧見了螢幕上的遊戲畫面，立刻轉移了注意力，連忙從口袋裡掏出手機，研究起角色跟戰術。

兩人討論了好一會兒，決定先打一場電腦對戰試試看，把梁曉栩的等級升起來，等新手練到三十級滿等，有些技能才會解開，這樣比較有實力去與玩家對戰，在那之前，挑戰玩家都是不智的選擇。

兩人正打得起勁時，櫃臺那裡忽然爆出一句粗話，接著是震天般的吼叫聲。

石智瀚皺起眉頭暫停遊戲，望了一眼之後，拿出手機找到周哲言的電話播過去。

梁曉栩膽子很大地往櫃臺那邊看，頭一次見到人家鬧事，不看可惜。

那幾個小混混是存心來找碴，連棒球棍都亮了出來，狠狠地敲在櫃臺上示威。

「你們周小老闆呢？踹我們場子的時候很囂張嘛!?」

梁曉栩看得正起勁，石智瀚一掛掉電話，就把她塞到桌子下的空間，「我得出去，妳待在這裡不要離開。」

梁曉栩愣了愣，拉住石智瀚的衣角，「現在出去很危險。」

「我沒看到就算了，既然都看見人家來鬧事了，怎麼可能不出面？」石智瀚壓著她的頭，低聲吩咐：「去躲好，不要讓別人看見妳的臉，會有麻煩。」

「我可以報警嗎？」梁曉栩忍不住問，「周哲言什麼時候會回來？」

「不用報警，我已經聯絡上阿言，他剛走沒多久，很快就會趕回來。」石智瀚知道梁曉栩是第一次見到這種場面，心裡恐怕沒有表面上來得這麼冷靜，需要有人在一旁陪伴她，但他要是再不出去，店裡可能會被那群人砸爛。

最靠近櫃臺的落地窗發出刺耳的破碎聲，碎了一地的玻璃碎片反射出銳利的光芒。

石智瀚下定決心，拉開了梁曉栩的手，矮著身一步步潛行，與梁曉栩所在的位置拉開一小段距離後，才直起身走了出去。

要是只有他自己，那真的沒什麼好怕的，二話不說直接開打，只是現在身邊有梁曉栩，他怕這事會牽連到她，才這麼多此一舉。

他一站起身，那幾個鬧事的小混混立刻把目光放在他身上。

「原來喬光中學的老大也在這裡。」那幾個人顯然是認識石智瀚，眼神不懷好意地看著他，「現在是怎樣？周小老闆不敢出來，就叫小弟出來認錯啊？」

石智瀚立刻抄起一旁的高腳折凳，「你他媽有種再說一次！」

話還沒說完，高腳折凳已經揮了過去，石智瀚的身手極快，對方猝不及防，硬生生地挨了這一記。

撞擊的聲音傳來，被擊中的那人痛到摀住傷處哀叫，傷勢估計會很嚴重。

石智瀚瞄了那人一眼，他故意瞄準特定部位攻擊，人體有不少地方脆弱得禁不起任何碰撞，更別說是被物體打到。

「他媽的，你一上來就打人啊！」領頭氣憤難平，手一揮，周圍幾個人的球棒都已經舉了起來，「打！」

對方已經被放倒一個，但還有四個人，石智瀚退了幾步，思考著當前的情勢，現在正面衝突對他沒有好處，但除了正面迎戰，似乎也沒有其他辦法。

他一邊想著，手上的動作沒有停下，隨手拿起身邊的東西砸下去，每一次的攻擊都發出令人顫抖的聲響。

石智瀚心裡明白，這種情況他是別想全身而退了，只能打倒一個是一個，最壞的情況就是四打一被圍攻，在周哲言來之前，他必須讓自己不要傷得太重。

既然心中已經有想法，石智瀚的動作就快了起來。

但對方也不是好惹的，他們誰不是在打架混戰中度日的人，也許身手不比長年習武的石智瀚來得俐落，但實戰經驗豐富，有一定的本事，一旦打起架來，就非得見血不可，他們不是小孩子在過家家酒，是在動眞格。

石智瀚畢竟以寡敵眾，電影裡那種一打十的畫面只是做效果，實際上他挨了好幾棍，手指尖都麻了，感覺不到痛，現實遠不如電影來得那麼帥氣。

不說對方有多狠，石智瀚下手也不手軟，高腳折凳被他打得有些變形，一場混戰中，對方又倒下了兩人。

忽然間，兩邊不約而同地停下手，像是一個短暫的休止符，所有打鬥聲都消失了，場面瞬間靜默。

石智瀚負傷，呼吸聲粗重，兩邊都凶狠地盯著對方不說話，像是在對峙，幾秒過去，突然間雙方同時動了起來，掄起武器的那一剎那，周哲言出現在門口，帶著幾個圍事架開了兩邊的人。

石智瀚鬆了口氣，他的情況不樂觀，再打下去，恐怕凶多吉少。

周哲言走到石智瀚面前，皺著眉頭，面色凝重地問：「店裡情況還可以嗎？」

石智瀚點頭，「可以，沒有大問題。」

周哲言頷首，低聲道：「趙叔已經在家裡了，你回去讓他看看。」

「我知道，你先去處理吧。」石智瀚壓著手臂的傷處，感覺到陣陣疼痛，痛成這樣，就算骨頭沒斷，估計也有些裂了。

「好，我讓司機在外面等你。」周哲言不多說什麼，場面太過混亂，他無暇擔心石智瀚的安危。

轉頭看向那幾個鬧事的人，都是些名不見經傳的小混混，大概是被當成免洗人使用，一利用完就被拋棄，臆測他們抱持著店砸壞有賺到，失敗了也不虧的想法才跑來惹事，一想到善後的問題，周哲言就有些頭痛。

他壓了壓額角，「帶走。」

圍事壓著那幾人離開，周哲言轉頭對櫃臺說：「找人來把壞掉的部分修理好，店裡休業一週。」

臨走前，周哲言看了石智瀚一眼，此時的他分身乏術，實在無法顧及到石智瀚，只能對他露出抱歉的表情後，匆匆離去。

✦

趙叔是周家的醫生，在周家工作很多年，醫術很好，跟大家感情也不錯，每次有人在外頭流血受傷不能去醫院的時候，都會交給趙叔私下處理。

例如這次的鬥毆，又例如更嚴重的槍傷。

石智瀚身上幾處瘀青都抹上藥，唯獨手臂被纏了幾圈厚厚的繃帶，趙叔說不確定是不是骨裂，保險起見還是先做好萬全的處理。

梁曉栩跟著石智瀚回到周家，安靜地看著趙叔幫他上藥包紮，過程中悶不吭聲，直到趙叔離開，只剩她跟石智瀚的時候，才總算開口說話，「當初我們學校老大的位子，你也是這樣打下來的嗎？」

石智瀚看著她明亮的雙眼，心頭湧起一股揮之不去的罪惡感，石智瀚別開頭笑了幾聲，不打算正面回答她的問題，「我本來就不是好人。」

梁曉栩走到他面前，居高臨下地看著他。

石智瀚的眼角瘀青，嘴角帶著血絲，一臉狼狽，更別說全身上下大大小小的傷口，她看見時差點無法呼吸。

「當時還有很多辦法可以解決，你只要拖延時間跟他們周旋，等到周哲言出現就好，爲什麼要打起來？」她眞的不懂，把自己弄得滿身是傷，難道就是比較好的處理方式嗎？

石智瀚回過頭，看見她緊蹙著眉頭，一臉不解，不知道心裡在想些什麼。

「要是有別的方法，我還需要這樣？」石智瀚笑著反問，讓梁曉栩看不出他眞實的情緒。

梁曉栩愣了愣，接著伸手摸了摸他的頭，「眞可憐，智商不夠，難怪你想不出其他方法。」

石智瀚傻傻地看著她，聽到這話雖然有點無言，可是從她的動作所透露出來的安慰之意，不禁讓他心頭微動。

他拍開了她的手，撐起笑容，「資優生同學，那種情況下誰會跟妳好好說話？而且要是我不出面，選擇袖手旁觀，回頭傳到學校那裡去，我這個當老大的還能服眾嗎？妳眞以爲這世界上所有事只要動動嘴巴就能解決嗎？如果是這樣的話，那這世界上就不會有黑道了，小天真。」

梁曉栩聽到這話，不禁深思，「你說得對，有很多事情並不像表面上看到的這麼簡單，就像世界大同一直只是理想。」

石智瀚看向窗外，近側的落地燈燈光映在他的臉上，一轉過頭，他半邊的臉隱沒在燈影裡，「說到底，我們根本就是兩個世界的人。在妳的世界，所有人都奉公守法，家庭幸福美滿；而我的世界，法律只用來當參考，家庭和樂……只不過是童話，聽聽可以，當眞就太傻了。」

梁曉栩一時無言以對。

在今天的事發生之前，她從來沒見過有人打架鬧事，她一直覺得「尋釁」這種詞彙，只會出現在武俠小說裡。

她沒想到今天會親眼目睹這種場面，身邊的人還因此受了傷。

「痛嗎？」她軟下聲，蹲在石智瀚面前，雙手摸上他的繃帶，「我可能有點嚇傻了，所以……」

石智瀚等了半晌，梁曉栩始終沒把話說完，他忍不住出聲問：「所以？」

梁曉栩搖搖頭，「你要喝水嗎？我倒水給你喝。」

看到梁曉栩準備起身，意圖逃避問話，石智瀚開口攔住她，「不准走，妳話只說了一半。」

梁曉栩搔搔頭，「我只是想說，可能因爲我是菁英分子的關係，多少有點自大，只懂得用自己的角度看這個世界，不懂得設身處地，所以不知道別人的處境有多艱難。」

「說自己是菁英分子，都不覺得應該要謙虛一點嗎？」石智瀚不禁失笑，「我看妳最應該加強品格教育。」

「爲什麼要謙虛？我一路念資優班上來，要說自己受的不是菁英教育，那多對不起拉拔我長大的爸爸。」梁曉栩笑嘻嘻地說，隨即又嘆了口氣，「只是我從來沒想過，原來社會新聞不僅僅是新聞，而是眞的會發生在現實中。」

「不怪妳，很多人都不知道這些全是眞的。」石智瀚望著窗外。

天空陰沉沉的，沒一會兒就下起了雨，濛濛細雨爲這棟古典的建築染上一層朦朧的美。

石智瀚觸景生情，緩緩說道：「以前聽阿言說，周伯伯是民國三十八年來臺的國軍，退役之後，不知道用了什麼法子搶下了這一區的地盤，可能打過仗的人都比較有血性，所以連爭奪地盤時也不遑多讓，聽說當年陳哥那頭幾乎要被周伯伯趕盡殺絕，後來兩人決定談和，一起坐下來吃了頓飯，局面才比較穩定。」

石智瀚陷入回憶的思緒裡，「後來周伯伯賺了很多錢，就把這棟屋子買下來，聽說跟他在中國老家的屋子很像。」

梁曉栩頷首，「清末來臺的移民本來就不少，當時他們在這裡建了許多仿造家鄉風格的房子，加上建築風格在我們外行人眼中，只要不要相差太多，都是很相似的，所以說跟老家很像也不意外。」

石智瀚笑了下，「我說什麼妳都懂，難道念書眞的這麼好？」

「好不好我不知道，一直以來我只會念書，也沒有其他事情可以讓我做比較來知道念書到底好不好。」梁曉栩偏著頭，「不過，多念點書也不壞，至少很多事情知道原因就可以推敲結果，比較不容易被騙。」

「是嗎？」石智瀚轉頭看她，仔細一瞧，梁曉栩本來就長得好看，在這樣的氣氛下，格外突顯出她的氣質。

「阿言說妳不是我們世界的人，也許他是對的，以後妳不要蹺課了，菁英就應該好好讀書，跟我們瞎混算什麼？」石智瀚板起臉，說服她，「妳要是想打電動，假日我都可以陪妳打，平時就乖乖讀書，不要浪費妳的才能。」

梁曉栩起身走到他面前，居高臨下地注視著他，「你現在這意思，是打算不認帳就對了？」

她不客氣地戳著石智瀚塗上藥的傷處，痛得他猛吸氣。

「少來這套，別對我曉以大義，我要是會怕就不會蹺課了，你還裝什麼裝，打架的時候都不會痛，我隨便用手戳就痛到皺眉？我沒那麼容易打發的，石智瀚，你惹了我還想逃？告訴你，做好覺悟吧，好好服侍我才是你這個小弟應該做的事。」

服、服侍？

石智瀚想好要回嘴的話，全被這兩個字震得粉碎。

「梁曉栩，妳有毛病啊？」他不僅無力，還無言以對。

梁曉栩插著腰，「我說錯了？給你面子，你還眞不客氣了啊？」

兩人僵持不下的時候，房門傳來叩叩聲。

「進來。」石智瀚沒好氣地開口。

進來的人手上端了碗湯藥，戰戰兢兢地開口：「石少，趙醫師說這碗藥活血化淤，請您趁熱喝了。」

「先放著。」石智瀚口氣不好，聽起來很凶狠，「出去吧。」

那人退了出去把門關上，梁曉栩走到一旁坐下，揶揄起他，「唷，很有架子啊，石少。」

她故意強調了那個稱謂，口氣顯得特別嘲諷。

石智瀚哼了聲，本來想起身去拿那碗藥，梁曉栩卻早了一步，拿起熱騰騰的藥碗端到他面前。

「需要幫忙就喊一聲，我也不是那麼不通情理的。」梁曉栩別過眼，有點彆扭地說：「還很燙，你喝慢點。」

石智瀚忍不住淺笑，「我其實沒有傷得那麼嚴重，雖然有點痛，但是……」

「你骨頭都裂了，還說不嚴重？」梁曉栩兩眼圓睜，「你是沒神經，還是根本是神經病？」

石智瀚舉起雙手，「我不跟妳吵，我投降。」

梁曉栩把藥碗塞進他手中，哼了一聲走到旁邊去。

雨聲大了，雨水打在芭蕉葉上，傳來規律的聲響，置身在這樣的情境裡，讓梁曉栩一時恍神。

在這座古意盎然的園子裡，住著的不是文人雅士，而是拿刀槍跟人廝殺的黑道，說出去大概沒人會信吧？

石智瀚端起藥，慢慢地喝了乾淨，同時一股藥味瀰漫在整個房裡，梁曉栩被薰得難受，只好跟石智瀚找點話聊，轉移對那股藥味的注意力。

兩人還沒聊上幾句，門忽然被大力推開。

「歐巴！」湯湯衝了進來，身上還穿著制服，一頭長髮綁成雙馬尾，洋溢著青春活力的氣息，本來見到石智瀚的喜悅，在眼角瞄到梁曉栩時瞬間變了，臉色忽然一僵，一不小心脫口而出：「妳怎麼也在？」

梁曉栩掀了掀嘴角，「怎麼今天不叫歐膩了？」

湯湯一愣，有些惱羞地瞪著梁曉栩，過半晌才弱弱地說：「歐膩，妳也來了……」

「嗯，乖。」

湯湯氣得不輕，但石智瀚還在旁邊，她自然不好多說些什麼，只能把這口氣硬生生地嚥進肚子裡。

「歐巴，周伯伯說今天請你留下來吃晚餐。」湯湯裝作親暱地摟著石智瀚的手臂，「阿言買了新的電動，吃完飯我們一起玩。」

梁曉栩默不作聲，起身走到一旁的窗臺上坐著，凝睇外頭的雨勢，耳邊傳來石智瀚的聲音，「不行，吃完飯我們就要走了，我要送我朋友回家。」

梁曉栩有些不解地回頭，本來想說她可以自己回去，卻看見石智瀚對她眨眼，雖然不知道幹麼這麼做，但還是點頭配合他。

「歐膩也要留下來吃飯喔？」湯湯問得很直接，話裡毫不掩飾她的不歡迎。

梁曉栩聳聳肩，聽見石智瀚說：「當然，要不是會留下來吃飯，不然我現在就要送她回去了，我累了，讓我休息一下。」

「歐膩可以……」自己回去。

湯湯的話還沒說完，一聲低沉的嗓音從門外傳來，「留下一起吃飯吧，石頭的朋友就是我們的朋友。」

梁曉栩一聽，知道肯定是周伯伯來了，她連忙從窗臺邊跳下，起身看著房門口。

來人跟她想像的黑道老大有些不同，她以爲會像電視劇裡一樣盛氣凌人，眼神中都帶著殺氣，但周伯伯不太一樣，雖然他身上同樣散發著一股霸氣，卻是低調且壓抑的，讓她突然想起有句話，叫做「君子不怒而威」。

第三章

餐桌上，周伯伯很熱情地招呼他們，在言談中有意無意地對石智瀚示好，連一旁的梁曉栩都聽得出來，周家確實很希望石智瀚加入他們。

石智瀚只是微笑帶過，或者扯開話題，從來不正面說自己的想法。周伯伯不想逼他，因此後來只是閒話家常。

飯後，石智瀚被周伯伯叫去書房裡詢問今天的情況，梁曉栩沒事可做，回到下午的那個房間裡等石智瀚。

她才剛坐下拿出手機滑了一會，就聽見開門聲，轉頭一看，是湯湯。

湯湯已經換下制服，穿上可愛的服裝，襯托她本來就精緻的臉，整個人散發出像洋娃娃一樣的氣質。

「有事找我？」梁曉栩靠上椅背，懶洋洋地開口，「看準了石智瀚不在？」

梁曉栩說得沒錯，看準石智瀚不在，湯湯卸下先前刻意表現的娃娃音跟嬌弱的偽裝，態度一點也不客氣。

「妳不要纏著歐巴，他根本不喜歡妳。」湯湯開門見山，直接把來意說得一清二楚，「妳根本不了解他。」

梁曉栩笑出聲，「這麼說，妳很理解他？」

「那當然，歐巴從小到大的事情我都知道。」湯湯表情充滿得意，「那才不是妳能懂的！」

梁曉栩偏著頭，渾身懶洋洋，「目前爲止，還沒有我想懂卻不能懂的事情，所以妳這是逼我去理解石智瀚？妳想清楚啊，也許我就這樣喜歡上他也說不定。」

這幾句話，說得湯湯臉都白了，「歐巴不會喜歡妳的！」

「妳怎麼知道？我看他也不喜歡妳啊。」梁曉栩笑咪咪的，「只要他沒有喜歡的人，我就有機會不是嗎？」

湯湯愣怔了好幾秒，不知道該怎麼反應。

看著傻住的湯湯，梁曉栩不禁哂笑，別過頭去不再理會。

湯湯憋了好一會兒，才弱弱地說：「歐巴就算不喜歡我，也不會喜歡妳。」

梁曉栩哦了聲，懶洋洋地回過頭，歪斜著身子看她，「妳怎麼知道？妳要是眞的知道石智瀚喜歡什麼，怎麼就沒讓他喜歡妳呢？」

石智瀚從書房裡回來，正推開門時，恰好撞見湯湯淚眼汪汪地奔出去，與他擦肩而過。

梁曉栩抬眼看了他，「都說完了？」

「嗯。」石智瀚看著湯湯離去的背影，「她是怎麼了？」

梁曉栩聳聳肩，「我怎麼知道，她跟我聊著聊著就哭著跑掉了。」

石智瀚壓了壓太陽穴，「妳把她弄哭了？」

梁曉栩眨了好幾下眼睛，揚起下巴，「是又怎樣？」

石智瀚走到她面前，看了好一會兒，伸手捏住她的下頷，晃了兩下，「沒有做的事情就不要承認。」

梁曉栩錯愕地看著他，「你……」相信我？

石智瀚鬆開手，「妳人是差了點，但湯湯才不是什麼好惹的角色，有人膽敢碰她一根寒毛，她還不哭得所有人都知道？會哭成這樣又悶不吭聲，那一定是她明白自己有問題，怕別人知道眞相。」

石智瀚朝她伸出手，「走吧，回家了。以後不要賭氣，如果妳不說實話，我要怎麼保護妳？」

梁曉栩幾度張口，但最後只是低下頭，咕噥了句：「誰要你保護了……」

兩人離開周家的時候，周哲言還沒有回來，湯湯也沒出來送他們，石智瀚的機車還停在網咖外面，他們只好搭周家安排的車子回去。

「先送她回去。」石智瀚跟司機說了大致的方向，就往後靠上椅背。

他吐了口長氣，像是終於鬆了一口氣。

梁曉栩看向他的側臉，伸出手指輕輕摸了摸他的傷處，「你這樣回去，你爸會擔心嗎？」

石智瀚沒料到她的舉動，也沒想到她會提起他爸爸，呆滯了一會兒，才勾起了嘴角。

「我好像沒有跟妳提過，其實那是我的繼父。」石智瀚笑了笑，用一種事不關己的口氣說：「我的親生爸爸很早就過世了，我媽後來改嫁，但是幾年前已經……所以，嗯，就是這樣。」

梁曉栩喔了聲，點了點頭，想了一下，「所以他不關心你？」

「沒有，他對我很好。」石智瀚嘆氣，看著窗外，「只是覺得我欠他太多，可是現在又還不起。」

梁曉栩知道自己並不了解這情況，也說不上話，只好提議道：「我沒有這方面的經驗，也許寄人籬下真的滿不容易的，還是你要不要來我家住？」

石智瀚笑出聲，「我幹麼去妳家住，住妳家就不是寄人籬下了？」

「照顧小弟是老大的責任。」梁曉栩有模有樣地拍了拍胸口，然後歪著頭問：「是這樣沒錯吧？」

「我現在覺得妳也挺神經病的。」

「我要不是有病，不然怎麼會認識你？」梁曉栩笑著回話，「對了，那你明天怎麼上課？機車不是還放在網咖外嗎？」

石智瀚琢磨了會兒，「對喔，那還是我等一下直接騎回來好了。」

梁曉栩對他擺出鬼臉，「你還是早點回家休息吧，趙叔不是說了，你明天肯定全身痠痛，這樣還騎機車不好吧？」

石智瀚打群架的經驗豐富，不用趙叔說，他也知道明天搞不好連床都下不了。

「你先回家吧，明天我去接你上課。」梁曉栩不容置疑地說，聽到這話，石智瀚不禁心生疑惑。

他糾結了一下子，還是決定問她：「妳要怎麼來接我？妳會騎機車？」

「我爸會開車送我，可以順便來接你，我們一起去上課就好了。」才剛說完，梁曉栩就看見石智瀚一臉驚慌地看著她，「你幹麼啊？」

石智瀚有點結巴，「妳、妳爸……不用了，我自己可以去上課！」

「我爸怎麼了？」梁曉栩一頭霧水，「那你要怎麼去？」

「我可以來接石少，兩位不用擔心。」前頭的司機忽然開口。

梁曉栩跟石智瀚相視一眼，石智瀚心裡明白這是周家給他的好處，他可以選擇不接受，但要拒絕，又顯得太刻意。

見石智瀚遲遲沒回應，最終還是梁曉栩出聲，「好吧，那就麻煩你了。」

石智瀚看向她，想了會兒還是沒說話，算是同意了。

司機見狀，帶著一點笑意地說：「那請石少再告訴我時間。」

石智瀚其實有些懊惱，過去曾經有過這樣的情況，但是他從沒接受過周家的好意，只是今天似乎別無選擇，只能硬著頭皮答應了。

隔天，梁曉栩一到教室，剛放下書包就往石智瀚的班上跑，等了半晌，才看見他拖著腳步走進教室。

石智瀚走進教室前，在走廊上透過教室窗戶看見梁曉栩坐在自己的座位上。

她托著臉，斜斜歪歪地靠在桌子上，等著他的到來。

走到座位旁，他一手插在口袋裡，「找我有事？」

「我來看看你今天情況如何。」梁曉栩的目光在他身上轉了幾圈，「抹藥了嗎？」

石智瀚對她笑了笑，「抹了，這麼關心我啊？」

梁曉栩朝他癟癟嘴，做了個鬼臉，「我是關心我日後應得的利益，免得你之後無法帶我蹺課，你有抹了就好，我走了。」

梁曉栩才站起身，袖口卻被人抓住，回頭一看，是個看起來很畏縮的女生。

「那個……雖然老大輸了，不過妳可以幫我們補習嗎？快要段考了，我還有好多地方聽不懂，而且離大考也不到三百天了。」

梁曉栩一臉詫異地看著已經別過臉的石智瀚。

石智瀚在搞什麼鬼？她不是早就答應了嗎？

梁曉栩心裡這麼想，但還是決定私底下再問他，「喔，好啊，那就……今天放學之後？」

她話音才落，所有人都爭先恐後地衝上前。

「我也可以嗎？」

「我們也要，拜託！」

梁曉栩沒預料到這情況，愣了會兒才說：「那你們把不會的題目先整理出來，我上完輔導課就來。」

教室歡聲雷動，吵得石智瀚根本沒有辦法跟梁曉栩說話，只好把她拉到走廊上談。

梁曉栩也正想問他是怎麼回事，爲什麼大家對課後輔導的事都不知情，石智瀚明明已經低聲下氣拜託她了，但他居然沒跟大家說？

兩人走到走廊的盡頭，停了下來，石智瀚搶在梁曉栩發問之前說：「我只是忘記告訴他們了。」

鬼才會信。

梁曉栩翻了個白眼，瞧他這種心虛的神態，當她瞎了啊？

不過她現在不想跟石智瀚糾結這個問題，有比這更要緊的事得問他。

「對了，我得跟你確定一件事。」梁曉栩嚴肅地開口，「你不喜歡湯湯吧？」

「當然不喜歡啊，妳有毛病啊？阿言喜歡湯湯耶，我怎麼能跟他搶。」石智瀚瞥了她一眼，「妳問這個幹麼？」

聽到石智瀚的答案，上半句梁曉栩覺得滿意，但下半句就令人玩味了，「所以周哲言不喜歡湯湯的話，你就會喜歡她？」

「當然不會啊！湯湯就像我妹妹一樣，僅止於此。」聽到這個問題，石智瀚內心頗無言，「我幹麼喜歡湯湯？妳到底問這個要幹麼？妳該不會喜歡上我了吧？」

「我沒上過，不知道喜不喜歡上你。」梁曉栩故意玩了一回文字遊戲，看見石智瀚有些錯愕的表情，只是聳聳肩，「我就是好奇，順便做點心理準備，要是湯湯以後又被我氣哭，我得先搞清楚你的立場，才能知道你會不會怪罪我。」

「妳沒事幹麼招惹湯湯？」石智瀚無奈地開口，頓了一頓，「還有，女孩子不要開黃色玩笑。」

「我沒事當然不會去惹她，但要是她敢來惹我，我可不會客氣。」梁曉栩撥了下頭髮，「難道你要我忍氣吞聲？」

想到湯湯胡攪蠻纏的脾氣，石智瀚覺得梁曉栩這話說得有點道理，他笑著嘆了口氣，「奇怪，妳跟湯湯怎麼會處不來？明明都是惹事精。」

「有利益衝突，當然就當不成朋友。」梁曉栩不打算跟石智瀚解釋太多，又說：「好，那我回教室了，下午再來幫他們解題。」

✦

梁曉栩認為自己一直都是個很有行動力的人，也非常的完美主義。

落到她手中的事情，就算不能滿分完成，達到八、九十分也沒有問題，但自從她開始幫忙解題之後，她覺得自己這凡事力求完美達成的習慣不太好。

放牛班的同學們不是不會做題目，是連題目都看不懂，在沒有基礎的情況下，做再多題目都是白費功夫。

於是梁曉栩只能從頭開始教，光是國文、數學兩門課，她已經上到快要吐血。

到最後，她終於明白，為什麼老師會常常說：背起來，這會考。

要是每一題都從基礎講起，怎麼可能在兩個星期之內教完所有題目？

「喝點熱可可壓驚。」石智瀚用幸災樂禍的口氣對她說。

課後補導結束後，他們並肩坐在河堤邊，梁曉栩瞪了他一眼，不客氣地拿走可可，重重地哼了他一聲。

「你明知道大家程度不好，還要我做這種吃力不討好的事，有沒有良心啊？」梁曉栩怒視他，拳頭在空中揮了幾下，「我都要累死了！」

石智瀚大笑，躲過梁曉栩的攻擊，然後雙手往後撐著上身，仰望夜空，「可是，他們一個個都這麼期待妳，覺得妳就是他們的救世主，我怎麼好意思讓他們失望。」

「這世界上，沒有誰是誰的救世主。」梁曉栩沒好氣地說：「我教得這麼認真，還不是有些人聽到睡著，明明是他們要我來幫忙補習的。」

石智瀚又笑，「不然妳以爲我們是怎麼被分到放牛班的？不就是上課容易睡著，回家自己讀又讀不懂，惡性循環嘛。」

「哼，你倒是很清楚原因，那幹麼不念書？我看你也不笨。」梁曉栩喝完最後一口熱可可，伸手從塑膠袋裡拿出包餅乾來吃。

「我說過啦，我沒有目標，不知道念書要幹麼。」石智瀚說：「其實我很羨慕妳，好像永遠都知道自己要往哪裡前進。」

「放屁。」梁曉栩吃著餅乾，毫無氣質地說：「目標是自己找出來的，想要什麼就自己去爭取，等著目標不請自來，那就跟等著老天爺掉錢一樣不切實際。」

「那妳怎麼知道自己想要什麼？」石智瀚很好奇，「平平都是讀書人，妳怎麼就知道自己的目標？」

「靠想像嘛。」梁曉栩咽下了餅乾，「比如說，你看到電視新聞，就想像自己以後當上主播，感覺會怎麼樣，重複同樣的步驟，然後一樣一樣篩選，總能找出自己喜歡而且有興趣的目標，然後就努力去做啊。」

「說得容易，我有興趣的就是打電動。」石智瀚對她的言論嗤之以鼻。

「少在那邊自怨自艾了，打電動也可以是目標，現在電競選手正熱門，賺得可多，但壓力很大，你有抗壓性嗎？能打得跟人家一樣好嗎？他們也是經過一番努力才有所成就，不付出一點代價就想收穫，怪誰？」梁曉栩一針見血，「如果你都不知道自己要什麼，別人怎麼會知道你要什麼。」

石智瀚被她說得啞口無言，「所以妳想要當什麼？」

「律師。」梁曉栩的眼中閃閃發亮，「尤其是國際人權律師，你知道現在光是這一秒，就有多少無辜的人冤獄嗎？每次想到這些人，就覺得我一定要去救他們。」

這一個多禮拜，每天梁曉栩幫大家上完課之後，石智瀚就會帶著她來河堤邊坐坐。可能吃點宵夜，或是喝點飲料，慰勞一下梁曉栩。

石智瀚年輕力壯，身體的復原能力強，之前的傷經過這一段時間的休養，除了那處疑似骨裂的地方，其他都已經好得差不多了。

「你明天有空要不去醫院照一下X光？總覺得那處骨裂不去檢查一下，實在無法安心。」梁曉栩自己說著，就立刻下了決定，「我明天陪你去看醫生吧。」

「明天星期五還要上課，妳怎麼陪我去看醫生？」

「原來你還會介意上課這件事啊？」梁曉栩表情吃驚，一副前所未見的樣子，「那就請假吧，你就說你要去看醫生，請個病假就好啦。」

「那妳怎麼去？」

「我也請病假。」

「妳？」石智瀚笑著，用力點了點頭，「妳看起來確實像是有病。」

梁曉栩被他的話逗笑，「你才有病呢，女生要請病假有什麼難的，每個月都能請一天病假啊。」

石智瀚啞然，「妳這樣亂請假沒問題嗎？」

「有什麼問題，老師又不能確定我是不是生理期。」梁曉栩笑得很狡猾，「而且你不覺得我臉色特別蒼白，看起來就是身體不好嗎？」

石智瀚故意湊得很近細瞧她的臉，鼻息都吹在她白皙的臉上。

梁曉栩的皮膚很白，白到能看見底下的微血管，臉上細細的寒毛，在一旁路燈的照耀下，透出了些微的反光，讓他忍不住伸手摸了一下。

「你幹麼!?」梁曉栩嚇得跳開，用手摀著石智瀚摸過的地方，有些驚慌失措。

石智瀚愣了一愣，收回手，剛剛的觸感還殘留在他的指尖上。

本來只是想逗逗她，結果沒想到反而把自己弄得尷尬了起來。

原來女孩子的皮膚這麼好摸。

他沒回答梁曉栩的話，兩人就這樣靜靜坐了會兒。

「那個……」梁曉栩摸了摸臉，「明天我跟你去吧。」

「其實我可以自己去。」石智瀚有些不習慣別人的關心。

梁曉栩低著頭想了幾秒，仍舊堅持，「我還是跟你去吧。」

「妳……這麼擔心我？」石智瀚有些遲疑地問，同時覺得有一股暖流淌過他的全身每一處。

「我是挺擔心的啊。」梁曉栩同意他的話，「我覺得你很有可能聽不懂醫生的話，與其讓你跟醫生雞同鴨講，不如我跟著你一起去比較保險。」

石智瀚被她氣得半晌都說不出話來。

梁曉栩在一旁悠哉地吃著餅乾，「這就叫智商壓制。」

「梁曉栩，妳有病吧？」

「你是第一天知道啊？我從來不否認的啊，眞可憐，智商不高就算了，連記性都不好。」梁曉栩故意伸出手，摸了摸他的頭，「乖啊，下輩子記得認眞念書。」

「滾，再耍白目，妳就自己回家，慢走不送。」

「嘖，脾氣大了是吧？」梁曉栩站起身，「趕我走？那我就走了啊。」

她說走就走，背起書包，頭也不回地邁開腳步。

石智瀚怔愣地看著她的背影。

搞屁啊，哪有人說走就走的？

正當他猶豫要不要追上去時，就聽見梁曉栩的聲音傳來，「小弟，還不跟上？」

隔天，兩人約好一早一起去了醫院。

梁曉栩熟練地幫石智瀚掛完號，看了看號碼，估計還要兩個小時才輪到他，直接就拖著石智瀚去外頭吃早餐。

「妳怎麼對醫院這麼熟？」

聽到這句話，害正在吃早餐的梁曉栩被嗆到，「呸呸呸，咒我嗎？」

「妳反應也太過度了吧。」石智瀚一手拍著她的背，另一手把豆漿遞到她眼前，「喝點豆漿。」

梁曉栩瞪他一眼，驀地笑了。

石智瀚每次見她這樣笑，心裡就發毛，「幹麼？」

「我就是不知道，原來你連中文都看不懂，牆上明明就有指示牌嘛，我跟醫院哪裡熟了。」梁曉栩嘴下不留情，「你早說嘛，看在你是我小弟的份上，我可以替你補習中文，不騙你，我中文可是好到可以當家教。」

石智瀚收回拍著她背的手，面不改色地吃早餐。

「不用，少在那邊冷嘲熱諷，我中文不好又不是一天兩天的事，還要妳說？」石智瀚大概被梁曉栩磨練久了，心臟都變強了，「我是韓國人，中文不好很正常。」

「哦？說起這個，所以你是混血兒嗎？你看起來也不像純正的韓國人。」

「我生父是臺灣人，但是我從來沒見過他。」石智瀚輕描淡寫地帶過。

「這樣啊，我看你也沒有很介意啊，之前周哲言跟湯湯幹麼都很忌諱提起這件事？」梁曉栩夾起煎餃吃著，「說實在話，如果你眞的想要讀書，我很樂意教你啊，課後補導時都沒有看你拿題目來問我，我很失落。」

「妳失落個屁。」石智瀚頓了頓，喝了口奶茶，「我小時候很介意這件事，因爲那時候我媽的中文也說得不好，功課有不會的地方都沒有人可以問，所以成績一直不太好。」

「喔，確實，很多新移民配偶的家庭都會有這樣的問題。」梁曉栩同意頷首，「不過我想這應該不是你成績不好的主因，估計是因爲你在學習上得不到成就感，所以態度變得消極，不想讀書。」

「爲什麼任何問題只要被妳一解釋，感覺就變得特別容易解決？」石智瀚搖頭，「反正等我找到自己的目標時，就會去念書了。」

梁曉栩聳聳肩，「隨你，我尊重你的選擇。」

石智瀚才不相信，她要是眞的尊重他，還會簽什麼喪權辱國的合約嗎？

他看了眼現在的時間，「快點吃吧，吃完我們早點回去，過號還要多等三個人。」

梁曉栩嗯了聲，低頭安靜吃東西。

之後回到醫院，等了一會兒之後，就輪到石智瀚了。

趙叔果然是個很有經驗的醫生，說是疑似骨裂，診斷後確定是骨裂，幸好只是輕微的程度，醫生建議冰敷，並開一些藥給石智瀚。

兩人並肩走出醫院的時候，已經是下午了。

「浪費時間。」石智瀚嘟囔，「趙叔都說是骨裂了，早知道就不來了。」

「任何有關健康的事情，都不可以輕忽！」梁曉栩忽然嚴肅起來，「沒事總比有事好。」

「知道了。」石智瀚低頭看被重新包起來的手，「那我們現在去哪裡，打電動？」

梁曉栩想了想，「不了，找個地方休息一下吧，你現在這樣的狀態，要是又遇上找麻煩的人，再打下去，這隻手大概就廢了。」

石智瀚想想她說得有道理，他這隻手都變成這樣了，要是遇上什麼事，他根本沒辦法保護她。

「那……先去吃東西？」

「好。」梁曉栩笑出聲，「整天吃吃吃，我都要超重了。」

石智瀚瞄了她一眼，「妳距離超重大概還有好幾光年的距離。」

兩人一邊鬥嘴，一邊找了家咖啡館坐下來聊天。

他們待了一會，實在沒事做了，梁曉栩便提議去附近的大學裡逛逛，他想想也沒別的事可做，就同意了。

只是石智瀚沒想到，他們會在蹺課的時候遇見他繼父。

去大學的路上經過家門口，他忽然想進去拿個東西，沒想到才剛要開門，就看見繼父正要外出。

他對繼父一直有一種很複雜的心情。

在國一的時候，他媽媽改嫁給繼父，其實他沒有太大的意見，一來是他從沒見過親生父親，對生父沒有太多的感情，二來是繼父沒有要他改姓。

繼父是個沉默寡言的人，當年媽媽還在的時候，可以從中緩和一下尷尬的氣氛，一家人相安無事地過了好幾年，直到媽媽過世之後，每當兩人獨處時，他總是不知道該跟繼父說些什麼，繼父也是一樣的狀況。

一開始還會刻意找話題聊，但總是沒說幾句話就結束了，這個情況一直反覆發生，兩人之間的關係日益僵化，演變到後來，變成雙方見了面卻無話可說的地步。

當梁曉栩跟繼父打了照面的那一瞬間，兩人都有些錯愕。

先回過神來的反而是梁曉栩，她走上前問好，「伯父你好，我是石智瀚的同學，他手受傷了，我今天陪他去醫院複診，沒什麼大礙，你別擔心。」

繼父嗯了聲，淡淡地看了石智瀚的傷處一眼，「沒事就好，我要出門了，你們自便。」話完說，他越過石智瀚跟梁曉栩就走了。

梁曉栩回過頭，看著石智瀚繼父離開的背影，「哇，眞冷淡。」

石智瀚聳聳肩，習以爲常，「大概吧，我們好像一年沒說話了。」他頓了頓，「我繼父叫吳中炘。」

他不知道自己幹麼介紹繼父的姓名，彷彿說了，就能拉近一點兩人的距離。

「你繼父話這麼少，一年不說話，好像也不是什麼奇怪的事情。」梁曉栩下了結論，「不過看起來人還不錯，你也別太苛求他了。」

石智瀚沒說話，走進屋裡。

屋子不大，就是很普通的三房兩廳，梁曉栩跟在石智瀚身後走進了他的房裡。出乎意料的是石智瀚的房間非常簡潔，只有一臺電腦跟一張床，加上一個衣櫃，裡面就這幾樣東西，沒有多餘的擺飾。

「你的電腦能打電動嗎？」

「可以，不過不太順。」石智瀚坐在床邊，「其實，我繼父人很好，只是，我不知道跟他聊什麼。」

石智瀚先是談到他跟吳中炘相處的困難，接著說起他媽媽還在時的事情，說著說著，有時候會停頓下來，彷彿在回憶什麼，有時候語速會突然變快，像是在害怕說不清楚又說不完。

梁曉栩只是安靜地聽著，石智瀚雖然面無表情，可眼底卻顯露出明顯的情緒。

話說完了，石智瀚雙手撐在膝蓋上，陷入一陣沉默。

這些話，他從來沒跟人說過。

梁曉栩走上前，抱住他，又拍了拍他的背。

「沒事，我不也是沒媽媽，還不是活得好好的。」

「可是我也沒有爸爸了。」

「那有什麼關係，你有繼父。」

「可是，我不知道他……怎麼看待我的，我們連一點血緣關係都沒有。」

「我也不知道你怎麼看待我的啊，對得起自己就好了。」梁曉栩頓了頓，「不過你的情況眞的滿複雜的，我得想想要怎麼辦。」

石智瀚忽然推開了梁曉栩。

梁曉栩頓時有點尷尬，剛抱住石智瀚的時候，她並不覺得怎樣，直到被推開後，她才明白，原來被拒絕時眞的會讓人有點不知所措。

石智瀚抬起臉，認眞地問：「梁曉栩，要怎麼樣才能像妳一樣堅強？是不是跟臉皮厚度有關係？」

「石智瀚，你有病啊？我這麼認眞地安慰你欸。」

石智瀚哦了聲，學著梁曉栩的論調說：「顯而易見，妳眞的不太會安慰人。」

梁曉栩徹徹底底地僵住了，她被以子之矛攻子之盾啊。

石智瀚看著梁曉栩石化在原地，笑著安慰她，「放心，就算妳這麼不會安慰人，我也不會鄙視妳的。」

「你笑什麼笑。」梁曉栩哼了聲，別過臉，「走啦，可惜只有一臺電腦，要不然我們還能一起打電動。」

石智瀚拿好東西後，兩人走出屋外，往附近的大學漫步過去，因爲距離很近，所以石智瀚乾脆不騎車了，兩人沿著人行道慢慢走著。

此時正值秋日傍晚，溫度適宜，天氣正好。

溫煦的夕暉透過錯落的樹葉空隙傾瀉而下，淡淡地灑在他們身上，讓人感到溫暖之餘，又不至於太熱。

地上遍布泛黃的落葉，黃昏下的校園瀰漫著浪漫的氣氛，兩人置身於其中，顯得詩情畫意。

「我呢，其實一直希望自己能考上這間大學。」梁曉栩忽然開口，「我家就在學校附近，如果早上八點上課，我可以睡到七點四十再出門呢。」

石智瀚被她這種非常務實的說法給逗笑，「妳想念哪間學校應該都沒有問題吧，現在不是有什麼繁星計畫，妳年年穩坐校排第一的位子，想要申請這間有什麼不行？」

梁曉栩皺著眉搖頭，表情異常嚴肅，「有啊，有個很嚴重的問題。」

「什麼？」

「這學校沒有法律系啊。」梁曉栩癟嘴，嗚嗚假哭，「那我的律師夢怎麼辦啊？」

石智瀚笑了，夕陽的餘暉映照在他臉上，顯得他的笑容特別燦爛耀眼。

「妳一定要念法律系？」

「嗯。」梁曉栩重重地點頭，「如果考不上不能念也就算了，既然有能力去念，當然就要念自己最有興趣的科系。」

她這種程度的人，怎麼可能會有她不能念的科系。

石智瀚腹誹，然後道：「妳怎麼會對法律感興趣？那個明明就很無聊，而且我討厭立法的人。」

梁曉栩一臉痛心地停下腳步，「我真是看錯你了！」

「幹麼啊？妳又想要說什麼了？」石智瀚被她的反應搞得一頭霧水。他很想建議她去看個醫生，確認她腦子的運作有沒有問題，難道跳躍性思考是高智商人類的表現？

梁曉栩嚴肅又認眞地看著他，「你怎麼可以在完全不理解的情況下，就說討厭一個人？而且法律又沒得罪你。」

石智瀚挑起一邊的眉，「法律都是人類訂定出來的規則，憑什麼他們可以制定法律管所有人？」

「因爲有了法律，才能確保你不會傷害到別人，別人也不會傷害你。」梁曉栩立刻接話，頓了頓說：「至少我是這樣理解的。」

「反正我是不相信就對了。」石智瀚完全沒被梁曉栩說服，漫不經心地回答：「我從小跟阿言一起長大，看了很多事情都不是法律可以解決的。」

「那個世界比較特別一點。」梁曉栩靜靜地看著石智瀚，聳聳肩，「無所謂，我不跟沒有夢想的人計較。」

石智瀚呼吸一窒，「沒有夢想錯了啊？」

「人沒有夢想就跟鹹魚一樣。」

「少拿周星馳敷衍我。」

梁曉栩笑瞇了眼睛，「唉，這麼快連我敷衍你都聽得出來了，不錯不錯。」

石智瀚索性不回話，梁曉栩也不介意，跟在他身邊，一邊往學校裡走，一邊叨叨絮絮地說個不停。

✦

再過幾天，就是學校第一次段考，距離大考，約莫剩下兩百七十天。

梁曉栩一下課就直接回家，說是段考到了要趕快複習，少了她在旁邊吵鬧，石智瀚也沒有興致去別處瞎晃，網咖也還在整修中，於是打算放學後乾脆回家。

只不過才剛走出學校，就接到周哲言打來的電話。

接起手機，聽到周哲言在電話裡說：「晚上有空嗎？」

「有啊，怎麼了？」

「老地方吃飯吧。」

「好啊。」掛掉電話，石智瀚哼著歌前去熱炒店。

周哲言以前不忙的時候，他們兩個人常去熱炒店吃飯，後來周哲言手上的事情越來越多，他們就比較少去那邊了。

他熟門熟路地到了熱炒店，櫃臺的人看到石智瀚出現，對他笑了下。

他順手從冰箱裡拿了罐啤酒，走進了包廂。今天梁曉栩不在，沒有人會念他，他終於可以喝一點酒了。

石智瀚才坐下沒多久，第一道菜就端了上來。

「阿言已經打過電話了。」老闆親自上菜，端上桌的是只有熟客才有的古早味米糕，「好久沒看到你們了。」

「對啊，阿言最近太忙了。」

老闆跟石智瀚寒暄幾句，就走了出去。

包廂裡只有他一個人，他慢慢地喝著啤酒，有一口沒一口地吃著米糕，酒都還沒喝完，周哲言已經推開門走了進來。

「事情都弄完了？」石智瀚看著他很明顯的黑眼圈，比了比眼睛，「你有睡覺嗎？」

周哲言苦笑，「睡了三個小時吧。」

「那幹麼找我吃飯？你回家睡覺啊。」石智瀚雖然這麼說，卻笑了出來，「這麼想我啊？」

周哲言邊說邊入座，「那天還來不及問你手的情況就走了，現在好不容易忙完，乾脆親眼看看你的傷勢，怎麼樣，沒事吧？」

「沒事。」石智瀚揮了揮手，「被梁曉栩逼著去看醫生，照了X光，跟趙叔說的一樣，只是輕微骨裂而已。」

周哲言有些詫異，「梁曉栩叫你去看醫生，你就去了？你什麼時候這麼聽話了？」

石智瀚不禁腹誹心謗。

誰叫自己是她小弟，她說什麼也只能聽啊。

「沒有，就是那幾天手眞的挺痛的，我也有點不放心。」石智瀚無可奈何地扯了個謊。

「是嗎？」周哲言瞇起眼，「我不太信。」

石智瀚喝了口啤酒掩飾情緒，「有什麼好不信的，事情就是這樣。」

周哲言想想，自己不是非得要知道眞相，於是不再追問，「既然如此，那你怎麼沒找趙叔開幾帖中藥？」

「我還眞忘了。」石智瀚擺手，「不要緊，都快好了。那你呢？陳哥那邊怎麼說？」

「還能怎麼說，當然是咬死不認，說不是他們指使的，那幾個人被當成免洗筷，用完就被拋棄了。」周哲言壓了壓眉心，「不過近期內應該不會有衝突，他們內部出了點事，現在大概忙著找內賊吧。」

「我們的人？」

「警方的人。」周哲言罕見地笑了，「誰讓他們這麼明目張膽地走私槍械，引起了高層的注意，所以高層越過底下的警局，直接派人進去。」

「你知道是誰？」石智瀚追問。

「當然不知道。」周哲言拿起酒喝了幾口，「不過幫忙掩護臥底，打個大範圍的煙霧彈還是沒問題，敵人的敵人，就是朋友。」

「好方法。」聽周哲言這麼說，石智瀚就放心了。

恰巧這時候老闆上菜，兩人順勢換了個話題。一會兒聊梁曉栩怎麼沒來，一會兒問湯湯怎麼也沒出現。

兩人各自交換了最近的情況，最後飯菜酒肉也吃得差不多了，情緒漸漸放鬆下來，兩人都隨性地靠在椅背上。

石智瀚忽然想起前幾天跟梁曉栩討論的話題，酒酣耳熱之際，想也沒想就脫口問：「阿言，你有夢想嗎？」

周哲言很快頷首，「有，我一直想去法國留學，想去看看那裡的建築。」

「建築？」石智瀚很錯愕，「原來你想當建築師嗎？」

周哲言笑了笑，「也不是，只是對這個很有興趣而已。」

「我從來不知道你喜歡這個。」石智瀚有些吶吶地說不出話，「那你怎麼不跟周伯伯說？他會支持你去留學的。」

周哲言淡淡地笑了一下，「那這裡怎麼辦？讓我爸一個人處理？」

周伯伯早年從軍，落下了一身病根，本來以爲沒有機會了，卻老年得子，父子倆年齡相差數十歲，儘管周哲言現在才十八歲，但是周伯伯已經七十好幾，身體幾乎快不行了。

周哲言臉上沒什麼情緒，態度淡漠，「所謂的夢想，就是不會輕易實現，才叫做夢想，如果沒有任何難度，只要去做就能達成願望，夢想也不叫夢想了。」

也對，梁曉栩說的那什麼國際人權律師，聽起來就很有難度。

「都說到這個了，你畢業之後有沒有什麼想法？」周哲言問：「繼續念大學嗎？」

石智瀚想了會兒，「不知道，但是就算是要繼續念書，我也不想再跟我繼父拿錢了，可能先找個打工，自力更生吧。」

「其實，我眞的很缺人幫我。」周哲言很含蓄地開口，「我的人太少了，那些幹部都是我爸留下來的人，他們辦事能力很好，人面也很廣，可是他們太貪了，我常常覺得只要有人出得起價，這些人就會毫不猶豫地把我賣了。」

石智瀚沉默了會兒，只能搖頭，「不行，我要是眞的加入了，我媽會從地底跳起來掐死我的。」

「其實，在陳哥眼裡，你跟我們並沒有差別。」周哲言直直地看著他，「等到哪天爆發大衝突的時候，你也很難置身事外。」

石智瀚拿起啤酒仰頭喝了一大口，「那就等到那天再說吧，我答應過我媽，不到最後關頭，我不想失信。」

「好吧。」周哲言也不打算逼太緊，畢竟是自己的兄弟，不想讓他太爲難，於是周哲言轉了個話題，「那你跟梁曉栩最近怎麼樣了？」

「沒怎麼樣啊，就跟之前一樣。」石智瀚覺得這問題很怪，「我跟梁曉栩哪會怎麼樣？」

周哲言斜睨他一眼，「就裝死吧，你喜歡梁曉栩，難道我看不出來？我還沒看過你對哪個女生這麼顧前顧後。」

石智瀚抹了一把臉。

這眞的是場誤會，但是他不能說出眞相啊。

石智瀚頓時體會到什麼叫做「有苦難言」。

第四章

段考完的隔天，梁曉栩立刻拖著石智瀚蹺課了。

雖說段考結束了，還有更重要的指考要面對，不過現在誰還有心情念書，管他指考剩下幾天，當然先玩再說。剛好這一陣子周哲言的網咖整修完工，舉辦了重新開張的慶祝活動，兩人二話不說立刻跑去湊熱鬧。

連蹺了三天的課去網咖後，梁曉栩覺得自己在LOL的操作上更加熟練，簡直提升到另外一個境界，沾沾自喜地要找石智瀚對戰。

但好景不常，兩人剛翻出圍牆，教官已經站在外頭等著了。

「石智瀚！你蹺課就算了，竟然還帶著梁曉栩蹺課？」教官喊聲震天，教官室裡的所有人都把目光轉了過來。

石智瀚無奈地看著梁曉栩。如他所料，梁曉栩找他蹺課，結果只有他被罵。

梁曉栩朝他眨眨眼，眼神裡彷彿在說：怎麼辦？我可以跟教官吵架嗎？

石智瀚光是看見她閃爍著光芒的眼神，就覺得有種不妙的預感。

其實他挺喜歡這個老教官的，雖然有點難溝通，但是個很溫和的好人。

他評估幾秒，拉住了打算上前跟教官吵架的梁曉栩。

「教官，都是我的錯。」石智瀚決定把責任都攬到自己身上，反正他被多記一支警告也沒差，頂多就是做幾次愛校服務，「她……」

石智瀚話還沒說完，梁曉栩伸手一推，「課是我們一起蹺的，要說誰有錯，也是兩個人都錯了。」

梁曉栩揚起下巴看著教官，一副不肯道歉的表情。

石智瀚一手掩住了眼睛不忍看。

這種時候不道歉，之後也別想道歉了。

教官果然被梁曉栩的態度給氣得不輕，立刻說要聯絡家長來學校。

「教官，我家你就不用打了，你也知道我繼父根本不管我。」石智瀚淡淡開口。

石智瀚蹺課這麼多次，教官曾找他多次長談，怎麼會不知道他家裡的情況，因此對石智瀚多了一點關心，就算成績不好也沒關係，至少希望他能走在正途上，但現在聽到他這麼說，人又在氣頭上，一向很體諒他處境的教官，氣到把他們趕到走廊上罰站。

石智瀚跟梁曉栩根本沒把處罰當一回事，現在是上課時間，走廊上根本沒有人會經過看到他們。

「喂，我看劉老頭這次是認真的，妳……沒問題吧？」石智瀚比梁曉栩還擔心。

午後陽光暖暖地灑落在走廊上，幾片落葉緩緩飄落在他們腳邊。

「沒問題啊。」梁曉栩低著頭，踢著腳邊的落葉，「我早就跟我爸說過了。」

石智瀚震驚，聽到這個消息，他真的笑不出來，「妳的意思是……妳蹺課，妳爸都知道!?」

梁曉栩抬起頭看著驚恐的他，一臉莫名其妙，「對啊，我爸知道啊。」

他咽了咽口水，這是什麼家庭教育？爸爸知道了還不阻止女兒蹺課，他覺得自己被這對父女打敗了。

「對了，既然我爸等一下要來，那等事情結束後我們一起去吃飯吧，我爸一直想見你，他是個老師，人很好的，你放心。」

石智瀚深吸了一口氣，「不去。」

「幹麼不去？」梁曉栩根本沒打算徵詢他的同意，「反正你本來就要聽我的話，只是吃個飯，我就是通知你一下，可沒允許你不去。」

石智瀚第一次萌生了想要掐死這女人，然後棄屍荒野的念頭。

兩人等了一會兒，梁曉栩的爸爸梁書輔來了，是一名高瘦的中年男人，他走過來，先跟梁曉栩打過招呼，還跟石智瀚自我介紹之後，才走進教官室。

他跟教官在裡面詳談一陣子，石智瀚在外頭聽不到他們談了些什麼，只知道梁書輔出來後，對教官說：「反正時間也差不多了，那我就先帶梁曉栩跟石同學撤退……喔，是離開學校。」

石智瀚聽到只覺得莫名其妙，不禁感慨起基因的重要性，看看梁書輔講話時的態度就知道，那理所當然的口氣跟梁曉栩一模一樣，簡直是一脈相傳。

他可以想像剛才教官的心情，肯定像他跟梁曉栩說話時一樣，有種拳頭打在一團棉花上的無力感，而且不管說什麼，最後都會被他們的話繞暈。

教官，這不是你的錯，真的！我能理解你的感受，我都懂！

「怎麼會呢？我說話都是有憑有據。」梁曉栩戳起一塊牛小排，「我爸人這麼好，你一定是有什麼誤會吧。」

話說完，梁曉栩就把那塊牛小排塞進嘴裡。

石智瀚再傻，也不會在這種時候開口。

「石同學，你多吃點，我家栩栩平常一定給你添了很多麻煩。」梁書輔口氣非常和善，「這次的事情也是我們不好，如果有需要，我可以去向你父母解釋。」

石智瀚微愣，支吾地開口：「我想……應該不用吧……」

梁書輔把困惑的視線投向梁曉栩，她低聲說：「我回家再告訴你。」

「好。」

看著父女倆的互動，石智瀚捏了捏鼻梁，有點鼻酸。

原來有個能談心的爸爸是這樣的感覺，不管什麼事情都可以回家說。

他深吸了口氣，笑著說：「可是我都聽見了。」

梁曉栩搖搖手指，「當著你的面說你的私事，感覺不好。」

「背著我說，就有比較好嗎？」石智瀚很有興趣地追問。

「至少你不知道啊。」

在一旁看著兩人互動的梁書輔，笑著對石智瀚道歉，「栩栩真的被我教得太囂張了，是不是？對不起啊，你再去拿點東西吃吧。」

這間Buffet價格不是很親切，但梁書輔堅持要請石智瀚吃好一點的東西，又怕去高級餐廳會讓石智瀚不自在，也擔心發育中的男生吃不飽，各種考量之下，最後折衷吃自助餐，除了餐點不錯之外，還能盡情地大快朵頤，也沒有什麼禮節拘束，用餐上比較自在。

「栩栩，妳陪他去吧，順便幫我拿盤生魚片跟熱湯回來，記得用托盤裝。」梁書輔吩咐梁曉栩，「然後不要欺負人家。」

梁曉栩癟癟嘴，「他一隻手可以把我打趴在地上，我哪敢欺負他。」

「妳不要說的像是我打過妳一樣。」石智瀚實在無可奈何，開玩笑也是要看場合，梁曉栩在梁書輔面前講這種話，很容易引起誤會，於是他轉頭對梁書輔聲明：「我真的沒碰過她一根寒毛。」

除了蹺課翻牆的時候，不得已推過她的屁股。

梁書輔低聲輕笑，「我相信你。」

梁曉栩一臉鄙夷，「你動點腦啊，我只是開玩笑，如果你真打過我，我爸怎麼可能請你吃飯？又不是錢多到沒地方花。」

石智瀚揉了揉額角，他知道梁曉栩只是在開玩笑，但今天見到梁書輔讓他太緊張了，所以表現失常，像他這種不受老師跟家長待見的學生，莫名很怕梁書輔也不喜歡他。

梁曉栩站起身，對著還坐在位子上的石智瀚問：「還不走？在想什麼？」

「沒什麼。」

吃完飯之後，石智瀚被邀請到梁家去喝茶。

梁曉栩的家在很普通的公寓裡，石智瀚幾次載她回家，都只待在外面沒有進去過，這次是他第一次到梁曉栩家裡，雖然公寓外觀看起來不怎麼樣，但是一走進屋內讓他有些驚嘆，裡面的裝潢經過精心的設計，瀰漫著悠哉舒適的氛圍，來到梁曉栩的房間，也是同樣的布置，石智瀚猛然想起自己有些蒼白的房間，心裡有些羨慕她。

梁曉栩看到他的目光停留在窗臺邊的雜貨跟碎花窗簾上，開口解釋：「這是我媽媽喜歡的風格，聽說是什麼鄉村風，看起來很漂亮，其實很難整理的，每年過年都要請人來特別打掃，有時候還要重新油漆，才能維持現在這個樣子。」

梁書輔從門外走進來，手裡端著熱茶，聽見梁曉栩這麼說，淡淡地笑了，「確實有點麻煩，如果妳不喜歡的話就撤掉這些布置，以後過年我們父女倆自己大掃除好了。」

梁曉栩一聽這話，吐了吐舌頭，「我錯了我錯了，其實鄉村風超溫馨，我超喜歡的，所以還是請人來打掃吧。」

石智瀚不禁一笑，原來小霸王有害怕的東西，就像孫悟空總是翻不出五指山一樣。

梁書輔把熱茶跟點心放在他們面前，「你不介意的話，要不要把你們家的事情告訴我？」

石智瀚有點慌張地看向梁曉栩，後者只對他聳聳肩，「隨便你啊，反正要不你自己說，要不等你回去後我再說。」

石智瀚翻了個白眼，正有些不知所措時，聽見梁書輔低聲說道：「你別聽栩栩亂說，你要是不想，我也不會問栩栩。」

對方都這麼說了，石智瀚覺得自己再堅持下去，實在太小家子氣，況且……

他瞄了一眼梁曉栩。

「看我幹麼？我一向是說到做到的啊。」她想了想，「還是你們需要小房間密談？那我先出去看電視。」

她說著就要起身，石智瀚舉起手阻止了她，「算了，我也沒什麼意思，就是看妳一眼而已。」

梁曉栩聳聳肩，「那你還不說？」

被她這麼一鬧，石智瀚覺得心裡不再那麼無措，把事情簡單交代之後，梁書輔聽完接著低頭思索。

「所以，爸，你覺得石智瀚繼父是怎麼想的？」見梁書輔一語不發，梁曉栩忍不住詢問，接著提到自己的疑惑，「我想來想去，始終不明白，如果石智瀚繼父愛他，那不至於連話都不跟石智瀚說吧？要是不愛他，為什麼會讓石智瀚住在自己家裡，而且還幫他出高中學費？高中不是義務教育啊。」

梁書輔淡淡地微笑，伸手摸了摸梁曉栩的頭。

「這世界上還有很多事情，是無法三言兩語解釋清楚的。」梁書輔看向石智瀚，「男人有時候很奇怪，可能是不善於表達，所以很多話放在心裡不願意說出來，或是不習慣說，也許你繼父很愛你母親，所以基於一種愛屋及烏的想法，願意照顧你。」

石智瀚不是沒想過這種可能，只是沉默著。

梁曉栩接著問：「那他繼父幹麼不跟石智瀚說話？」

「不知道該說什麼吧，繼父繼母都會面臨這樣的難題，他並不是從小就照顧石智瀚，所以多少會有點隔閡，就像養小貓小狗，很多人都覺得要從小養才會親近，同理，人也是一樣的。」梁書輔對著石智瀚溫和地笑，「你覺得呢？」

石智瀚想了想，還沒回話，又聽梁書輔說：「其實我的分析是最不準的，因爲我沒有實際跟你的繼父相處過，所以，你覺得我說得對嗎？」

石智瀚回到家裡，躺在床上，看著蒼白的天花板，回想梁書輔的話。

他明白梁書輔沒有說錯，他一直能感受到吳中炘對他的善意，雖然從來沒有過問他在學校的生活，也從來不關心他的功課，但每逢學期初，他都會主動找自己拿學費繳費單，每個月也會給他零用錢。

其實，每學期他都做好要打工的心理準備，打算自己賺錢支付生活費跟學雜費，但一直到了高三，他擔心的事卻從來沒發生過。

房間外傳來了開門的聲音，石智瀚微微一動，卻沒有起身。

吳中炘的生活很規律，這時間點，正是他從店裡回來的時候。

他釐清思緒後，起身走出房間。

剛回到家的吳中炘有些詫異地看了他一眼，正要收回目光時，就聽見石智瀚問：「叔叔，明天我帶朋友去店裡吃辣炒年糕好嗎？」

吳中炘愣了一愣，「怎麼突然想吃？」

石智瀚抿抿唇，躊躇了一會兒，「想……我媽了。」

吳中炘垂下眼，「好，你們來吧。」

「謝謝。」說完，石智瀚站在原地沒動，「叔叔……你這幾年……」

話到了嘴邊，他卻忽然說不出口。

要問他是不是也想念媽媽嗎？還是要問他爲什麼要替自己付學費？

「什麼？」

石智瀚笑了下，語氣一轉，換個話題，「等我畢業，我會去賺錢還你的，謝謝你幫我付高中學費。」

吳中炘沒料到石智瀚會說這些，木訥的臉上擠不出表情，不知道該說什麼才好。

過半晌，吳中炘才問：「你不繼續念大學嗎？」

「暫時沒有打算。」

「如果是學費問題，你不用擔心。」吳中炘頓了一頓，「你媽會希望你繼續念書的。」

提起媽媽，他們兩人都沉默了下來。

「不是錢的問題，是我不知道自己應該學什麼。」石智瀚沉吟地說。也許他跟繼父眞的不太親近，彼此不了解對方在想什麼，所以他需要花更多力氣，把自己的想法解釋清楚，「等我知道自己想做什麼，可能再回去念書。」

吳中炘點點頭，「好，你想過就好……」

吳中炘欲言又止地看著石智瀚，似乎還有什麼話想說，好一會兒才聽見他再度開口，「其實，我一直覺得，你是個好孩子，只是不太喜歡上學。」吳中炘放緩了語調，說起心裡話來有些不太自習慣，「如果你不知道自己要做什麼，要不要來我店裡學怎麼炒年糕？」

石智瀚愣了一會兒，吳中炘炒年糕的本事是他媽媽教的，使用的醬料也是他媽媽調配的獨家配方，過去有一段日子，媽媽每天跟吳中炘一起在店裡賣炒年糕，那段時光安穩平和，讓他覺得人生彷彿會一直這樣下去。

「不想學也沒關係。」吳中炘連忙補充，語氣低沉了些，「只是那是你媽的手藝。」

「等我高中畢業再說吧。」石智瀚輕聲說，「叔叔，謝謝你還記得我媽媽。」

還有，謝謝你這麼愛我媽。

吳中炘露出了哀傷的笑容，「你媽媽是個很好的女人。」

「嗯。我知道。」石智瀚應聲，還想說點什麼，卻聽見手機響了，「我去接電話，叔叔晚安。」

「晚安。」

✦

被教官教訓一頓後，今天梁曉栩跟石智瀚很安分守己。

除了上課偷傳LINE之外，連見面都沒有，只是在訊息裡跟她約了放學後一起去他繼父的店裡吃飯，等時間一到，石智瀚雙手揣在口袋裡離開教室，還沒走到校門口，就遠遠看見梁曉栩已經在那邊了。

「妳怎麼這麼快？」石智瀚慢慢地走到她身邊，開口問。

「等你啊，不然錯過怎麼辦？」

「怎麼可能？是我約妳的，怎麼可能會錯過妳？」他伸手拿起她的書包背在身上，手裡沉甸甸的重量讓他有些詫異，「妳書包裡面是放金子啊？這麼重，我看妳就是背這麼重的書包才長不高。」

梁曉栩瞪向他，「我長不高是基因問題，好啊，就你最高，以後書包都給你背，反正你除了體力活，也沒有其他可取之處。」

兩人對話的聲量雖然不大，但路過的人都頓了一頓，開始交頭接耳。

「看來前一陣子的傳言不是空穴來風啊，連書包都能幫忙背了，說兩人沒有姦情，誰信啊？」

「聽說昨天資優生還跟著吊車尾去蹺課了，看樣子跟我們爭奪第一志願的競爭者少一個人了。」

梁曉栩瞪了周圍的人一眼，正想說就算蹺課，她也能考贏學校裡大多數人的時候，一輛雙B房車突然停在石智瀚跟梁曉栩面前，車窗降了下來，裡面的人喊：「上車。」

石智瀚走上前，打開車門坐到前座，讓梁曉栩坐到後座。

「嗨，周哲言好久不見，你好嗎？」一上車，梁曉栩立刻打招呼，「你今天也是跟我們一起去吃辣炒年糕的嗎？」

「嗯。」

石智瀚回過頭，看向後座，「湯湯怎麼沒來？」

周哲言的眼神在梁曉栩身上轉了一圈，徐徐開口：「她學校有事情，我就沒告訴她了。」

梁曉栩笑出聲，這話誰信啊？

石智瀚也不信這說詞，他相信周哲言也察覺到湯湯跟梁曉栩一向不對頭，對此他跟周哲言的態度都是一樣的，那就是能讓她們不碰上就不碰上。

周哲言看兩人都一臉懷疑，只好開口說：「今天是你母親過世之後，我們第一次去你繼父的店裡吃東西，湯湯那性子，我怕節外生枝，之後我們再約時間帶她來。」

石智瀚點頭，「還是你比較謹慎。」

周哲言又瞥了梁曉栩一眼，沒說話。

「你老看我幹麼？」梁曉栩聳聳肩，「湯湯要是不跟我吵架，我也不會去找她麻煩的。」

周哲言無可奈何，「這就是我今天沒讓她來的原因。」

他既控制不了湯湯，更阻止不了梁曉栩，兩人要是當面吵起來，場面有多尷尬。

「你是打定主意要跟你繼父和好了？」周哲言問。

石智瀚想了會兒，「嗯，如果可以的話，我也不想跟他一直不聞不問下去，他愛我媽，甚至我媽不在了，他都還看在這情分上一直照顧我，光憑這一點，我想我應該要對他好一點。」

周哲言了然，「那我明白了，等一下我們就裝乖吧。」

「等等，我一直很乖啊，被你一說，怎麼什麼都不對了。」梁曉栩忍不住反駁，石智瀚跟周哲言都不禁笑了。

當年開店的時候，吳中炘夫婦把店面選在附近的大學商圈裡，他們抵達店門口的時候，正好是下午五、六點，學生們紛紛下課來用餐，是人最多的時間。

他們入座後，吳中炘無暇招待他們，匆匆端上三份辣炒年糕後，就去忙了。

「所以這是韓國正統的辣炒年糕？」梁曉栩第一次用扁筷，不是很好夾，於是改用筷尖戳起年糕但沒有立刻吃下去，再三猶豫後，對石智瀚使了個眼色，「你先吃吃看，不好吃的話，我的給你。」

「妳說的是人話嗎？」石智瀚翻了白眼，他是很想跟梁曉栩鬥嘴，但是今天這種場合他不願這麼做，他將近三年都沒有踏進這家店裡，今天再來，依稀還能想起媽媽在店裡忙碌的回憶。

客人不少，應該是好吃的吧？

梁曉栩看石智瀚沉浸在自己的世界裡，用手肘頂了頂他的腰間，「快吃吃看，跟以前的味道是不是一樣？」

在梁曉栩跟周哲言的注視下，石智瀚吃了一口。

他嚼了幾下，眼眶不禁泛淚，哽咽得有些難以下咽。

梁曉栩偏過頭低聲問周哲言，「欸，這是好吃到哭了？還是難吃到哭了？」

周哲言低頭思索了幾秒，「我也不知道這到底是味道沒變，還是都變了。」

梁曉栩沉吟片刻，突發奇想，「說起來，你以前也吃過的吧？你吃吃看再告訴我味道有沒有變。」

周哲言表情有點為難，「都過多久了，我早就忘記是什麼味道了。」

石智瀚趁著他們交談的時候，揩掉眼角的淚，然後咽了下那口年糕，「我眞的覺得你們兩個白痴的程度都一樣。」

要是難吃的話，外頭會有這麼多人在排隊嗎？

話才剛說完，梁曉栩跟周哲言一起轉頭看向他。

「白痴的程度一樣？把話說清楚。」

「不可能，我智商一百四以上，周哲言明顯沒有這麼高。」

周哲言愣了愣，瞪她一眼，「等等，妳也把話說清楚。」

梁曉栩嘿嘿地笑了兩聲，往石智瀚那頭挪了挪，「所以味道一樣嗎？」

石智瀚拿她毫無辦法，只好對周哲言做了個抱歉的表情，接著說：「一樣的，一模一樣。」

對料理的執著完全是一模一樣，是不是吳中炘想用他的廚藝，來證明媽媽曾經存在於這個世界上？這樣說也許很可笑，可是過了那麼多年，每當夜深人靜的時候，他也會懷疑，是不是媽媽從沒來過這個世界上？

「眞的啊？那我要吃了。」

梁曉栩準備開動的時候，正有一群大學生走進店內用餐，石智瀚看到吳中炘快忙不過來，立刻挽起衣袖上前幫忙。

座位上留下梁曉栩跟周哲言大眼瞪小眼，不知道應該說些什麼，梁曉栩想了會兒，覺得浪費時間枯坐在這裡實在不像她的個性，於是拿起一邊的抹布跟著幫忙。

周哲言看見這景象覺得有趣，小小的店面，只放了兩、三張桌子，實在不需要這麼多人幫忙，他乾脆在一旁等著，順便滑手機，沒過多久，石智瀚跟梁曉栩就回來了。

即使現在是深秋，天氣漸冷，剛剛這麼一忙，梁曉栩還是熱出了汗，「這麼忙，怎麼不請個工讀生？」

石智瀚搖搖頭，「我怎麼知道。」

「不過看到這裡的生意，我倒是知道你的學費是怎麼來的了。」梁曉栩看了一眼外頭的人群，雖然不到大排長龍的程度，不過一直都有四、五組人在候位，「生意不錯啊！」

周哲言還想再說些什麼，手機卻突然響起，才一接通，湯湯的聲音就從手機那頭震耳欲聾地吼過來。

雖然沒聽清楚他說了些什麼，不過還是可以從周哲言的表情來推測對話內容。

周哲言掛掉電話，梁曉栩笑咪咪地問：「湯湯要來？還是你要走了？」

周哲言看了她一眼，「我得走了。」

梁曉栩有點想笑，「你讓湯湯來啊，我不會找她麻煩。」

「她要是知道妳跟我們在一起，回去不知道要怎麼樣找我麻煩。」周哲言無奈，「反正我也有別的事情要處理，就不跟你們一起行動了。」

他起身，對石智瀚使了眼色，「走了。」

「拜。」

周哲言走後，吃完了辣炒年糕，石智瀚跟吳中炘說了一聲，也帶著梁曉栩離開了。

兩人在擁擠的大學商圈裡逛街。

「如何？你對你繼父的想法改變了嗎？」梁曉栩一邊逛著，一邊漫不經心地問。

「嗯。」石智瀚點頭，順著她的視線看向附近攤位上的手鍊。

女生就喜歡這些東西，在他眼裡看來，這一整排鍊子看起來都差不多。

梁曉栩似乎也是一樣的想法，走到攤位前拿起來看了幾秒，就放回去。

「那之後，你打算怎麼辦？」梁曉栩目光在商圈裡亂掃，瞧見不遠處的飲料攤，馬上抓著石智瀚的手，穿越人潮走到對街去，「好好孝順你繼父？還是要來繼承你媽的手藝？」

石智瀚手上傳來一陣冷意，讓他一時恍神，忘了回答問題。

她的手怎麼會這麼冰？

「欸，妳會冷啊？」石智瀚忍不住問。

梁曉栩愣了下，「不會啊，你幹麼這麼問？」

「那妳的溫度怎麼這麼低?」石智瀚沒多想地反握住她的手,「我都熱出一身汗了。」

看著被他握住的手,梁曉栩有點尷尬地想抽回手,「女生的末梢血液循環本來就比較差啊……」

他喔了聲,放開她的手,「那妳就不要喝冰的了。」

「知道了。」梁曉栩懶得跟他爭論,走到攤位前看著飲料單,「你還沒回答我的問題呢。」

石智瀚跟著看起飲料清單,手上還隱約殘留她所留下的涼意,「我不知道,之後再說吧,但是知道我繼父只是不太會說話而已,我心裡就好多了。」

「男人眞奇怪,他不擅長說話,你找他說話就好了,一開始沒感情有什麼關係,感情本來就是要長時間培養的,聊著聊著就有感情了嘛。」梁曉栩一邊說,一邊看著飲料單,轉頭跟老闆點了杯熱奶茶。

梁曉栩正要低頭拿錢包時,手卻被石智瀚按住了。

「我請妳。」

梁曉栩眨了幾下眼睛,「幹麼請我?」

「算是報答,謝謝妳幫我解開一直以來的心結。」石智瀚坦率地說,「雖然妳說話的方式眞的很討人厭,但是妳沒說錯。」

梁曉栩笑起來,「你是誇我還是在罵我?眞要感謝,也應該是感謝我爸,我可不知道你繼父心裡是怎麼想的。」

石智瀚點點頭，「等一下我回去帶一份辣炒年糕給妳爸嘗嘗。」

「現在不怕我爸了啊？」梁曉栩斜眼他，「當初要我爸送你上課的時候，你嚇成什麼樣子，之前就說我爸人很好，你還不信。」

石智瀚正想回嘴，飲料店老闆搶在前頭說：「呃……先生，後面還有人在等，要不要先點，你們再慢慢聊？」

買完飲料，回去吳中炘店裡一趟，最後兩人拎著辣炒年糕，離開了商圈。

本來想去河堤邊聊天，但這幾天東北季風增強，天氣忽然變得寒冷，梁曉栩忍不住打了幾個噴嚏，兩人討論完，決定回梁家喝茶。

此時，梁書輔正在書房裡寫報告，見到他們兩個回來，還給他帶了吃的東西，轉身去泡了熱茶，當他端著茶走進書房時，正看到他們圍著一臺電腦在研究東西，他跟著湊過去看了幾眼，有看沒有懂，大概是跟電動有關的東西。

「爸，你要不要也來玩？」梁曉栩笑著問。

「開什麼玩笑，其他的還可以，打電動真的就難倒我了。」梁書輔把茶放到他們面前，「爲什麼要兩個人擠一臺電腦，家裡還有一臺筆電可以用吧？如果太舊不能玩的話，明天再去買一臺。」

「聽起來是個好主意，那我清出個空位把筆電擺上，安裝一下程式應該就可以用了。」梁曉栩說到做到，還沒開始動作，就被石智瀚壓住了肩膀。

「你幹麼？」

「我想先跟妳爸說一下我跟我繼父的事情。」
「你說啊，不用顧慮我。」梁曉栩拍開他的手，「你們說吧，我去清桌子。」
梁曉栩耐不住性子，「網路線我房間裡好像還有一條，我去拿。」
她說著就要往外走，才剛起身卻沒想到感覺一陣暈眩，連忙伸手扶住桌面。
「妳怎麼了？頭暈嗎？」石智瀚趕緊起身撐住她，「妳是不是生病了啊，剛剛手就那麼冷了。」
梁曉栩用手指壓了壓太陽穴，過好幾秒才說：「我是貧血。」
「栩栩，吃藥了嗎？」梁書輔看著她問。
「吃了。」
石智瀚扶著梁曉栩坐下，「妳眞的生病了？爲什麼不告訴我？」
梁曉栩喝了茶，等暈眩退去，聽到問題默默把兩眼瞥到一邊去，「我幹麼告訴你？我就是貧血，有什麼好說的。」
「貧血會這麼嚴重啊。」石智瀚傻了幾秒，他對這也完全不懂，不知道該說什麼，「那……要吃巧克力嗎？還是熱紅豆湯？我去買。」
梁曉栩哈哈大笑，「巧克力又不治貧血，我有吃藥，一定是剛剛站起來太急，所以才頭暈。」
「那妳要不要先去休息？」石智瀚問，「我跟妳爸說完我繼父的事情就走了，妳先去洗澡睡覺吧。」

梁曉栩想了想，點頭表示同意，「好吧，那你們聊，我去洗澡。」

她離開書房後，石智瀚不禁擔心，「她有去看醫生嗎？」

「有的，現在也有定期去醫院複診。」梁書輔溫和地看著他，「謝謝你這麼關心她。」

這話說得石智瀚都有些不好意思，「沒、沒有啦，大家都是同學嘛……關心一下……」

「栩栩有點任性，不過本性很善良，希望你平常不要跟她計較。」梁書輔說得誠懇，石智瀚能感受到他對梁曉栩的愛護，「不過你也不要太順著她，她有時候會突發奇想，真的按照她的想法去做，說不定會毀滅地球的。」

石智瀚完全相信梁書輔的話，笑著點頭。

✦

那日之後，梁曉栩請了幾天的假，石智瀚跟她聯絡過，知道她沒有大礙，也就放心了。再見到梁曉栩的時候，是在朝會的頒獎典禮上。

石智瀚本來不想參加，但知道梁曉栩又是這次段考的校排第一，會上臺受獎時，讓他改變了心意。石智瀚不知道她是怎麼辦到的，明明她蹺課，他也跟著蹺，結果她還是全校第一，他也還是最後第一，這是什麼不公平的世界。

不知道為什麼，跟梁曉栩混熟了之後，很想看她在臺上發光的樣子。

大概是因為自己到不了的地方，就想看著她代替自己去吧？他這輩子哪有機會用校排第一的身分站上那裡啊。

所以他難得早起，準時參加了朝會，站在人群裡，等著看頒獎儀式。

幸好天氣沒這麼熱了，不然站在太陽底下眞有點受不了。

石智瀚沒什麼規矩地用手搧風。

現在司令臺上也不知道是哪個老師正在說話，聽得他一直打哈欠，總算等到頒獎的時候，石智瀚一直亂飄的眼神，馬上直直地盯著上臺領獎的人。

嘖嘖，現在一年級的學妹裙子穿這麼短，不冷嗎？

媽呀，二年級的學妹發生什麼事了？怎麼身材跟一年級的水準差這麼多？

三年級……靠，都別提了，原來梁曉栩還算是異類，其他的同學是壓力肥嗎？都只顧著讀書不運動了？

相較之下，梁曉栩眞是纖細到令人不安啊，不過她臉色看起來好許多，紅潤了些。

石智瀚笑了下，不知道她這幾天有沒有好好吃飯？最近沒見到她，還眞的滿想她的。

頒獎典禮到了尾聲，石智瀚把雙手插進口袋裡準備離開。

他本來想看完頒獎典禮就去買飲料，然後去找梁曉栩，沒想到下一秒，周遭傳來驚呼聲，梁曉栩忽然昏倒在司令臺上。

所有人亂成一團，石智瀚想也沒想跑到前面，躍上司令臺。

「梁曉栩！」

石智瀚半抱起她，輕輕拍了拍她有點發熱的臉頰。她在發燒？

「靠，妳生病了，幹麼硬要上臺領獎啊？」他邊說邊打橫抱起梁曉栩，「我特地來看妳領獎，結果是要我看妳在臺上昏倒嗎？」

石智瀚抱著她，往保健室奔去。

「護士阿姨，她昏倒了！」

石智瀚一邊吼著，一邊把梁曉栩輕輕地放在空床上。

護士阿姨連忙走過來，石智瀚被趕到一邊去，看著護士阿姨量了耳溫，發現她果然發燒了，先貼了退熱貼在她額頭上，就出去聯絡家長了。

石智瀚坐在床邊，用指背輕輕撫著梁曉栩的臉頰。

這麼熱，明明感冒就還沒好，幹麼硬要逞強？

梁曉栩妳……

「妳是不是有毛病啊？」

「我要不是有病，怎麼會躺在這裡啊……」她睜開眼，水亮的雙眼因爲高燒而發紅，整個人一副病懨懨的樣子，「我才剛醒，你就說我壞話，是不是朋友啊？」

「妳也知道妳病了？那幹麼不先說妳發燒了？」

「我想領獎一下就結束了，哪知道……」她咳起來，「眼前一黑就……」

「護士阿姨去打電話了，妳等一下就直接回家休息吧。」

梁曉栩癟嘴，「我都悶在家好幾天了，回去也沒事做。」

「難道妳還想留在學校啊？」石智瀚覺得不可思議。

「在家裡很無聊啊。」梁曉栩臉上燒得通紅，唇色變得更加紅豔，「我爸來接我回家之後，他也是要回去學校教課的。」

「妳就好好休息。」石智瀚摸了摸她的臉頰，「這麼虛弱，還想幹麼？」

梁曉栩眼睛轉了兩轉，「這樣吧，你下午來我家打電動。」

「妳身體眞的可以嗎？」

「可以可以，你買辣炒年糕過來，我還想喝柳橙汁。」梁曉栩樂得眉開眼笑，「就這麼說定了！」

「好吧，妳在家裡等我，我到了打電話給妳，妳現在先睡一下，等等妳爸會來接妳，我跟他打聲招呼再回教室。」

「嗯，你要來喔，敢不來我就去你繼父的店裡找你！」

石智瀚伸手捏了捏她的鼻子，把手覆在她眼睛上，「好，睡吧。」

下午他提著食物出現在梁家門前，等了一會兒，梁曉栩才披著外套姍姍來遲。一開門，石智瀚的手就往她額頭上探。

「哇啊，你幹麼啊？」梁曉栩生著病，踉蹌幾步，有些措手不及。

「看妳燒退了沒。」石智瀚瞄了她一眼，放下手，「明明還燒著，不舒服就去躺著。」

「不要，我餓了！」

梁曉栩伸手要拿他手上的食物，腳下不小心被門檻絆到，整個人直直地往石智瀚身上撲去。

她來不及驚呼，石智瀚已經伸手抱住了她。

「急什麼，又沒說不給妳吃。」

梁曉栩一時沒料到會被絆倒，也沒想到石智瀚反應這麼快，手上提著東西還能接住她，還以爲要跌倒了，沒想到……

她抬起頭，愣愣地看著他，雙手扶在石智瀚胸口。

石智瀚低頭看向梁曉栩，她體溫很高，抱在懷裡像是一個小火爐一樣，暖烘烘的。

「站穩了嗎？」

「喔……嗯。」梁曉栩有些呆住。

之前不覺得，現在才發現原來這人還挺強壯的啊，手下的觸感挺不錯的欸。

「幹麼這樣看我？」石智瀚彈了下她額頭，「去椅子上坐好。」

梁曉栩摸摸額頭，「嘖，你現在的脾氣怎麼比我還大，你不是應該聽我的嗎？」

兩人走進屋內，石智瀚把東西放在桌上，「我認識妳之後，才知道什麼叫做任性妄爲，我之前的行爲眞的算得上是循規蹈矩。」

梁曉栩打開了面前的辣炒年糕，一邊吃著，一邊聽石智瀚問：「妳身體是不是不太好？」

她愣了一下，不禁埋怨，「誰叫你沒事就罵我有病，現在可好了，我沒病都被你罵出病來了。」

「妳自己身體不好，居然還怪我。」石智瀚覺得自己躺著也中槍。

「我只是想說，要是妳身體不好，以後蹺課我們就不去網咖了，反正妳家也有電腦，我們回妳家打，還可以買自己喜歡的東西回來吃，網咖再怎麼乾淨，畢竟是公共場所，細菌超級多。」

「喔……」梁曉栩想了會兒，「也是可以啦，在家裡挺方便的，而且又安全，就是覺得這樣很弱，蹺課回家打電動，聽起來真像好學生會做的事。」

石智瀚無言以對，下意識舉起手，給了梁曉栩一個栗爆。

「妳生病就不要出來害人，待在家裡就好。」

「我又沒拒絕，你真是發神經欸。」梁曉栩往嘴裡塞年糕，「你這種個性會交不到女朋友的。」

「妳不必擔心。」石智瀚斜睨她一眼，「吃妳的東西。」

梁曉栩朝他做鬼臉後，繼續低頭吃年糕。

石智瀚看著垂落在她頸間的幾縷髮絲，陷入思緒裡。

女朋友……嗎？

第五章

梁曉栩接連病了幾天，請假休息一陣子後，才總算痊癒。

這幾天梁曉栩沒來找他，石智瀚也沒事情可做，乾脆下課後直接去吳中炘的店裡幫忙。

自從知道吳中炘的想法之後，他想對吳中炘好點。梁曉栩說得對，既然吳中炘不擅長說話，那他就多說一點，雖然不知道要跟繼父說些什麼，可是至少，在其他方面他可以幫上一點忙。

當梁曉栩想要拉著石智瀚出去逛逛的時候，石智瀚只說他要去店裡幫忙，她想了想，覺得可以在那附近商圈逛逛，也就跟著去了。

去到後才發現，人潮比平時來得多，石智瀚一進到店裡，忙到連跟她說話的時間都沒有，等到有空時，已經是餐點提早賣光，準備收攤打烊的時候了。

本來石智瀚還想幫忙收拾，但是看到梁曉栩在旁邊等，吳中炘也不好意思讓他們待著，所以跟兩人說自己應付得來，要他們出去晃晃。

兩人去了一趟商圈，梁曉栩買了衣服跟髮飾，石智瀚吃了不少東西，兩人正聊著，遠遠地就看見幾個像是小混混的人走過去。

要是以前，梁曉栩肯定不會注意到這些人，但自從認識周哲言之後，梁曉栩每次看見這些人，都會忍不住偷瞄幾眼。

等到這幾個人從身邊走過去後，梁曉栩才偷偷問：「這一個商圈也有你們的勢力嗎？」

石智瀚敲了敲她的頭，「什麼我們的勢力，是周家，跟我無關。」

梁曉栩朝著他齜牙咧嘴，催促問：「所以到底有沒有？」

石智瀚聳聳肩，「我怎麼知道，這些事情又不是每個人都能知道，我也不是周家的什麼重要人士，很多事情我都不清楚。」

「是這樣啊。」梁曉栩偏了偏頭，「那你繼父的店，需要繳什麼保護費嗎？」

石智瀚笑出聲，「妳是不是電影看太多了？需要繳的是房租、水電和瓦斯費，什麼保護費……」

「那我就不懂了，既然不需要保護費什麼的，那道上的錢都從哪裡來啊？」梁曉栩搖頭晃腦，揮著手上的竹籤，「難道周家也像一般人一樣正經工作賺錢嗎？」

石智瀚好笑地抽走她的竹籤，「妳又怎麼知道，這些房子不是人家的資產？」

梁曉栩恍然大悟，「有道理，房租內含保護費，難怪這麼貴，果然還是你專業。」

「是妳太蠢吧？」

「我蠢？」梁曉栩難以置信，「我這輩子還沒被人說過蠢。」

「那我是第一個嘍？」石智瀚笑瞇眼睛，「不感激我一下？」

「神經病。」梁曉栩瞪了他一眼，「對了，你跟你繼父最近處得真的很不錯吧？」

「什麼真的很不錯。」石智瀚哭笑不得，「難道會是假的？」

梁曉栩解釋，「不是嘛，我就怕你逞強，其實你們沒處得這麼好，你也硬說好。」

石智瀚彈了下她的額心，「妳想太多了，如果不好，頂多就是維持原本的樣子而已，我有必要騙妳嗎？是真的好，我繼父本來就是個老實的人，而且我最近才知道，他這麼忙又不請工讀生的原因，居然是想要省錢幫我存大學學費，我不知道該怎麼感謝他，所以可以的話，我想盡量對他好一點。」

石智瀚頓了頓，「就看在他這麼為我勞心勞力的分上吧。」

「說起來，你們也沒有什麼深仇大恨。」梁曉栩相中了烤魷魚，走到攤位前跟老闆點了兩隻，「能悶這麼久真是了不起，明明就是抬頭不見低頭見的家人，還能這樣悶三年，要是我，可能兩個星期就受不了了。」

「誰跟妳一樣耐不住性子。」石智瀚付了錢，從攤販手裡拿了兩隻烤魷魚，又接過梁曉栩手中的袋子。

「欸欸，我自己拿啊，你之前都背我的書包了，現在還幫我提袋子，你是駝獸嗎？」

梁曉栩伸手要搶，卻被石智瀚用一隻手指頭抵在她的額頭上，制止了動作。

「吃完再說。」石智瀚感覺著指尖的溫度，「話說回來，妳就是感冒，為什麼可以燒上一個星期？」

梁曉栩癟嘴，「身體不好，又不是我的錯。」

「喔。」石智瀚接受了這個原因，「那就不要出來亂晃。」

「只是逛個街，你怎麼廢話這麼多？」梁曉栩用力地咬了一口烤魷魚。

石智瀚也跟著咬了一口，「對了，湯湯生日快要到了，妳幫我選個禮物吧？」

梁曉栩眼裡充滿困惑，「爲什麼啊？我跟湯湯又不熟。」

「女生會比較懂女生喜歡的東西，所以妳選的禮物，她應該會比較喜歡吧？」石智瀚解釋。

「只要是你送的，湯湯都會喜歡啦，跟是什麼東西無關，就算你送她一碗辣炒年糕，湯湯都會很高興的。」梁曉栩漫不經心地說。

「說到這個，湯湯過幾天要來吃年糕，妳也來吧？」

「我不要。」梁曉栩斷然拒絕，「我們一見面誰都不舒服，我幹麼去受氣？」

石智瀚啞然失笑，「不知道怎麼說妳才好，這麼誠實眞的沒問題嗎？」

「哼。」

「別耍脾氣。」石智瀚揉了揉她的頭髮，「湯湯那天會跟阿言一起來，妳也來吧，不然湯湯又要纏著我了。」

梁曉栩朝他做了個鬼臉之後，順了順被揉亂的頭髮，「你不喜歡湯湯就跟她說清楚，老讓我當壞人算什麼？我長得像擋箭牌嗎？」

石智瀚苦笑，「我怎麼跟她說清楚？她才國中，哪裡說得清楚？」

「現在一堆談戀愛的國小生你沒看過啊？更何況她已經是國中生，怎麼會不懂『你不喜歡她』是什麼意思？」梁曉栩哼了他一聲，「還是你以爲不說清楚就沒事了？少在那邊掩耳盜鈴了。」

石智瀚被她說得啞口無言，他確實有想要逃避的意思。

「反正，妳來不來？妳要是不來，那我乾脆也不要去好了。」

「你就繼續裝死吧，看看最後周哲言會不會跟你翻臉。」梁曉栩出言恐嚇他，「他喜歡的人一直喜歡你，你又不把話說清楚，我看你們兄弟怎麼當。」

石智瀚被她說得有點心驚膽戰，以前是不想去面對，現在被梁曉栩這麼一說，好像不處理都不行了。

「好吧好吧，那妳一起來，我當面跟湯湯說清楚。」石智瀚說。

梁曉栩雖然覺得根本不關她的事，但石智瀚都這麼說了，她想想還是答應了。

✦

幾天後的聚會，訂在週六中午，當天湯湯穿得一身精緻的洋裝，蹦蹦跳跳地撲進石智瀚懷中。

梁曉栩雙手環胸，站在一邊看好戲，順便偷瞄了周哲言，他依舊面無表情，看來還眞的挺習慣這場面的啊？

倒是石智瀚，前幾天被梁曉栩這麼一說，現在不敢輕舉妄動，雙手僵硬在身側，一動也不敢動，求救的眼神在周哲言跟梁曉栩之間徘徊。

嘖？想求救？

梁曉栩對他齜牙，石智瀚則對她癟嘴。

好吧好吧，就幫他一回吧。

梁曉栩走上前毫不客氣地說：「抱夠了沒啊？」

沉浸在美夢中的湯湯聽到這話微微一動，充滿戒備地看著梁曉栩，雙手還抓著石智瀚的手臂不放。

梁曉栩聳聳肩，假裝無辜地問：「我只是肚子餓了，想問你們要抱到什麼時候？我們可以吃午餐了嗎？」

周哲言立刻接話，「湯湯，聽話。」

「可是我很久沒看見歐巴了！」湯湯嬌聲嬌氣地嚷嚷。

「那也要先吃飯。」石智瀚逮到機會，立刻抽出自己的手，站到梁曉栩身旁。

梁曉栩睨了他一眼，緊要關頭果然還是得靠她。

「你不是說你繼父特地煮了韓國人蔘雞湯？」梁曉栩揉揉鼻子，「走吧，不要讓他等太久，我這幾天書讀得太多，一直在動腦，該補一補。」

話說完，梁曉栩拉著石智瀚就走了，湯湯愣了一愣，追上去，周哲言走在他們後面，看著前面三人的背影，在心裡重重地嘆了口氣。

這樣的追逐，什麼時候才是盡頭？

他也只是想想而已，他忙著接手周家，沒有這麼多時間去關心這些微不足道的事情。

周哲言跟在湯湯身後進了店裡，吳中炘已經把飯菜湯都準備好了，桌上除了辣炒年糕之外，還有紫菜包飯跟熱湯，石智瀚依稀記得最初店裡是有賣這些餐點的，後來可能忙不過來，所以就沒有供應了。

「咦？是韓國扁筷。」湯湯很新奇地拿起來看了看。

之前梁曉栩來用餐時，曾試著用過扁筷但並不好夾，這次再度嘗試，依舊很難使力，

「……給我叉子。」

石智瀚拿起她的碗，夾了好幾塊年糕給她，「沒有叉子，不會用的話就用戳的，不然不是還有湯匙嗎？」

湯湯本來還以爲自己用扁筷應該沒問題，但一直夾不起炒年糕，竟也在扁筷上吃了苦頭。

反倒是周哲言，因爲小時候跟著石智瀚玩在一起，常吃到石家正統的韓國料理，所以用起扁筷很順手，沒有一點障礙，他看湯湯用得很有困難，也拿起湯湯的碗，裝上些年糕給她。

「我想要歐巴裝給我！」湯湯發著脾氣。

「誰裝不是都一樣嗎？」梁曉栩不耐煩地開口，「妳想要的話，我這碗給妳好了。」

她伸手把兩人的碗換了，「特別好吃的話，記得告訴我。」

石智瀚彈了下梁曉栩的額頭，「都同一鍋盛起來的，怎麼可能味道會不一樣？」

「我怎麼知道，你問湯湯啊。」

周哲言看不下去梁曉栩譏諷湯湯，所以開口緩頰：「好了，吃吧，吃完不是還要去買東西嗎？我下午還有事呢。」

「全世界你最忙了，好久沒看見歐巴，好不容易聚在一起，結果你又要去工作。」湯湯抱怨，突然想到個點子，眼睛一亮，「不然你去工作吧，歐巴會送我回家的，對不對？」

石智瀚連忙擺手，「不行不行，下午、下午……」

他看了梁曉栩一眼，突然說：「下午我跟栩栩有事情，沒空送妳回去。」

栩栩……

這稱呼讓梁曉栩微微一動，略略抬眼沒說話。

好吧，都當這麼多次擋箭牌了，也不在乎多中一根箭。

這時吳中炘從他們身邊走過，石智瀚連忙拉住他，「叔叔，一起吃吧？」

「不用，你們吃吧，我去準備晚上的備料。」吳中炘有些手足無措，看起來是不知道要怎麼跟他們相處。

梁曉栩起身，拉著他坐下，「沒關係，我們一起吃，吃完我跟石智瀚幫你，雖然不會煮菜，但是備料什麼的石智瀚可以幫上忙，他年輕力壯，就讓他去做。」

石智瀚跟著幫腔，「對啊，那些我都可以幫忙，先跟我們一起吃吧。」

石智瀚跟梁曉栩往旁邊擠了擠，讓了個位子給吳中炘，他伸手盛了碗湯放在吳中炘面前。

「這是我的朋友，梁曉栩、湯湯跟周哲言。」石智瀚一一介紹。

吳中炘點點頭，除了湯湯是第一次見面之外，其他兩人他都見過了。

「謝謝你們今天來。」他實在不知道該說什麼，說了這句話之後，就安靜下來。

場面頓時有點乾，眾人坐著也不知道要不要開動，看著大家面面相覷，梁曉栩一下沒忍住，笑了出來。

「吃飯吧！大家。」梁曉栩笑著說，「等一下阿言不是要先走嗎？」

她對周哲言使眼色，後者立刻了然接話，「嗯，叔叔，我們吃飯吧。」

湯湯笑嘻嘻地對著吳中炘說：「歐巴都沒有跟我說過你，不過年糕真的超好吃的，我一定會帶同學常常來。」

「謝謝。」

梁曉栩忽然明白這三年來，石智瀚跟吳中炘會相對無言的原因了，這麼八竿子打不出屁來的人，除非對方特別聒噪，否則很難跟他一直有話好聊。

幸好人多，大家你一言我一語，吳中炘就算話少，也不至於會冷場。

吃完東西，大家聊了好一會兒，周哲言看時間差不多了，拉著湯湯就要離開。

「不要啊，我想要去逛街。」湯湯求救的眼神看著石智瀚，「歐巴，拜託，你送我回家嘛。」

梁曉栩自認沒什麼說話的餘地，所以乾脆走到一邊去，這裡離她家也不遠，要是石智瀚答應的話，她就自己走回去。

「湯湯，不要胡鬧。」周哲言開口，「叔叔還要忙開店，阿瀚要去幫忙，等一下還有自己的事情，怎麼送妳回去？」

「我可以自己回去。」湯湯不服氣，跟周哲言吵了起來。

還沒吵出結果，半拉的鐵門突然被人用力踹出了聲音。

「吳老頭，那個卒仔最近有沒有來找你啊？」

一聽到鬧事的聲音，石智瀚跟周哲言都站了起來，梁曉栩本來懶洋洋地靠在牆上，也挺起了背。

「沒事，我出去一下，你們不要出來。」吳中炘立刻起身，走了出去。

原本以為對方會跟之前一樣，隨意說幾句話就沒事了，沒想到這幾人大概是追得沒有耐心了，惡狠狠地推了他一把才離開。

吳中炘踉蹌幾步，撞在了半拉起來的鐵門上頭，突出的底端剛好撞在腰際上，痛得他半晌直不起身。

石智瀚彎腰走了出來，趕緊扶起吳中炘走進店裡，找了張椅子讓他坐下。

「要不要去醫院？」石智瀚輕輕地問。

「不用，我沒事。」

「那能不能跟我說，是發生了什麼事情？」石智瀚看了周哲言一眼，後者立刻拿出手機，交代下午有急事趕不回去。

「其實沒有什麼事情，是我一個老朋友，欠了地下錢莊，還不起錢跑路了，他們追來這裡，不過就是問問有沒有見到他。」吳中炘說起這事情的口氣彷彿置身事外，好像剛剛被推倒的人並不是他。

「叔叔跟那朋友很熟嗎？」周哲言問。

「不熟，只是認識久了，有時候會聯絡一下。」吳中炘淡淡地回答。

周哲言想了一會兒，「大概是真的找不到人，所以才會找上這裡，應該沒有什麼問題，等他們找到人就沒事了。」

「我也是這麼想的。」吳中炘頷首，一點也沒有被驚嚇到的樣子，「他們來過好幾次了，其實也沒出什麼事情。」

「一般來說，那種人並不喜歡把事情鬧得太大，他們也不過就是想要錢，而且你也不過只是債務人的老朋友，沒有什麼直接的關係，但還是要小心一點，狗急還是會跳牆的。」

周哲言慢條斯理地說完，看了石智瀚一眼，明顯還有話要說，但是不能在這裡說，石智瀚跟他認識多年了，豈會看不懂他眼神裡的意思。

「那叔叔你今晚就不要開店了，回家休息吧。」石智瀚開口，「我幫你把食材都冰起來，明天也來幫你。」

「腰上的傷要是嚴重的話，還是去醫院看看。」梁曉栩出聲叮嚀，憂心看著吳中炘用手摀著的傷處，「如果真的很痛，我有止痛藥，要不要先吃？」

石智瀚皺起眉頭看她，「妳都什麼人啊？隨身帶藥的。」

眼下梁曉栩沒心情跟石智瀚鬥嘴，淡淡地回了句：「沒有生理期的男人閉嘴。」

石智瀚果然被堵得無話可說。

吳中炘連忙說：「我回家貼塊膏藥就好，不是什麼大事，不用小題大作。」

石智瀚站起身，「那你休息一下，我先把食材冰起來，等一下送你回家。」

周哲言也跟著站起，「今天我開車來，讓我送吧，你又沒車，叔叔腰上有傷，難道還讓叔叔坐你的機車嗎？」

「也對，那就麻煩你了，等一下我去找你。」石智瀚轉頭對吳中炘說：「叔叔，你先搭阿言的車回家吧，剩下的我來處理。」

「那我呢？我要坐歐巴的機車回家。」

周哲言嘆了口氣，「湯湯別鬧，妳跟我一起走。」

湯湯還想說點什麼，卻對上了梁曉栩冰冷的目光，她頓時說不出話。

梁曉栩轉頭看了看周哲言，「你們先去吧，我們隨後就到。」

「好。」

石智瀚扶著吳中炘坐上周哲言的車子，送走吳中炘後，轉身就看到梁曉栩抱著比較輕的食材往冰箱裡放了。

他默不作聲地走回店裡，開始跟梁曉栩一起善後。

沒一會兒，店面恢復了整潔。

石智瀚沒有急著去周哲言家裡，而是拉了張椅子坐下來。

「別擔心，既然不是你繼父欠的錢，問題就很好解決。」梁曉栩拍拍他的肩膀，「相信周哲言家裡會有辦法解決這問題的。」

石智瀚嗯了聲，似乎不打算說話。

梁曉栩自知自己安慰人的技巧實在不好，所以只能陪他靜靜地坐著。

好半晌，石智瀚才動了動，「走吧，我們去跟阿言商量看看有什麼辦法。」

梁曉栩鬆了一口氣，「我剛剛還在想，你要是一直坐在這不動，我乾脆直接把你拖起來。」

「幹麼拖我起來？」石智瀚詫異。

「在這裡乾著急哪有什麼辦法啊！就算要想辦法，怎麼樣也要先跟專業的商量過，這才是正確流程啊。」梁曉栩正色直言。

「那妳剛剛幹麼不說？」

「我不會安慰人啊，我又不知道你在想什麼……」梁曉栩的語氣漸弱。

石智瀚無言，「我什麼也沒想，就是坐著休息一下而已。」

梁曉栩滿頭黑線，「那你幹麼不說話。」

「我不是說我就是在休息一下嗎……」石智瀚一手拿起她的包，一手關了燈，「女人總是會想太多，走了。」

她不禁氣惱，「這跟男女無關，純粹就是我無法理解單細胞生物而已。」

「隨便妳怎麼說。」

石智瀚拉下鐵門，兩人騎上機車立刻出發，到了周哲言家時，門口已經有人在等著他們了。

他們被帶到會客室裡等候，桌上已經擺著茶跟點心。

裡面沒有其他人，周哲言大概還在處理其他事情，湯湯也不在。

石智瀚跟梁曉栩坐了下來，兩人剛吃飽都沒胃口，只好有一搭沒一搭地聊著。

過了一會兒，周哲言才姍姍來遲。

「剛剛跟我爸處理了些事情。」周哲言一屁股坐下，先喝了口水才說：「叔叔的事情，你想怎麼解決？」

「我有什麼選擇？」石智瀚抬眼，他的口氣總讓梁曉栩有一種錯覺，像是在問：這個東西要多少錢？

周哲言看了他一眼，起身走到窗前不言不語，過了片刻才緩緩說道：「我可以幫你，但是……」

「我知道，你說吧，我先聽聽看。」對於接下來的話，石智瀚心裡早已有底。

梁曉栩靜靜地在旁邊聽著，這事情大概不會這麼容易收拾。

「地下錢莊說穿了，就是要錢，只要有人還錢，是誰還的一點也不重要，如果是叔叔自己欠的，那當然二話不說也要替他還，但只是一個朋友……」周哲言頓了頓，「你願意嗎？」

石智瀚態度堅定，「當然不願意，我只想要我繼父可以全身而退。」

「我想也是。」周哲言點頭，「但這樣有個大問題，我們當然可以出面，但是那裡不是我們的地盤，而且擋人家財路是道上最忌諱的事情。」

石智瀚處變不驚，「你就直接說要怎麼辦吧。」

「我們可以讓弟兄去保護叔叔，但是，必須要有原因。」周哲言只說了這一句就停住了。

梁曉栩暗自琢磨，覺得也有道理，這麼大的一個組織做事得師出有名，如果只是憑著人情或是個人好惡來處理事情，毫無紀律可言，那也不過就是個不怎麼樣的三流組織而已。但是要有什麼足夠正當的原因，才能夠讓周家出面而且不會引起議論？

「我要想想，你讓我靜一靜。」石智瀚低著頭說。

「好，我先去幫你查一查那個人是誰，到底欠了多少錢，這些小事情我還是可以馬上處理的。」

周哲言走到石智瀚身邊，拍了拍他的肩膀，沒有立刻離去，似乎有話想說，最後還是什麼也沒說就走了出去。

「我要不要也出去？」梁曉栩貼心地問。即使她滿腹疑問，很想弄清楚情況，但考慮到石智瀚的心情，還是沒問出口。

她明明不笨，怎麼就想不通這話裡的含意，但看著石智瀚的表情，很顯然他已經懂了。

「沒關係，妳留下來陪我吧。」石智瀚看著她，臉上掛著笑容，「其實剛剛在店裡是騙妳的，我不是坐著休息而已，我是真的在想些事情。」

梁曉栩翻了個白眼，「逗我有趣嗎？」

「轉移心情挺有用的。」石智瀚沒有半點檢討的意思。

梁曉栩衝著他做了個鬼臉，「那你現在心情也轉移了，你要不要跟我解釋一下，剛剛周哲言都說了什麼？我第一次感受到『有聽沒有懂』的意思。」

石智瀚揉揉她的頭，「能讓我們資優生受挫，我與有榮焉。」

梁曉栩瞪視，作勢要咬他，「說得很順，『與有榮焉』這四個字你會寫嗎？」

「我會說就好了，還要會寫啊？」石智瀚笑著靠上了椅背，嘆了一口長氣，「栩栩，爲什麼跟妳聊聊天，就覺得事情一點都不嚴重了？」

她忍耐了一會兒，才開口，「石智瀚，你故意的是吧？明明知道我聽不懂你跟周哲言的對話，還不跟我解釋清楚，是不是看我在狀況外很有趣，故意拿我尋開心？」

石智瀚低聲笑著，「怎麼會，我哪裡敢？」

「那你還不快說！」梁曉栩逼近他，「快點，我沒耐心了，再拖下去怕我會忍不住揍你。」

「眞凶。」石智瀚一掌覆在她逼近的臉上，「別靠這麼近，嚇到我了。」

「嫌我醜是吧？」梁曉栩怒目而視，「你要是不說，我就走了，眞是的，虧我這麼有道義，還想安慰你一下，結果居然被拿來尋開心。」

她說完，當眞起身要走，石智瀚攫住她的手腕往後一拉，梁曉栩向後一跌，穩穩地坐在他的腿上。

「別急著投懷送抱啊。」

「……少耍流氓。」梁曉栩跳起來，臉上泛紅，「石智瀚，你的行爲太反常了，你要不要說實話？不說我就去問周哲言。」

提起這名字，石智瀚斂起了笑容。

「好了，對不起，是我的錯。」他高舉雙手，「我說。」

梁曉栩瞇起眼睛戒備著他，爲了自己的安全，坐到離他遠了點的位子上，「說，簡明扼要地說。」

石智瀚很想提醒她，如果他眞的想幹麼，梁曉栩就算坐到門邊都沒用，不過想想，他又沒想怎樣，這話要是說了只會引起誤會，是在自找麻煩，還不如不說。

「規矩是這樣的，就算我是阿言的朋友，周家畢竟是阿言的家業，想要什麼還是要有所付出，我如果要求阿言手下的人去保護我繼父，我就得付出相應的代價。」

「那給他們錢，就當請保全。」梁曉栩立刻接話。

「哪有這麼容易的事情，阿言也說了這是擋人家財路，況且妳還眞以爲周家是保全公司嗎？如果要跟阿言把帳算清楚，我恐怕也沒有這麼多錢。」石智瀚淡淡地說。

「所以……」

「所以，阿言的意思很簡單，我加入他們，替阿言辦事，那麼他們就有了名正言順的理由可以去保護我繼父，就算眞擋了人家財路，招惹了一點麻煩，大家也比較不會有異議。」

梁曉栩沉吟不語。

石智瀚慢慢地喝著茶。

「這事情也不是你繼父惹出來的，難道就一定要付出這麼大的代價？」梁曉栩不是不知道石智瀚的顧慮，她想他們的看法是一樣的，所以石智瀚才沒有立即答應，就是因爲事情太不合理，所以更不願意接受這樣的事情。

石智瀚看著已經涼掉的茶水，陷入思緒裡。

「妳不明白，討債的那些人如果能講道理，我們就不會落到現在這樣的困境。地下錢莊就是這樣，一個人借錢，株連九族。」石智瀚無奈地說：「現在他們都找上我繼父，除非我繼父願意替他朋友還錢，不然像今天這樣的事情，只會一再發生，然後越演越烈。」

「這什麼道理？」梁曉栩嗤之以鼻，「找不到債務人就找上他的朋友？我怎麼知道我哪個朋友會跟地下錢莊借錢？我又防不了其他人。」

石智瀚沒有回答這問題，只是朝她招招手，梁曉栩猶豫一下還是走了過去，挨著他的肩坐下。

他伸手握住她的小手，「當然可以請阿言暫時派幾位兄弟過來，待在我繼父的店裡保護他，可是這事情在那個人還錢之前都不會結束，保得了一時，保不了一世，如果要保一世……」

「事情又繞回我們剛剛討論的問題上。」梁曉栩深吸了口氣，沒有把自己的手抽回來。

石智瀚嗯了一聲，握著她的手緊了緊，「栩栩，我應該答應阿言嗎？」

「難道還有別的辦法嗎？」梁曉栩聲音漸漸低沉，情緒低落。

「有，搬家。」石智瀚下意識地擺弄著梁曉栩的手指，「我們不是債主，一旦搬家，他們就不會大費周章地找我們。」

石智瀚才說完，梁曉栩就跳起來了。

「憑什麼？關你們什麼事？錢又不是你們借的，搬什麼家？」她說得又氣又急，「搬家不就表示認輸了嗎？不搬，爲什麼要搬！」

石智瀚看她氣得臉都發紅，忍不住淺笑了幾聲，「嗯，所以我也不考慮這個方法。」

梁曉栩一下又蔫了，坐到椅子上，「左右都沒有路走了，那是不是只剩下那個方法了？」

石智瀚脣邊的笑意漸漸消失，「也許吧。」

冬天快到了，天色暗得快，最近來了寒流，一入夜就冷了起來，房間裡頓時變得昏暗冰冷，石智瀚默默地走去開了燈。

昏黃的燈光照亮了房間，營造出溫暖的氛圍，讓室內感覺不那麼寒冷，梁曉栩悶不吭聲地看著石智瀚坐回原位，倒了杯茶給她。

「栩栩，妳知道嗎？我媽臨終前對我說的最後一句話，就是要我不要加入黑道。」石智瀚也給自己倒了杯茶，握在掌心暖呼呼的，可是他心頭還是傳來一陣陣的寒意，「可是現在，我怎麼辦？」

梁曉栩抿起脣，不知道該說什麼，只能握住了他的手，「石智瀚，對不起，這事情我沒有辦法幫你做決定。」

石智瀚低垂著眼眸，睫毛的影子淡淡地映在臉頰上。

「栩栩，妳知道嗎？我從小就沒有爸爸。」

「我知道。」

「我媽媽也過世了。」

「我知道。」

「我現在只剩下我繼父了。」

「……我知道。」

石智瀚抬起頭，看著她，「我……怎麼辦？」

梁曉栩毫無辦法，只能沉默以對。

過了半晌，梁曉栩才有些結巴地說：「也許、沒有這麼糟……」

這話她自己都不信，說著說著，聲音就漸漸弱了。

「妳說，如果我答應了，我媽會不會怪我？」石智瀚開口問，話語裡透露出許多徬徨。

「此一時彼一時吧……」梁曉栩深吸了口氣，「當時誰也沒想到會發生這樣的事情，而且我們已經沒有別的辦法了。」

「其實我一點都不覺得黑道有什麼不好的，妳看阿言，比更多人還重視朋友，他做的事情可能比很多人都正確，只是他用另外一種方式來解決問題。」

梁曉栩抿著脣沒有附和，她對黑道並沒有什麼先入爲主的成見，但是用不對的方法來處理事情就是不對的，「只是，他們是用非法的方式解決問題，就像地下錢莊討債到你繼父頭上一樣，是非法的。」

「他們有他們的規矩，如果法律這麼萬能，爲什麼到現在各國都沒辦法把黑道都剷除？」石智瀚握緊著她的手，像是怕她逃開，「栩栩，面對現實吧，這個世界需要黑道，去做一些見不得人的事情。」

「石智瀚，不要把你將要做的事情合理化，也不要把黑道合理化。」梁曉栩沒有生氣，只是直直地看著他的眼睛，平和地陳述，「這是天秤的兩邊，也許某部份而言，你說得對，但這並不表示全部都是對的。」

石智瀚垂下肩，閉上眼，吐了口長氣，「妳說得對。」

雖然石智瀚認同她的想法，梁曉栩卻沒有半點勝利的感覺。

「栩栩，會不會這個世界上，眞的有命中注定這件事？」石智瀚看進她的眼裡，直直地注視著她，「其實我從來沒想過要加入的。」

「我相信你。」梁曉栩笑了下，卻很快地收起嘴角，「你這麼奉公守法，我眞沒辦法想像你成爲街頭小混混的樣了。」

石智瀚淡淡地笑了，想起剛認識梁曉栩的那個時候，他曾說過自己奉公守法的話。

「如果我加入了，我們還會是朋友嗎？」

「我跟周哲言不也是朋友嗎？」

石智瀚頷首，不願放開她的手，「栩栩，其實……我很害怕。」好像答應了，就會跨到世界的另一邊了。

「我知道。」

兩人沉默地相視，過了一會，石智瀚突然笑起來，擺擺手，「妳看我一定是被我媽嚇傻了，其實情況或許沒那麼糟，阿言不是也好好地活到現在了嗎？可能就像是提早進入職場？」

梁曉栩嗯了聲，不置可否，「既然你決定了，站在朋友的立場我也只能支持你。」

「栩栩……」

「幹麼？」

如果我想當的不只是朋友呢？

「……沒事，晚上我們回妳家吃飯吧？」石智瀚想了想，「我們買點好吃的東西，回去跟妳爸一起吃。」

「喔，可以啊，那我打個電話跟他說，叫他不要買晚餐。」梁曉栩從包包裡拿出手機，走到窗邊打電話。

石智瀚看著她的背影。

如果跟梁曉栩告白，她會答應嗎？

可是，過了今天，他會是黑道人士，她以後會是律師，如果在一起，是不是會很奇怪？

他相信有宿命這件事，就像他和她，好像從出生開始，就已經走上了截然不同的道路。

第六章

這麼決定之後，兩人回到梁家，和梁書輔一起吃過了晚餐。

席間上，他們對於這件事情絕口不提，石智瀚只是一昧的插科打諢，梁曉栩知道他是故意這麼做的，所以也不想揭穿他。

那晚之後，梁曉栩就沒有再見過石智瀚了。

雖然傳訊息給他，石智瀚還是會回，但是回覆速度卻慢很多，似乎也不想跟她多聊周家的事情，就算想要當面問清楚，到了學校，才發現他根本連學校都沒去了。

兩人已經許久沒見，梁曉栩雖然掛念，但也無可奈何，只是少了石智瀚陪她，她忽然覺得自己多出了大把時間無處可去。放學之後，她想了會，走到大學商圈想要買辣炒年糕回去，順便跟吳中炘打聽石智瀚的近況。

梁曉栩慢慢地走著，沒見到石智瀚的這段日子，她有時候會想，如果當時她沒有促成石智瀚跟吳中炘和好，是不是就不會發生這些事情？可惜人生並不能重來，她想得再多，也不可能改變什麼。

就像這段時間，石智瀚錯過了第二次段考跟學測模擬考，他也不可能要求再考一次，就算學校願意，那也不是一樣的考題了。

剩下兩百二十幾天了啊……

梁曉栩仰頭看著靛藍的天空，深秋了，天色暗得眞快。日子一天比一天少了。

她抿著唇，在人群中踱步前進。

走到店門前，她卻意外看見了湯湯。

既然湯湯在這裡，代表周哲言應該也在吧？如果周哲言在這裡，那是不是……

梁曉栩張望了一會兒，沒找到石智瀚的身影，就連周哲言都沒見到。

沒看到其他人的蹤影，梁曉栩還是走上前打招呼，「嗨，妳怎麼在這裡？」

湯湯見到是她，先是愣了一愣，而後得意洋洋地笑起來。

「妳也來買年糕啊？我是要買給歐巴吃的。」

梁曉栩不以爲意，「喔，所以呢？」

湯湯沒得到預料之中的反應，一口氣梗在心頭，不知道要不要繼續撒野。

「說起來，我也好幾天沒見到石智瀚了，他最近如何？」梁曉栩說得很自然，一點也沒掩飾自己跟石智瀚不常聯絡的情形。

湯湯微微抬頭，一副引以爲傲的模樣，「很好啊，他在出任務，有幾項做得很好，伯伯很開心。」

梁曉栩本來想問石智瀚有沒有受傷，不過看見湯湯的樣子，想來就算是受傷了，也一定只是小傷，所以湯湯才會笑得出來。

「這麼快就出任務啊？」梁曉栩有些訝異，「不用先熟悉一下？」

「熟悉什麼？歐巴從小就跟我們一起玩到大的，大家雖然沒說，其實早就把他當成自己人。」湯湯笑咪咪的，「妳跟他，從來就不在同一個世界，妳根本不了解他的生活。」

梁曉栩很乾脆地嗯了聲，「我同意，我確實不是你們那個世界的人，所以這不是才在問妳嗎？」

湯湯雖然不願意承認，但是如果這世界上有什麼人是她的天敵，那個人一定是梁曉栩。她發脾氣，梁曉栩就充耳不聞；她酸人，梁曉栩就置之不理，就像剛剛，她還以為自己是在對空氣說話。

「妳詳細跟我說說石智瀚現在的生活吧？」梁曉栩很有禮貌地問。

「我為什麼要說，我們很熟嗎？」湯湯好不容易占上風，對梁曉栩說話格外不客氣。

「不說也沒關係，我直接去周家問石智瀚好了。」梁曉栩聳聳肩，轉身就要走。

湯湯立刻拉住她的手腕。

怎麼能讓她去見歐巴？

「不是我不說，是我有人看著的。」湯湯比了比一旁的司機，「我不能花太多時間跟妳說，買了東西就要回去了，不然會被挨罵的。」

梁曉栩相信她說的是實話，於是提議，「那我跟妳回去。」

「不、不行啊，這樣、這樣到時候妳、妳怎麼回家？」梁曉栩一個出其不意，讓湯湯不知所措，緊張地結結巴巴。

梁曉栩知道她的疑慮，做出保證，「妳放心，我自有辦法回去。我們可以隨便找一間沒人的房間聊聊，妳要是不想讓石智瀚見到我，那我今天就不見他。」

湯湯左右爲難，她再不回去，周哲言就要派人出來找了，可是她並不想讓梁曉栩跟來……

「這哪有這麼難選？」梁曉栩順了順頭髮，不疾不徐地說：「妳帶我回去，妳可以緊緊盯著我，以防我跟石智瀚見面，但是我要是自己去，妳能拿我怎麼辦？我就算今天不去，明天也是會去的，非得問到不可。」

「妳爲什麼一定要去！」湯湯鬧起脾氣，「不准妳來！」

梁曉栩懶得再跟湯湯浪費口舌，「要不要？一句話，少在那邊拖泥帶水的。」

「……好吧。」湯湯完全被逼著答應了。

她十分懊惱，梁曉栩得償所願，開心地跟著湯湯回去。

周家很大，對外的出入口不只一處，爲了避免被周哲言發現，她們從別處小門進入，湯湯先帶著梁曉栩回到自己房裡，然後把辣炒年糕拿了出去。

梁曉栩環顧了房裡的擺設，就跟一般的少女房間沒有兩樣。

等到湯湯回來時，她手上還端著熱茶。

「只有茶，想要喝別的也沒得選，要不是怕妳跟歐巴告狀……我連茶都不想給妳喝。」

湯湯最後這句話說得極小聲，但梁曉栩還是聽見了。梁曉栩聳聳肩，是她硬逼著湯湯帶她來的，被討厭也是理所當然的事情。

湯湯不耐煩地催促：「妳問吧，問完了就早點走，趁著歐巴不在家的時候。」

「所以他現在都住在這裡了？」

「有時候吧。」湯湯想了想，看到梁曉栩不滿意她回答的神情，又補充，「出任務都是這樣的，大家同進同出，怎麼可能還各自回家，又不是出去玩。」

湯湯老氣橫秋地解釋。

「喔……」梁曉栩點頭，所以石智瀚平時都待在周家，沒任務的時候就可以回家了，

「那石智瀚爲什麼不用從基層幹起？」

「什麼基層啊？」湯湯大笑，「妳眞的什麼都不懂，歐巴雖然之前一直不想加入，可是他最後還不是管了你們學校，光憑那一點，他早就不是普通人了。」

梁曉栩喔了聲，「他是特例，難道別人也沒有意見？」

說到這，湯湯倒是沉默了會兒，「我不知道，他們不讓我知道這些事情。」

「那我懂了。」

「妳懂什麼？」湯湯連忙追問。

梁曉栩瞄了她一眼，這些事其實不是什麼大事，但是周哲言不想告訴湯湯，就一定有他的考量。

「沒什麼。」梁曉栩注視著她，「妳可以自己想，如果沒問題，爲什麼不讓妳知道？如果讓妳知道並不會影響什麼，爲什麼要隱瞞妳？」

梁曉栩知道周哲言的用意，他是爲了保護湯湯才不讓她知道這些事，但她可不像周哲言一樣喜歡湯湯，並不覺得如同溫室一樣保護她是爲了對方好，在她看來，周哲言把湯湯保護

得太過頭了，這樣並不是件好事。

湯湯靜靜地看著她，梁曉栩也不得不承認，這時候的湯湯就像精緻的洋娃娃一樣好看。

「其實歐巴在這裡的時候很不開心。」湯湯低下頭說，「我看得出來，他跟別人都不一樣，他不喜歡我們。」

梁曉栩嗯了聲，走到窗前。

夜風刮過，吹得枝葉沙沙作響，像在低語。

「我幫不了他。」梁曉栩開口，回頭看著湯湯，「妳說得沒錯，我不是這個世界的人，所以什麼忙也幫不上。」

難道她能去報警嗎？別開玩笑了。

「前幾天歐巴跟大家去出任務，回來的時候大家都很開心，只有歐巴一個人面無表情，什麼話都沒說就回家了。」湯湯垂下眼眸，「後來我才知道，有人死了。」

梁曉栩瞠大雙眼，「死了？」

「嗯，是對方那邊的人，我不知道是誰。」

廢話，妳怎麼可能知道是誰。

梁曉栩雖然表面上很鎮定，但心裡還是很驚訝，「那，石智瀚沒事吧？」

「那次他受傷了，但趙叔說只是小傷沒有問題。」湯湯偏著頭，「其實，我也不懂，歐巴爲什麼還要跟著他們出任務，那些事情周哲言都不做的。」

還能有爲什麼，當然是爲了要表示他不是空降部隊，不然怎麼服眾？周哲言不用去，那是因爲他是周家的少爺。

石智瀚再怎麼說，頂多就是少爺的兒時玩伴，了不起升格成少爺的跟班，聽起來好像地位很高，但少爺是少爺，跟班終究只是跟班，是不可能擁有跟周哲言一樣的地位。

梁曉栩開始有些憂心，石智瀚太重義氣，她害怕他爲了周哲言付出太多，反而賠上自己。

「湯湯，問妳件事。」

「什麼？」

「以前曾經有人出任務死掉嗎？」

「有啊，我爸。」

湯湯回答得很快，一點都不知道梁曉栩問這個幹麼。

「近一點的……這幾年有嗎？」湯湯說的例子太久遠，梁曉栩只好補上一句。

「喔……很少了。」湯湯想了會兒，「前幾年還有一個，這幾年就都沒有了。」

即使湯湯這麼說，也沒能讓梁曉栩放下心來。

以前沒有不表示以後沒有，現在沒有死傷也不表示……

梁曉栩甩甩頭，把腦子裡亂七八糟的念頭都甩開。

她嘆了口氣，「好吧，問完了，那我要回家了。」

「妳要走了？」湯湯有點意外，她一直覺得梁曉栩這次來，不論如何都一定要見到石智瀚才走。

梁曉栩知道她在想什麼，瞥了她一眼，「我答應過的事情不會反悔。」

「這點倒是跟歐巴很像。」湯湯小聲地說，然後才站起身，「好吧，我送妳出去，這裡招不到計程車，我讓司機送妳回去。」

梁曉栩沒拒絕，一口答應，「好。」

湯湯安靜了一會兒，又問：「妳不想見歐巴嗎？」

「想啊。」梁曉栩聳聳肩，「不過見不到就算了，他又不是出去玩，況且我也沒有什麼重要的事情要跟他說。」

「喔……」湯湯噘起嘴，拿出手機，「妳留手機號碼給我，以備不時之需。」

梁曉栩想也沒想，答應她，「可以啊，但是妳敢在半夜打電話給我，吵到我睡覺，我就去告訴妳歐巴。」

湯湯朝著她做了個鬼臉，「我才不是這麼幼稚的人！」

兩人交換了手機號碼，湯湯推開門帶著梁曉栩走出去。

「他們都還沒回來，我帶妳走大門，不然等一下被周哲言看到又要問東問西了。」走廊上，湯湯腳下不疾不徐，「司機應該已經在大門口等了。」

「我很好奇，爲什麼妳叫石智瀚歐巴，卻不叫周哲言哥哥？」梁曉栩走著，順口跟湯湯閒聊。

湯湯皺皺鼻子，「周哲言太煩了，管東管西的，我又不是他妹妹，幹麼叫他哥哥。」

「那妳也不是石智瀚的妹妹啊。」

湯湯笑起來，轉過身用一種妳不懂的眼神看著梁曉栩，說：「這妳就不懂了，妳沒看韓劇裡面，女生喜歡那個男生的話，都會叫他『歐巴』嗎？」

「喔……原來只是這樣。」梁曉栩挺失望，「我還以為有什麼祕密呢。」

湯湯斜瞪她一眼，腳步踩得很重，像是要硬生生把地板踩穿。

梁曉栩還沒來得及說話，前頭鬧哄哄的聲音就傳了過來。

「糟糕，他們回來了！」湯湯左右張望，無奈這一條筆直的走廊上根本沒有地方可以躲。

「碰上就碰上了，反正我要走了，石智瀚又不能跟我回家。」梁曉栩不在意地說，「我們到一邊去，讓他們先過吧，出任務回來應該要先跟周哲言報告一下情況才對？」

「是沒錯……」湯湯還有些猶豫時，那一群吵雜的人已經從走廊另一端走了過來。

梁曉栩側耳聆聽，聽得出他們是在高興地吵鬧，而不是在吵架。

不管怎麼說，至少情況是好的。

梁曉栩望著那頭，不可否認她的確是有些渴望見到石智瀚的身影，即便她看起來是這麼的從容不迫，可是內心的焦急只有她自己知道。

人群走了過來，梁曉栩的視線不動聲色地在他們面上一一掠過，感覺到一旁有人正盯著她看，她下意識地轉過頭去，對上的是石智瀚的目光。

有些意外，有些驚訝，更多的是掩蓋不了的灼熱。

石智瀚穿過重重人潮，站在梁曉栩面前。

她看著他。

原來有一個人穿越障礙，堅定地朝著自己走來，會是這樣的感覺。

她忍著一口氣，沒敢吐出來，像是一旦呼吸了，就會驚擾到這場夢境，等到清醒過來，才發現這一切都只是她的幻覺。

石智瀚好像抱持著一樣的想法，只是靜靜地站在她面前，眼裡都是她的身影，任憑身後的人來來去去，都無法影響他。

「歐巴，你們回來了，順利嗎？」湯湯忍不住開口，試圖打斷他們的凝視。

石智瀚的目光沒有移動分毫，也不打算回答湯湯的問題。

「妳怎麼會在這裡？」他問，話語裡帶著一點期待，「妳來找我嗎？」

梁曉栩還沒說話，湯湯就立刻接話，「我們剛好碰到，歐膩有問題要問我，所以我就帶她回來了。」

「是這樣嗎？」石智瀚追問她。

梁曉栩直直地望進他的眼裡，「是，見到你沒事，我就放心了。你去忙吧，我也要回家了。」

見梁曉栩轉身就走，石智瀚情急之下抓住了她的手腕，欲言又止，最後合上了唇，輕輕地把手鬆開。

「好，妳……路上小心。」

聽見這話，她忽然感到一陣心酸，於是淡淡地應了聲，看了他一眼，邁開步伐。

可終究，她還是停下了腳步，轉頭看他。

原來，她比自己所想的，還要掛念他。

梁曉栩跟著湯湯走到大門外面，司機已經在等著了。

「不好意思啊，答應妳的事情最後沒完成。」梁曉栩一向勇於承認自己的錯誤，她答應湯湯不會去見石智瀚的，結果還是遇上了。

「今天算早？」

湯湯擺擺手，「是我的錯，早知道帶妳從後門走，誰知道他們這麼早回來。」

「嗯，才八點多，有時候他們都這時間才出去執行任務。」湯湯朝著車子努努下巴，不再多說，「拜。」

梁曉栩笑出聲，這麼迫不及待趕她走？

「好，那我走了，拜。」

梁曉栩拉開車門，沒什麼遲疑地坐了進去，車門還沒關上，石智瀚突然匆匆跑了出來，遠遠地大吼：「我跟妳一起走！」

「歐巴……要先走了嗎？」湯湯想阻止又不知如何是好。

石智瀚對著她微笑，不輕不重地彈了下她的額心，「我都還沒問妳爲什麼把人帶回來，妳反而先問起我了？」

梁曉栩看著湯湯不知所措，想想自己也要負點責任，於是往車子裡面挪了一點，轉移話題，「不是要走？我餓了。」

石智瀚一聽，立刻放過湯湯，「回來再找妳算帳。」

湯湯都還沒回過神，載著石智瀚跟梁曉栩的車子已經駛離周家。

梁曉栩回過頭，看著湯湯還站在原地，笑出了聲，沒等梁曉栩說話，石智瀚已經忍不住開口：「妳怎麼在這裡？」

「你不是問過了嗎？」梁曉栩透過車窗外的燈光，仔細打量他。

「我才不相信妳跟湯湯有什麼話好聊。」石智瀚伸手捏了捏她的臉，「瘦了？」

「你才瘦了，我體重維持得很好。」梁曉栩沒好氣地拍開他的手，「我從你那問不出事情，只好去問會告訴我答案的人。」

石智瀚一愣，低低地笑了幾聲，「妳就料定湯湯會告訴妳？」

梁曉栩看他笑就生氣，「我自有辦法讓她願意跟我說，要是她不告訴我，我就去問周哲言，反正湯湯能告訴我的事情，肯定都不是什麼大事。」

聽見周哲言的名字，石智瀚靠上椅背，擺高姿態，「那妳還想知道什麼大事？」

「少給我擺出這姿勢，我還不了解你嗎？在那邊虛張聲勢。」梁曉栩瞪他一眼，「任務不順利？」

「沒有，怎麼會呢？都是些簡單的事情。」石智瀚別過眼，好半晌才說：「只是我現在才知道，阿言身上的擔子有多重，還沒加入周家前，我不知道他有多麼身不由己，也不知道他的處境有多爲難。」

「所以你打算盡力幫他？反正都已經加入黑道，你也沒想過要金盆洗手了，最好撈個堂口老大來當當？」梁曉栩忍不住脫口而出。

石智瀚突然握住她的手，臉上帶笑，眼神裡卻流露出要她不要繼續說下去的意思。

他換了個話題，極其自然地開口說：「在湯湯那裡吃了炸藥了？幹麼衝我發火？」

看到石智瀚的目光瞟向司機，梁曉栩會意過來，雖然不是完全理解原因，但她跟石智瀚之間這麼一點小默契還是有的，所以順勢接了他的話。

「反正，就是這樣了。」她別過臉，「我跟湯湯哪有什麼話好說。」

石智瀚鬆了口氣，同時因爲他們之間的小默契而高興起來，臉上掛著大大的笑容，「梁曉栩，見到妳我眞的很開心。」

「那你可以來我家找我啊。」

「我哪有空啊，湯湯沒告訴妳我三天沒睡了嗎？」石智瀚癟嘴，「妳一點都不體諒我。」

梁曉栩被他說得笑出了聲：「我現在才知道你三天沒睡，怎麼體諒你？話又說回來，我爲什麼要體諒你啊？」

車子行駛到商圈附近，想到他們兩個都還沒吃晚餐，於是請司機把車子臨時停在超商前，兩人進去買了點東西，石智瀚無法理解地看著梁曉栩拿了一堆食物，打算去結帳。

「欸，這附近明明還有更多東西可以吃，妳幹麼要吃超商？」石智瀚拿了其中一盒微波食品起來，「這好吃嗎？」

「不知道。我懶得去人擠人，這時候大學生最多了，買個東西要花好久時間。」梁曉栩又挑了幾樣東西，「去我家聊天吧。」

石智瀚對這個提議求之不得，他走在梁曉栩身邊，忽然低語：「妳剛剛在車上說的話都快要嚇死我了。」

梁曉栩吐吐小舌，「我忘記車上還有司機了，還好你反應快，也不知道司機聽到會不會跟上頭的人說啊？搞不好他誤以爲你只是來打工，根本不是眞心要幫周哲言。」

石智瀚還沒開口，她接著問：「不過，你在周家的情況這麼……舉步維艱？連司機都有可能是監視你的人？」

石智瀚只是乾笑，別過頭去，「買好了我們就回家吧，我累了。」

他避而不談的態度，反而坐實了梁曉栩的猜測。

「你也買點東西吧，我家可沒有東西招待你。」

石智瀚買了杯熱奶茶，又放了包泡麵跟餅乾在提籃裡，兩人結完帳走出店門口，司機還在外面等著。

石智瀚走上前，「你先回去吧，我今天不回周家了。」

司機離開後，石智瀚走回梁曉栩身邊，儘管手裡提著袋子，還是堅持要背她的書包。

梁曉栩忍不住翻了個白眼，「路人看到，一定覺得你找了個公主病的女朋友。」

她只是隨口一說，石智瀚卻愣了一愣。

如果可以，他眞想讓梁曉栩當他女朋友。

「幫老大背書包、提晚餐是應該的。」石智瀚打哈哈，腦子裡卻不由自主地回想起這幾天的心情。他們已經許久不見，每當夜深人靜時，他總是會忍不住想起梁曉栩。

「欸，不過怎麼搞的，明明是周哲言邀你加入的，為什麼他還讓你接這麼危險的任務？湯湯說有人……」梁曉栩沒說出那個不吉利的字眼。

「湯湯連這種事都告訴妳？等我回去她就死定了。」他邊說邊迴避了梁曉栩的目光，「其實，那只是意外。」

梁曉栩瞪了他一眼，不跟他爭辯。

兩人安靜地走進公寓，搭上電梯，最後進了家門。

一路上石智瀚都戰戰兢兢的，他不知道湯湯都跟梁曉栩說了什麼，基本上湯湯知道的事情都不是大事，可是面前這少女的智商，讓他打從心底提高警覺，就怕梁曉栩一語中的，一問就猜中眞相。

石智瀚熟門熟路地把食物都放在桌上，梁曉栩走進書房，跟梁書輔講話，「爸，我回來了。」

石智瀚聽見梁書輔的聲音從書房裡傳來，「身體不好不要亂跑，今天感覺怎麼樣？」

梁曉栩笑了幾聲，「哪有什麼問題啊，我有按時吃藥的。對了，石智瀚也來了。」

聽到這兒，梁書輔就走了出來，對石智瀚打聲招呼：「最近好嗎？」

「很不錯，梁爸爸最近好嗎？」

「栩栩少讓我操點心就很好。」梁書輔笑著回答，「你們聊吧，我先進書房去忙了。」

「好。」看著梁書輔的身影，石智瀚眞心喜歡梁家的氣氛，感覺不管犯了什麼錯，只要回到家裡，一切就會沒事了。

梁曉栩離開書房，坐在桌前。

梁曉栩拿起剛買的燒賣，打開來吹了兩下，開口說：「我猜猜吧……」

她話還沒說完，石智瀚宛如驚弓之鳥般退了一大步。

「你幹麼？」梁曉栩一臉莫名其妙地看他。

石智瀚溫溫吞吞地喝了口自己的熱奶茶，「沒有，妳別亂猜，妳問我答就好了。」

梁曉栩莞爾，「我猜跟我問你答，還不是差不多？」

「不一樣，妳每次亂猜都能猜中，我都覺得妳可能會通靈。」石智瀚很無辜地看著她，「所以還是妳問我答就好。」

梁曉栩忍俊不禁，而後板起臉，「那我問你，那個人是你殺的嗎？」

「不是。」石智瀚料到梁曉栩肯定會問這個問題，早就有所準備，因此回答起來從容不迫，「是他們自己的人開槍打死的。」

「喔……」梁曉栩想了會兒，眼神上上下下地打量他，「湯湯說你受傷了，是因為你想要證明自己不是草包？」

石智瀚拉起袖子，手臂上有一條不小的傷口，「沒有，就這麼點小傷，哪裡算得上是想證明什麼？湯湯說話本來就很誇張，妳又不是不知道。」

梁曉栩望著他，勾起嘴角，「石智瀚，你以為你在跟湯湯說話啊？當我那麼好騙？我怎麼可能相信這種藉口，傷口是不大，但看得出來是刀傷，依你的身手怎麼會躲不開？我猜，你要不是伸手去擋，就是有人刻意攻擊你。」

她直直地望著他，「說吧，其實你的處境很爲難是吧？」

還眞是一猜就中……

石智瀚咽了口口水，「妳……讓我怎麼說？」

「老實說。」梁曉栩的眼神平靜，看不見任何波瀾，「你不老實說，我怎麼幫你想辦法？」

「妳不用幫我想辦法，這個問題也沒什麼好方法可以解決。」石智瀚沉默了一會兒，「阿言有意願去讓我去管事，可是我剛加入，還是因爲需要他們的幫忙才加入，難免會被人說話，我只能多做一點事情，讓大家認同我……」

梁曉栩頷首，「跟我想的差不多。所以你剛剛在車上才會要我不要亂說話，免得有心人造謠。」

對於梁曉栩明知故問的行爲，石智瀚翻了個白眼，「妳都知道了，還逼問我幹麼？」

「確認答案。」梁曉栩簡單扼要地回答，「那你現在打算怎麼辦？眞的拿命去拚？」

石智瀚起身走到陽臺前。

「栩栩，老實說，我不知道。」他想了會兒，「我也想過著跟別人一樣的人生，可是從我答應加入周家的那一刻起，就注定不一樣了。而且，我……也沒什麼好在意的，如果我死了，我想我繼父頂多傷心一下子，不會太難過的。」

石智瀚自嘲地抬起嘴角，「這個世界上，會因爲我的死而傷心的人，我一隻手就算得完。」

「不然你還想怎樣？」梁曉栩怒氣沖沖地走到他身邊，一把揪住他的衣領痛罵：「王八蛋！你有時間閒命太長，那就去做一些會讓別人記得你的事情，去做會讓這個世界捨不得你的事情，少在那邊怨天尤人！」

石智瀚被她罵得人都呆住了，「妳……幹麼這麼生氣？」

「我看不下去！」梁曉栩氣得臉頰都紅了，「有人爲你哭又怎樣？沒人爲你哭又怎樣？誰來到這個世界，不是用死亡離開的？莫名其妙，你以爲你幫周哲言做了那麼多，這樣就算是死得其所嗎？你屁！那爲你哭的人算什麼？那我算什麼？」

石智瀚反應過來，「妳也會……因爲我難過嗎？」

梁曉栩瞪了他好一會兒，不想多說，「媽的，遇上白痴了。」

她鬆開手，轉身走回自己的位子上吃東西。

石智瀚一掃陰霾，臉上漸漸有了笑意，跟在梁曉栩身後走回桌邊，「栩栩，妳眞的會替我難……」

他話還沒說完，嘴裡就被梁曉栩塞進了一口燒賣。

「少說廢話，要是不在意，我幹麼去周家？那裡是遊樂場還是便利商店，想去就可以去？」梁曉栩哼了聲，「把你僅存的腦細胞拿出來用一下，多去思考問題，只是放著並不會滋生利息。」

石智瀚含著食物，看著梁曉栩。

他很高興，不過才剛嚥下嘴裡的燒賣，又被梁曉栩塞了食物。

「媽的，栩栩，妳謀殺啊！」石智瀚吞下了熱辣辣的麻婆豆腐，拿起一旁的水喝了一大口，「很燙欸！」

梁曉栩抬起眼，對他假笑，「不燙的話，我幹麼塞進你嘴裡？」

這麼鬧過後，兩人安靜了下來，梁曉栩默默地吃著自己的晚餐，石智瀚看著她的側臉，一股暖洋洋的感覺自心底油然而生。

愛情並不是一定要你死我活，也可以很簡單平凡，只要有梁曉栩在的地方，就算是這麼日常的場景，他也能感覺到溫暖。

「你還會去學校上課嗎？」梁曉栩擦了擦嘴，轉頭看到石智瀚專注的表情，不禁一問：「你幹麼這樣看我？」

石智瀚別開臉，耳根子有點發熱。

「有空還是會去學校的，畢竟出席率不夠高就不能畢業。」

「你還會在乎畢業這件事啊？」梁曉栩露出驚訝的表情，「你不僅要擔心出席率，還要擔心一下你的畢業考吧？」

石智瀚像是第一次聽見這三個字，有點呆住，「畢業考……是什麼？」

「不能吃的東西。」梁曉栩漫不經心地說，「畢業考就是要考高中三年的所有學科。」

石智瀚震驚了。

「別說三年了，連三個月的我都……」他吶吶地說。

「那還怕什麼？不管是三年還是三個月，你都考不過，乾脆也不要管出席率了，反正都沒辦法畢業。」梁曉栩呵呵嘲笑他。

石智瀚覺得自己心中剛燃起的那一點小小的溫暖都被吹熄了，「栩栩，妳太沒良心了。」

他嚴肅地指責她。

「不然你想怎樣？幫你作弊還是幫你考試？」梁曉栩眼睛一轉，「不然你跟我說，你剛剛看著我在想什麼，我就考慮幫你整理筆記。」

石智瀚愣住，想了幾秒，才反應過來梁曉栩指的是什麼。

「妳幹麼一定要知道？」

梁曉栩平時也不是這麼追根究底的人，但考慮到現在他在周家的情況不穩定，她就怕石智瀚是不是有什麼問題不告訴她，只想一個人默默面對。

「我就是想知道。」

「妳不怕知道了會後悔？」

「不知道我會更後悔。」

石智瀚捏了捏眉心，跟這女人打交道，比出任務還累，「我說了妳別怪我。」

「要說快說，吞吞吐吐的，比湯湯還不爽快，你是男人嗎？」梁曉栩斜眼瞪他。

什麼都能忍，但是被人譏諷他不是男人不能忍，譏諷他比不上湯湯更不能忍！

石智瀚下定決心，深吸一口氣大聲說道：「我在想我喜歡妳，想讓妳當我女朋友！」

梁曉栩嘴巴微張，完全沒想到是這個答案。

「知道了吧。」石智瀚沒好氣地別過臉，「妳這女人眞的有毛病。」

「那不是……我沒……」梁曉栩回過神，弱弱地問：「所以你剛剛是在跟我告白嗎？」

「是被逼著跟妳告白。」石智瀚口氣有些難爲情，搔了搔頭，「我沒有什麼意思，妳也知道我現在過著朝不保夕的人生，所以沒有資格期待妳喜歡我，甚至要妳跟我在一起，這些前提我都知道。」

他只是想跟梁曉栩說：我喜歡妳。

這樣如果出了什麼意外，他也不會後悔。

梁曉栩眨了好幾下眼睛，緊張地抿脣，又喝了一大口水，平時的伶牙俐齒在這一刻都派不上用場。

「我……我要想想……」她摸著後頸，眼神緊張地亂飄，「我不是說你現在不好，唉，我的意思是就算很危險也沒關係，但問題不是那個……唉唷！你好煩啊！」

梁曉栩惱羞成怒，「誰讓你這時候說這件事的！」

「妳啊。」石智瀚無辜地說。

對喔……還眞是她自己要他說的……

梁曉栩再度喝了一口水，掩飾自己的慌張，「不、不說這個……」

「好，不說這個。」石智瀚伸手揉了揉她的瀏海，「其實我本來沒想說的，妳也不要放在心上，就跟以前一樣就好。」

說這話的人都沒放在心上，她驚慌什麼。

梁曉栩垂下眼眸，暗罵自己怎麼那麼不爭氣。

✦

石智瀚說的那些話，讓梁曉栩連著兩三天都心神不寧。

她也很喜歡他，只是沒想過要進一步告白交往。

就算眞往那頭去想了，她想到的是任何事情都有終點，包含了感情這回事，如果他們才剛交往，卻因爲生死的緣故很快就走到終點，那還要不要開始啊？

梁曉栩首次陷入了找不到明確答案的困境中。

光是愛情就已經困擾了這世上一大半的人，生死攸關的事則煩惱著另外一半的人，這下可好了，他們兩個同時被這兩大問題所苦。

梁曉栩坐在客廳裡，沖了一壺沒有咖啡因的南非紅茶，裹著毯子縮在沙發上看電視。其實她很少看電視，更何況快要模擬考了，這種時候本來要念書才對，只是她心緒如麻，怎麼樣都讀不下去，乾脆看個電視轉換一下心情。

該答應，還是不答應呢？

還沒等她想清楚，就瞥見電視上出現新聞快訊的跑馬燈，上頭寫著：某某地區幫派火拼槍戰，已知三死。

來。

梁曉栩倒抽一口氣，猛地起身，在客廳來回踱步，最後奔回房間，拿起手機打給湯湯。可想而知，湯湯當然也不知道情況，只說他們今天確實有任務，而且到現在人都還沒回

看了眼時間，梁曉栩坐立難安地等了一會兒，想聯絡石智瀚，卻不敢打電話，就怕他手機忘記調成振動模式，要是打給他，鈴聲突然響起，擔心他會惹上麻煩。

左思右想，梁曉栩覺得自己肯定沒辦法安心待在家裡，乾脆再次播了電話給湯湯，說自己馬上過去，沒等湯湯回話，梁曉栩就掛了電話。

換了身衣服，梁曉栩穿上厚重的外套，跟梁書輔說一聲就出門了。

在路邊攔住計程車直奔周家，車還沒開到門口，遠遠就看見大門前聚集了不少人，一片鬧哄哄的，司機見狀也不敢再開過去。

梁曉栩不跟司機多說廢話，付了錢就下車。

她觀望著那群人，非常吵鬧，她悄悄地穿過大門口，溜進了前庭，現場一片混亂沒有半個人注意到她。

梁曉栩心裡有了想法，她知道在電視上看見的跑馬燈，肯定與周家有關係，否則外頭的場面絕對不會這麼混亂。

這麼一想，她反而鎮定了。

她打電話給湯湯，問石智瀚回到周家了沒，湯湯那頭連忙說：「到了到了，他沒事，情況很亂，妳不要過來。」

梁曉栩掛了電話，直接打給石智瀚，電話響了一陣子無人接聽，正當她以爲要轉入語音信箱時，電話終於接通了。

「喂？」

石智瀚大約是走到了沒有人的地方接起手機，從手機那頭傳來的聲音很清楚。

「我看到新聞，有幫派火拼，你還好嗎？」

她走到屋前，站在門外看著屋子裡頭。

其實她在想，如果石智瀚沒事，那也不是非得要見到他，只要知道他沒事，其他都只是細枝末節。

「我……我沒事。」石智瀚往門外走，他迫切地需要呼吸一點新鮮的空氣，好緩和今天晚上的情緒，「妳……在家裡嗎？」

梁曉栩還站在原地，「嗯，我在家……」

石智瀚打開門，藉著微弱的燈光，見到了門外的梁曉栩。

她就那樣孤身隻影站在燈下，像是在等他。

兩人四目相對，梁曉栩訕訕地掛了電話。

「妳不是在家？」石智瀚走到她面前，故意這樣問。

梁曉栩腦筋一轉，改口說：「我在家……裡待不住，所以就想來看看。」

石智瀚用指節敲了敲她的額頭，「轉得眞順啊。」

「反正知道你沒事就好了。」梁曉栩不想跟他多說，透露得越多，她臉丟得越大。

梁曉栩視線在他身上轉了一圈，「轉過去，我看看。」

石智瀚哭笑不得，「我眞的沒事。」

「我不相信。」她其實在借題發揮，趕緊扯開話題，「這麼冷，你怎麼只穿一件衣服？」

梁曉栩隨口問，還沒來得及等他回答，忽然瞥見衣服上的血漬，倒抽了一口氣，「你衣服上怎麼都是血？」

石智瀚沉默了一會，沒有馬上回答，卻讓梁曉栩誤以爲他是受了傷不說。

梁曉栩一把拉住他的手腕，「找趙叔，你受傷了！哪裡受傷？快告訴我！」

她扯了幾下，石智瀚一動不動，梁曉栩惱怒地回頭看他。

「你不要在這種時候逞強，趕快去找趙叔，這麼多……」梁曉栩氣急敗壞地開口，說著說著，下半句卻消失在一陣震驚中。

石智瀚手一扯，把梁曉栩拉到懷裡，俯身吻在她嘴唇上。

她睜大眼睛，腦中一片空白，視線越過他的肩膀，看見了滿天星光。

石智瀚略略離開她的唇，在她唇間低語：「栩栩，冷靜點，那不是我的血。」

梁曉栩愣愣地沒回過神，看著他的臉這麼貼近自己，氣息吹在她臉上，距離近到能夠嗅出他身上淡淡的血腥味。

「那……不是你的血？」

「不是。」石智瀚握著她的手，站直了身，「是其他兄弟的，子彈貫穿了他的手臂，當時我就站在他身邊，是我扶著他撤退，也是我帶他回來的，所以衣服上才染上了血漬。」

梁曉栩抿著唇，光是想像那個畫面，就令她無法呼吸。

「幸好……不是你。」她很輕很輕地說。

兩人靠得極近，即便是這麼輕聲的呢喃，那些訴說給自己聽的話語，石智瀚都聽見了。

他把梁曉栩抱入懷中，緊緊地擁住她，彷彿下一秒就會失去她。

梁曉栩深吸了一口氣，「現在想想，之前都是置身事外，才能說那些冠冕堂皇的話，這一瞬間，我腦子裡只有『幸好不是你』的念頭，這是一件多麼自私卻又如此幸運的事情。」

「對不起，嚇到妳了。」他這麼說著，緊抱的雙手卻一點也沒有鬆開的意思，「栩栩……」

不要離開我。

「石智瀚，我想清楚了，我們交往吧。」

他默不作聲，毫無動靜，梁曉栩耐不住性子地推開他。

「你不會是吻了我，就想跑了吧？」

「不是，當然不是啊！」石智瀚急忙解釋，停頓了幾秒，「只是，栩栩，像這樣的事情以後不會少的，我不希望妳每天都爲我擔心。」

「少矯情了，你明明就希望自己死的時候有人爲你哭。」梁曉栩用手指戳了戳他的胸口，「至於會不會擔心，又不是不交往我就不擔心了，既然如此，那還是交往吧，至少交往了我就是你的所有人，可以盡情使喚你，長久算下來，我不虧。」

石智瀚被她的話說得哭笑不得。

「妳眞的想好了？」

「想好了。」

梁曉栩點了點頭，朝著他勾勾手指，石智瀚俯下身。

「妳要幹麼？」

她伸手環住他的頸子，「剛剛你偷襲，所以我沒表現好，這實在太不符合我追求完美的個性。所以，我們公平決鬥，再來一次。」

石智瀚還沒來得及表示意見，梁曉栩已經吻了上來。

第七章

幾天之後，石智瀚坐在梁家客廳的沙發上。

「這次會被殺得措手不及，一來是因爲我們的人裡面好像有內賊，再來是……」他端起茶喝了口，「他們的火力比我們想的還要多太多了。」

「沒有防備嗎？」梁曉栩裹著毯子問，手中捧著紅茶一口一口地啜著。

石智瀚搖搖頭，「不算沒有，只是沒想到這麼多，也沒想到他們的行動這麼……大膽。」

梁曉栩不懂這些事情，只能靜靜聽著。

「那接下來你們打算怎麼辦？」

石智瀚搖搖頭，「這事情阿言已經跟周伯伯在討論了，我沒什麼好說的，也管不了，反正他們要我做什麼，我就做什麼。」

「白痴。」梁曉栩瞪了他一眼，「他們讓你去殺人，你做不做？」

「殺人暫時是不會，不過要去接待幾個人倒是眞的。」石智瀚笑嘻嘻地湊到梁曉栩面前，「我雖然不比妳聰明，可是什麼事情該做、什麼事情不該做，我還是知道的。」

梁曉栩臉紅紅地推開他的肩膀，「你知道就好，不要人家叫你做什麼你都傻傻去做。」

殘陽輕輕地灑入屋子裡，襯得梁曉栩紅撲撲的臉更加通紅，石智瀚忍不住摸了梁曉栩的臉蛋，然後探了探她的額頭，溫度有些偏高。

「妳怎麼又生病了？」

「天氣冷本來就容易生病。」梁曉栩擤了鼻涕，「我才想問你怎麼都不生病。」

石智瀚只穿了件薄薄的長袖，對比穿著刷毛上衣還裹著毯子的梁曉栩，簡直像在另外一個世界。

「男生不怕冷是應該的，而且我天天運動，身體自然就很好。」

梁曉栩笑出聲，「打架也算運動？」

「當然算，打架用到的身體部位才多。」石智瀚秀了下他的肌肉，見到梁曉栩精神不濟，坐回了她身邊，「很不舒服嗎？」

「還好。」梁曉栩壓了壓太陽穴，「我只是在想，周家為什麼要你去接待？接待的人是誰？」

「是軍火商，聽說是周伯伯在香港的老朋友，最近才聯絡上的。」石智瀚老實招了，「妳連這種事都在想，難怪身體這麼差，營養都用在修補腦細胞了，而且這又不關我們的事。」

「哪裡沒關了？」梁曉栩斜了他一眼，對他這種完全相信周家的態度覺得煩躁，「周家要你接待，你用的是什麼身分？一個還沒出頭的小混混？還是周哲言的好朋友？不管是哪一種，都不是什麼正經的身分。」

「所以呢？」

「所以，我才在想這裡頭有什麼古怪啊，難道是要你……」梁曉栩沉吟半晌，不期然打了個大噴嚏，捧在手上的紅茶一股腦兒地全灑在石智瀚身上。

「就算討厭我，也不需要這樣吧。」石智瀚無言地看著自己衣服上的紅茶漬，「還好這茶已經不燙了，不然因爲這點小事就送醫院，被阿言知道了還不笑死我。」

梁曉栩已經笑得直不起身，裹著毯子在沙發上滾來滾去，「唉唷，笑死我了，大俠不是都應該要一個閃身就躲過暗器嗎？你怎麼不躲啊？」

石智瀚看到她笑得說不出話，直接脫下上衣，傾身壓在梁曉栩上頭，「這都誰的錯！」

梁曉栩傻了，「喂……你……幹麼脫……衣服……」

「讓妳笑！」石智瀚彈了下她的額頭，俯身咬住她的脣，「看妳還笑不笑得出來！」

最後梁曉栩拿了一件梁書輔的衣服給石智瀚穿上，至於髒衣服，就直接扔進洗衣機了。

「對了，聖誕節快到了，我們出去玩吧。」石智瀚笑咪咪地說。

梁曉栩抬頭瞄了他一眼，「要去哪？太冷的地方我不要去。」

「我知道，我們可以去渡假村。」石智瀚像是已經計畫好了，興沖沖地說著：「我跟阿言說了，可以請假一個禮拜，妳也請假吧。」

梁曉栩被他這種理所當然的態度給逗笑，「說得好像我想請假，就隨時都能請，我可是要上課的！說起這個，你是不是不想要畢業證書了？」

「沒有啊，我還是很想要畢業證書的。」石智瀚有些心虛，他最近忙著出任務，早就把這件事拋到腦後了。

「那就回來上課啊，跟周哲言說一聲吧，至少這一年讓你好好上課，把畢業證書拿到，反正也沒剩多少日子了。」梁曉栩數了一下，「剩兩百多天而已，你要是真的不想升學也就算了，可是畢業證書都快到手了，這時候放棄也太可惜。」

石智瀚嗯了聲，不太上心地說：「我會跟阿言說的。」

梁曉栩看了他一眼，知道他根本沒有把這件事放在心上，腦子裡想了幾個逼迫他回來上課的方法，但這種時刻她並不想跟他硬碰硬，所以話鋒一轉問道：「所以，你是從聖誕節一直放到跨年嗎？」

「對啊，阿言已經准了。」石智瀚挪了挪身體，把頭枕在梁曉栩的腿上，「去了周家之後，阿言有給我薪水，我可以帶妳去玩，妳沒有錢也沒關係。」

梁曉栩低頭看著他，伸手摸了摸他的鬢角，「薪水？很多嗎？」

石智瀚臉上得意洋洋，「比二十二K多很多，可以養家活口了。」

梁曉栩偏著頭想了好一會兒，「欸，我問你啊，如果我跟周哲言兩個人，其中會有一個背叛你，你是不是覺得那個人一定是我？」

石智瀚翻身坐起，「這題目是變形題嗎？」

梁曉栩沒反應過來，「什麼跟什麼……」

「『女友跟媽媽一起掉到海裡要先救誰』的變形題啊。」石智瀚低低笑著，「梁曉栩，沒想到妳也這麼……」他思索了一會，故意說出了個會激怒梁曉栩的詞彙，「神經質。」

梁曉栩果然翻了白眼，「你才神經質，你還神經病呢！」

「不然妳問這個幹麼？」石智瀚追問。

梁曉栩抿著脣，猶豫了半晌，「我不想說。」

「不想說妳還問，存心讓我吃不下、睡不著，妳給我說清楚。」石智瀚沒打算放過她，一伸手就把梁曉栩抓到他面前，「快說。」

梁曉栩癟癟嘴，「我怕說了你不相信我，其實我沒有什麼證據，只是覺得你這麼相信周哲言，哪天他把你賣了，你都不知道。」

「怎麼可能，我跟阿言是從小一起長大的，親如手足，要不是他的身分特殊，我媽還差點收他當乾兒子。」石智瀚擺擺手，拍了拍梁曉栩的頭，「想太多了。」

「或許是因爲我才認識他不到半年，所以對他多少有防備心。」梁曉栩拍開他的手，換了個話題，「所以接下來，你要去接待那個軍火商？」

「嗯，聽說這次阿言他們很重視這位貴客，詳細情形我也不清楚，總之去接待的人不多，都是阿言信任的人，有幾個老傢伙也會去。」石智瀚接著說：「不過事關重大，不然我眞想帶妳去看看，其實我進來後，才發現道上也沒這麼危險，以前是我小題大作、反應過度。」

「近朱者赤，近墨者黑。」梁曉栩哼了他一聲，「沒有危險？難道那天死的三個人是假人嗎？就算你現在堅持不做壞事，要是哪天有了利益衝突不得不做呢？要是殺一個人可以救周哲言一家呢？你殺不殺？不是我想太多，是你想太少。」

石智瀚抿著脣，梁曉栩的話讓他有些不高興，大概是她流露出不信任周哲言的念頭，讓他反感。

「我們不說這個，不管如何，現在就是這樣了。」

兩人鬧得有些不愉快，最後說好要一起吃的晚餐，梁曉栩用身體不舒服的理由推掉了。

✦

過了兩三天，兩人都沒怎麼聯絡。

梁曉栩本來就是有事才找人的個性，因此石智瀚也沒怎麼放在心上，更何況這幾天他忙著處理招待的瑣事，無暇顧及其他事，連湯湯都無一倖免地被抓來接待客人。

來人有五位，主事的是一位很年輕的女人，身材極好，總是穿著一身合身的洋裝，顯露出性感的曲線。

石智瀚看不出她到底幾歲，也許二十出頭，也許接近三十，她笑起來有股媚力，像是會勾人似的，讓石智瀚覺得這人有些危險，所以有意無意地避著她。

他們一行人都叫她顧姊，沒有人知道她的本名，因爲這樣，更顯得這個組織很神祕。

這幾天他們住在周宅，跟周伯伯的事情也談得差不多了，周伯伯有意思要替他們舉辦一場招待晚宴，宴請各方的勢力。

依石智瀚看來，這完全就是一個警示，警告陳哥周家這邊也有人，如果輕舉妄動，還不知道會是誰吃虧。

晚宴請帖發給了不少人，包含黑白兩道及政商大老，基本上都收到了邀請，還找了公關公司來策畫這場晚宴，他這輩子都還沒見過這樣的陣仗。

這幾天，周宅的大廳運了不少裝飾用的東西進來，打算讓周伯伯一一過目，再決定要不要擺設。

周伯伯年輕的時候待過一陣子的上海，很沉迷三零年代老上海紙醉金迷的情調，所以這次的宴會擺設以復古奢華的風格來做布置。

這幾天下來，石智瀚跟著周哲言參加了不少會議，雖然表面上是以周哲言的護衛身分出席，但他知道周哲言是打算要他接手這一塊的事務，所以讓他跟在旁邊學習，即便不是現在接手，但是也不會拖太久。

「歐巴，你晚餐要吃什麼？周哲言出去了，我們要叫外賣，是一家港式餐廳。」

「菜單拿過來，我看看。」

逮住了空檔，石智瀚回到自己房裡休息，沒過多久，湯湯就找了過來。

「顧姊他們被周哲言帶去外面招待了，說今天晚上我們可以放假。」湯湯很興奮，「終於！我快要累死了，每天都得跟他們一起吃飯，吃得兢兢業業的，周伯伯還不准我們離席。」

石智瀚看了湯湯一眼，不禁想到湯湯的將來。

湯湯未來大概也是要接班的，他很難想像湯湯變成像顧姊那樣的女人。

「阿言交代過妳吧？去學校的時候，不要隨便跟同學說家裡的事情。」石智瀚囑咐她，就怕她口無遮攔。

「我知道。」湯湯撥了下頭髮，「伯伯跟我說過了，等我上高中後，就能跟你們一樣開始處理事情了，一開始先跟著周哲言學，接下來我就可以自己來，不用聽他的了。」

「妳很期待？」

「當然啊，你們都說我是小孩子，不過我再一年就要國中畢業了！」湯湯抬起臉，「而且我打算跟你一樣，一邊讀書一邊幫忙，我要去念服裝設計，然後下課後還可以處理家裡的事情。」

石智瀚不禁思索，對湯湯來說，這樣的生活說不定才是正常的。

「難道妳沒有自己想做的事情嗎？」石智瀚好奇地問。

「那就是我想做的事情啊。」湯湯不解地看著他，「歐巴不也是想做這些事情，所以才加入我們嗎？」

還真不是。

石智瀚拿過菜單，不再回答湯湯的問題。

「對了，妳知道這次的宴會都邀請誰嗎？」

湯湯還在思考時，房門被敲了兩下，推門而入的是周哲言，他過來找石智瀚，沒想到湯湯也在裡面，他愣了愣，「一下沒見到妳，妳就跑來這裡了。」

「找我有事？」石智瀚看向他，「你不是帶顧姊他們出去嗎？」

「我出門，跟班不在身邊怎麼行？」周哲言打趣，「走吧，我都還沒休息，怎麼可以沒了你的事？」

「那……那我也要去。」湯湯連忙開口，「這幾天我也都有在幫忙的。」

周哲言搖頭，拍了拍湯湯，「今天的事妳不用去。」

石智瀚把菜單塞回湯湯手中，「好吧，那妳就自己吃了，我們先走了。」

「你們要去哪裡？」

石智瀚聳聳肩，「我哪知道。」

周哲言則一句話不說，快步離去。

湯湯不太敢在這種時候胡鬧，畢竟有重要的客人在，要是搞砸了什麼事情，那不是她能負責的。

石智瀚默默地跟在周哲言身後走著，拐了幾個彎之後，周哲言停下腳步。

「幹麼？」石智瀚出聲，「不是有事嗎？」

「哪有事，我只是不想讓湯湯纏著你。」周哲言淺笑，「看了不舒服。」

石智瀚捶他一拳，「那可沒辦法，我已經跟她保持距離了。」

「我知道，但我也束手無策，所以只好把你帶出來了。」周哲言笑著從懷裡掏出一張請帖，「你帶梁曉栩來宴會吧。」

石智瀚愣了一下，「不適合吧？」

「沒事，辦在酒店裡，很多人都會到，她來也無妨，梁曉栩大概沒來過這種場合，你讓她來看看吧。」他想了會兒，「也許她還需要買些新衣服？你帶她去買吧，准你報公帳。」

石智瀚跟梁曉栩交往的事情只有幾個人知道，周哲言就是其中之一。

「怎麼這麼突然？」石智瀚伸手拿了那張請帖，「你們動作眞夠快的，昨天才討論要開宴會，今天請帖就好了。」

「哪是啊，早就決定了，不過是選在昨天說出來而已，否則你以為酒店是隨時要辦宴會，場地就隨時都有嗎？」周哲言忍不住調侃他，「你太天眞了。」

石智瀚兩手一攤，「好，是我太天眞，你事先又沒告訴我，我怎麼知道？」

周哲言笑著睨了他一眼，「事先告訴你也沒用，跟你說這個幹麼？你要去跟酒店協調，還是要負責端盤子啊？」

「我想……就端盤子吧，這事情我還可以應付。」石智瀚笑著回答，又問：「今天晚上沒事了吧？那我拿請帖給梁曉栩。」

「好。」周哲言頷首，隨即賊賊一笑，「不用太早回來。」

石智瀚有些不解，「她爸在家，我不回來要去哪裡？」

周哲言意味深長地哦了一聲，「那就一起回來，我們家的隔音還是很不錯的。」

石智瀚大笑，搥了他一拳，「滾，滿腦子下流齷齪。」

「我就不信你都沒想過。」周哲言聳聳肩，「想吃不敢說。」

「我才不像你，湯湯都還沒追到手，就已經管東管西了。」石智瀚甩甩請帖，「走了，這時間剛好去接她下課，還能一起吃晚餐。」

「好啦好啦，拜。」

石智瀚站在校門口旁，一身便服混在學生裡特別顯眼，不一會兒教官看到就走過來關切，一見是他，臉色立刻沉了下來。

「你現在了不起了啊？連學校都不來了，還想不想畢業啊？」

「想啊！」石智瀚應聲，「可是我忙啊。」

「你一個學生能忙什麼？」教官壓根不信，「要來學校上課啊，畢業也要看出席率的。」

教官知道石智瀚本性不壞，所以一直特別關心他，就怕他走上歪路，不喜歡念書不是什麼大事，可是去爲非做歹那就不行了。

教官伸手揪住他耳朵，石智瀚不敢反抗，「你可別跟著人家去混黑社會。」

「唉唷，我哪敢啦！」石智瀚叫著，「教官你放開我啦，人這麼多，我很沒面子欸！」

「你也知道會沒面子，要不要去看看你的出席率？那才更丟臉！」教官拉著他進教官室，在他面前扔了本點名簿到簿，好言相勸，「都念到高三了，離畢業也沒多久，你撐一下不行嗎？」

「那……那不是我不來，我是……」

「對對，教官你多罵點，省得我浪費口水。」梁曉栩忽然從門邊探出頭，指著石智瀚，「還有我蹺課都是他的錯，怪他，都怪他。」

石智瀚哭笑不得地看著這顛倒是非的少女。

「妳怎麼跟教官站在同一邊？」

「什麼同一邊！你蹺課還不讓人家說了？」教官又罵，指著簽到簿，「你以前就算成績不好，出席率也還有九〇％，現在呢？」

石智瀚一臉苦澀，不知道該怎麼解釋，他總不能說自己早就加入黑社會了吧。

石智瀚眼角餘光瞥向梁曉栩，凶狠地瞪了她一眼。

梁曉栩對石智瀚的目光視若無睹，不疾不徐地走上前，看了一眼點名簽到簿，「教官，你消消氣，先去休息喝口水，我來幫你勸勸他。」

石智瀚頓時寒毛直豎，他現在總算明白了，這是梁曉栩設計的陷阱，就等著他自投羅網。

「根據校規，操行分數低於六十分就不能畢業，只能拿到修業證書，蹺課一堂扣〇．三分，一天是二．四分，一週就是十二分，你本來的操行分數只有八十，目前算下來……」梁曉栩翻著簽到簿，抬頭一笑，「已經不滿六十。」

石智瀚呆滯了幾秒，這傢伙大費周章地出動教官把他壓來教官室，總不會只是要跟他說現在只能拿到修業證書吧？

梁曉栩把臉湊向石智瀚，「不過，補救的方法就是一節愛校服務抵一節蹺課，也就是……」

石智瀚舉起手投降，「好了，妳直接告訴我答案，我現在要怎麼做？」

「愛校服務四十五節，可以讓你剛好拿六十分，愛校服務六十五節，可以讓你從現在開始到這學期結束，每週蹺課兩堂，也一樣可以拿到六十分。」梁曉栩笑咪咪地豎起手指，「考慮好了嗎？你要不要先跟教官畫押？」

石智瀚忍俊不禁，「妳又不是不知道我要……上班。」

梁曉栩翻了個白眼，「上班咧。」

教官這時候走過來，聽見他們的對話，以爲石智瀚有經濟困難，開口說：「其實我們也是有先例，如果眞的有經濟上的困難，可以轉成夜間部。」

石智瀚注視著教官，又看向梁曉栩，「眞是的，你們這樣逼我有什麼意義？」

「你一個學生不上課，成何體統！」教官開罵，「梁同學雖然說得亂七八糟，但也算有道理，你之前蹺的課是應該清算了。」

等到兩人走出學校的時候，已經天黑了。

他仰望夜空，目光瞥向站在一旁笑吟吟的梁曉栩，無奈到不知道該說什麼了。

「你別這麼灰心喪氣啊，如果你沒辦法跟周哲言說清楚，那我來說好了，讓你先拿到畢業證書也是很重要的啊。」

「妳算計我就罷了，還一點愧疚感都沒有欸。」石智瀚不重不輕地拍了下梁曉栩的頭，「既然我已經決定要幫阿言的忙了，有沒有這張文憑還重要嗎？」

梁曉栩出言駁斥，「當然重要，你以前也覺得重要，所以才念到高三不是嗎？怎麼時至今日就覺得無所謂了？」

石智瀚啞口無言，好一會兒才說：「此一時，彼一時。」

「嘖嘖，會說這句話了啊？」梁曉栩斜他一眼，「那你當初勸周哲言回來念書拿文憑的時候，怎麼沒這麼想？」

石智瀚張口欲言，卻被梁曉栩打斷。

「石智瀚，我是認真的，不是跟你鬧脾氣而已，就剩這麼幾天，你至少拿個文憑吧？」梁曉栩苦口婆心，「以後誰知道會發生什麼事情，先做個假設，如果哪天你要離開周家，只有一張高中肄業的證書，出來後怎麼辦？想想你媽，就算你加入是逼不得已，那是不是也要替自己留個後路？」

石智瀚沉默了。

是啊，他都忘了媽媽的遺言。

「好吧，我知道了。」石智瀚深深地吸了口氣，總算醒悟，「我會去跟阿言說，學校那裡如果來不及的話，那就留級好了，我會把文憑拿到手的。」

對喔，她都沒想到還有留級這招。

梁曉栩嘖了聲，早知道可以留級就不用麻煩教官了，不過早點讓他把文憑拿到也好。

「對了，你找我有什麼事？」梁曉栩握住石智瀚的大手，「我好餓，我們一邊吃一邊說吧？」

「好，妳想吃什麼？」

梁曉栩想了一會兒，叨叨絮絮地說了最近好幾家新開的店，兩人來到商圈，見路上人潮湧來，石智瀚握緊她的手。

「吃什麼都好，妳不要走丟了。」

「我怎麼會走丟？這裡我這麼熟。」梁曉栩笑嘻嘻的，想了想又問：「如果我走丟了，你怎麼辦？」

「打妳手機啊。」

梁曉栩笑出聲，「也對。」

「我想說的是，如果妳走丟了，我一定會拚命找到妳，所以妳最好在原地不動，等我找到妳，如果妳一走，我們就會錯過了。」石智瀚理所當然地說，而後伸手把她攬進懷裡，隔絕了人潮，「妳想好要吃什麼了沒有？」

梁曉栩伏在他胸前，耳邊傳來規律的心跳聲，聽著他訴說這麼動聽的話，她情不自禁抱住了他的腰。

石智瀚只以為她在撒嬌，摸了摸她的長髮，「不餓嗎？」

梁曉栩搖搖頭，抬起臉時，石智瀚嚇了一跳。

「怎麼哭了？」

「太感動了。」梁曉栩用力吸了鼻子，眼淚卻止不住，「石智瀚，原來情話是如此動人，我以前覺得那些談戀愛的人都是白痴，現在才知道，原來我也是白痴。」

「嗯，真的有點白痴。那妳現在要先哭，還是要先吃飯？」石智瀚雖然這麼說著，卻溫柔地抹掉她臉上的眼淚，「走啦，還是先吃飯吧，再不吃，要換我餓哭了。」

梁曉栩破涕為笑，「好。」

✦

從石智瀚那收到帖子，梁曉栩倒不驚慌，她不是第一次參加宴會，之前她常跟梁書輔去參加學界的晚會，場面雖然不比今天來得盛大，不過也算是有經驗，因此舉手投足間不慌不忙。

她挽著石智瀚的手腕出現在會場外，湯湯站在不遠處，略帶怨恨地看著她。

「你完了。」梁曉栩笑咪咪地落井下石，「等我走了，湯湯肯定找你麻煩。」

她穿著素雅的裙裝，雖然不比湯湯身上的洋裝來得精緻，但勝在剪裁俐落，將她一身氣質襯托出來，象牙白的布料在燈光下微微反光，宛如夜空裡的星河。

石智瀚朝著她的視線看了一眼，「她是阿言的問題，跟我沒有關係。」

「撇得這麼清楚？」梁曉栩挑眉，「不過你今天不用幫忙？」

「阿言說除非缺人幫忙端盤子，不然沒有我的事情。」石智瀚淺笑著，而後帶著她進場，「餓了吧？我們先去吃點東西吧。」

會場中不乏電視新聞上常看到的政商大老，梁曉栩認了幾個人就放棄了，就算認出來也沒什麼用，她只是個學生，不像大老闆手上有生意能跟他們談。

石智瀚端著食物跟飲料，拉著她躲到了角落。

「本來只是想讓妳來開開眼界，沒想到妳早就參加過了。」石智瀚笑著，讓她在椅子上坐下，「阿言也算是失策了。」

梁曉栩吃完東西，擦拭著嘴角，接著仰頭喝了口柳橙汁，姿態優雅而從容。他看得有些傻了，他的女朋友不論在什麼樣的場合，好像都嚇不倒她啊。

梁曉栩不解地看向他，開口詢問：「你看……」

石智瀚飛快地在她脣上落下一吻。

梁曉栩失笑，「你做什麼？」

「偷親妳。」

梁曉栩掩著嘴笑，「神經病。」

「我想我眞的有點神經病，要是以前，我絕對不能容忍有人說阿言不好。」石智瀚不解地搔頭，「可是，我怎麼就拿妳毫無辦法呢？」

提起那件事情，梁曉栩就有點氣悶，她從來沒被人那樣質疑過，對此她都沒說話了，眼前這人居然還敢說出「毫無辦法」這四個字，她才是拿他束手無策吧！

不過還沒等她說話，燈光就變了，臺上的主持人爲晚宴揭開了序幕。像這樣的宴會都有個名頭，最近沒有什麼大人物生日，周家索性端出了「慈善義賣」的名目，一來對誰都說得過去，二來也好聽。

梁曉栩一聽見這四個字，還是忍不住笑出了聲，「聽說日本山口組也很喜歡做這種事，尤其是喜歡在萬聖節的時候送糖果給小孩子。」

石智瀚不置可否，「我覺得做好事就是做好事，不管背後的動機是什麼，總之能幫上人就好。」

梁曉栩很有興致地走出角落，看著臺上的競標物品，聽著主持人口若懸河地介紹。

「貴嗎？」

「不管多少錢我都買不起。」

梁曉栩笑了聲，「我是問競標品你們買來的時候貴嗎？」

「這我就不知道了。」石智瀚像是對這件事情毫無興趣的樣子。

梁曉栩用手肘頂了頂他的腰際，「心情不好？」

「沒有，只是不知道這種事情有趣在哪。」石智瀚雙手環胸，「這些競標的人大概沒幾個眞的懂藝術品，花這麼多錢買這東西幹麼？」

「剛剛才覺得你有點聰明，馬上又傻了。」梁曉栩朝臺上努努嘴，「他們買的哪是藝術品，買的是名聲。」

「名利權勢，可以吸引天下一半的狼子野心。」梁曉栩笑著說：「要是花錢能買到名聲權力，何樂不爲？」

石智瀚聳聳肩，「我對那些沒有興趣。」

「那你對什麼有興趣？」

問這話的不是梁曉栩，是顧姊。

「顧姊。」石智瀚立刻端正了姿勢，極其禮貌地喊了聲，有些不自在地問：「怎麼沒人跟著妳？」

梁曉栩打量她，顧姊也在端相梁曉栩，感受到石智瀚有些護著這少女，於是笑著問：「女朋友？」

「嗯。」石智瀚略略點頭。

梁曉栩朝顧姊伸出手，「梁曉栩。」

「很高興認識妳。」顧姊握住手，「我閒著沒事就晃到這裡，沒有打擾你們吧？」

「怎麼會。」礙於對方身分，石智瀚當然要說場面話，但心裡實在不信這人怎麼可能閒著沒事，這宴會可是為了她舉辦的。

「你還沒回答我，你對什麼有興趣。」顧姊閒聊似地提醒他。

石智瀚警戒地環顧四周，雖然安全無虞，但是有顧姊在，他繃緊的神經就無法放鬆。

「他對什麼都沒興趣，他只想一輩子為周哲言工作。」梁曉栩涼涼地接話，「運氣好點老死，運氣壞點，可能哪天就死在街頭槍戰下。」

「栩栩。」石智瀚口氣有些無可奈何，轉頭說：「顧姊，我現在真沒有別的想法。」

「這樣也沒有什麼不好，之後你去香港，跟著我們好好學，沒幾個月就能獨當一面。」顧姊微笑，「爬高一點就不用跟人家拚命。」

石智瀚跟梁曉栩相視一眼，彼此都有些驚訝。

他們的表情，顧姊都看在眼底，「阿言還沒告訴你？等到這裡的事情忙完了，他有意思讓你來香港跟我們合作，我們兩邊都沒辦法獨大，唯有合作才有出路。」

石智瀚知道顧姊那頭的情勢不比他們好，香港開放十幾年，除了當地勢力，對香港野心勃勃的外來勢力也想要分一杯羹，兩邊就這樣鬥了十幾年，這種事情不能端上檯面，私底下也不能鬧得太兇，只能各自找幫手結盟。

梁曉栩雖然不知道其中原委，但她一向很會看場合，因此靜靜地不說話。

「那妳呢？」顧姊轉頭問梁曉栩，「妳想做些什麼？」

梁曉栩嫣然一笑，「我還沒想好，不過我爸說做什麼都好，只要我平安快樂。」

「令尊很有智慧。」顧姊同意頷首，「可惜這並不是這麼容易。」

「看是在什麼地方，如果是這裡，那確實是不容易。」梁曉栩淡淡地說。

顧姊聽了眉開眼笑，「石頭，你女朋友這話聽起來是有意思要跟你分手了。」

石智瀚知道顧姊只是在開玩笑，因此說：「她敢？她要是敢逃，我天涯海角都要把她揪出來。」說完，他還對著梁曉栩做了個惡狠狠的表情。

梁曉栩還想接話時，突如其來的一聲槍響，劃破了這一晚的歌舞昇平。

來人像是專門衝著這場合而來，在一陣慌亂之中，接連開了好幾槍。

梁曉栩早已經在石智瀚的保護下，躲在了柱子底下。

「顧姊，妳還好嗎？」石智瀚回頭問。

「我很好。」

「不會有大麻煩，應該是混進來的間諜。」石智瀚一手握著梁曉栩，一邊安慰顧姊。

槍響過後的硝煙味淡淡地飄入梁曉栩的鼻裡。

顧姊面色不變，一點都沒被影響。

「你女朋友沒說錯，這種環境要平安快樂是很不容易。」顧姊漫不經心地笑，「所以你要不要考慮金盆洗手？趁你涉入未深，要抽身還來得及。」

石智瀚留意著情勢沒搭話，倒是梁曉栩在一旁涼涼地開口：「他愛周哲言比愛我還多，哪有可能金盆洗手。」

這話說得從容不迫，她口氣裡沒半點被嚇到的樣子。

這倒是讓顧姊多看她一眼，打趣問：「醋吃得這麼明顯？不怕他選兄弟不選妳？」

梁曉栩低聲說：「眞是這樣的話，那我也沒有辦法。」

石智瀚一邊注意著情況，一邊聽著她們閒聊，想說些什麼，又沒辦法一心二用，乾脆專心注意場內動靜。

顧姊順著他的目光，看了場內的局勢，「沒戲了，那幾個人要跑了。」

她才說完，大廳中的燈光突然全滅，場中驚呼聲不斷。

憑藉著臨時照明的燈光，石智瀚看清楚有人正要對顧姊同行的伙伴下手，他正想跳出去制止，卻被顧姊拉住衣領。

「不要去。」她低聲說。

「爲什麼？」

「那是我的人。」她慢悠悠地開口。

這話一說出口，連梁曉栩都有些震驚，但她沒表現出來，在黑暗中，她一直側耳聽著顧姊和石智瀚的對話。

顧姊像是不怕他們知道似的，悠悠開口：「那幾個老傢伙我早就想下手了，只是一直都沒有好機會。」

「那不是你們自己人嗎？」石智瀚壓低了音量問。

「當然不是。」顧姊攏了攏頭髮，「我們內部的事情，不能告訴你。」

石智瀚皺眉，正覺得有點不安，就聽到梁曉栩開口問：「那妳爲什麼要告訴我們動手的人是妳的人？妳不怕我們說出去？」

「不怕。」顧姊口氣淡漠，「妳說給誰聽，都沒有證據，別人不會信妳的，而且他……」

顧姊努努下巴，「需要這麼一個時機來下手，否則怎麼逃得過事後的追問。」

「追問什麼？」

「問他第一時間在哪裡，怎麼沒出來救他們。」顧姊笑了幾聲，「正好我在這裡，他就可以名正言順地說是保護我，所以分身乏術。」

燈暗下來許久，梁曉栩的眼睛已經適應，她看向顧姊問道：「那妳爲什麼要幫他？」

「小丫頭眞是追根究柢。」顧姊又笑，「因爲我也需要他的幫忙。一方面，我需要他來剷除那些人，另一方面，在一片混亂之中，我要是沒人保護，怎麼會毫髮無損？」

梁曉栩前後想了想，總算把這些事情串起來。

顧姊算計得巧妙，解決內部隱憂的同時，還讓她自己處於一個置身事外的立場。

關於這番對話，她什麼都不能說，不然石智瀚不知道會面臨什麼處境，「你們的事情，我什麼都不知道。」

「眞聰明。」顧姉頓了頓，「不知道才好，知道了很多事情，就會失去那一層神祕的保護色，顯得醜陋不堪。」

「什麼意思？」石智瀚下意識追問，倒不是聽不懂，而是怕顧姉話裡頭藏著言外之意。

大廳的燈經過搶修總算亮起來，刺得他們眨了好幾下眼睛，顧姉動一動頸子，「沒有什麼意思，石頭小哥，該我們上場了。」

在顧姉的計畫中，根本沒有梁曉栩這號人物，梁曉栩也不知道自己應該怎麼辦，左思右想，躲著也不是辦法，於是跟著走了出去。

會場亂成一團，聽說工作人員情急之下已經報警了，但沒有人想把事情鬧大，弄得更難收拾，更何況兇手早已逃之夭夭。

梁曉栩一邊在腦中整理著這些事情的脈絡，一邊默默跟在石智瀚身後，三人在一團混亂中，走到周哲言身邊。

「顧姉沒事吧？」周哲言急忙追問。

「沒事，還好有石頭。」顧姉輕聲說道，明知故問：「我們的人都還好嗎？」

周哲言沉默以對，面有難色，趕緊帶著顧姉離開，石智瀚留在原地，不想上前攪和這樁事。

不知道眞相也就算了，現在知道了，他還得考慮要不要告訴周哲言，理論上，他是應該說的，可是他總覺得還有其他的算計，怕自己也是顧姉計畫中的棋子，不敢輕舉妄動。

梁曉栩站在一旁冷眼旁觀。

對於這事情，她這個外人最沒有開口的資格，不過她跟石智瀚有同樣的疑慮，兩人在這時候只能安靜地站在一旁靜觀其變。

「我看你等等也沒空，所以晚點我自己回去吧。」梁曉栩隨便找了個話題開口。

石智瀚牽起她的手，「我沒想到今天會發生這種事情……」

他本來還想著，等宴會結束後，可以跟梁曉栩一起回家，他一陣子沒見到梁書輔了。

「你要是預料到的話，這宴會就辦不成了。」梁曉栩沒當一回事，站得腳痠，搥了搥腿，「乾脆我現在先走好了，反正都一樣要走……」

她的話音還沒落，一旁就有人說話了，「哪有這麼好的事啊？」

湯湯負手走來，「剛剛不知道是誰報了警，現在犯人逃了，我們全都被留下來了。」

也是，既然這裡成了命案現場，他們現在全都有嫌疑。

梁曉栩聳了聳肩，「那還真沒辦法了，我先打個電話給我爸。」

梁曉栩三言兩語把事情交代清楚之後，掛掉電話，找了張椅子坐下來。隨著時間過去，天氣漸冷，雖然室內有暖氣，但她還是覺得全身一陣陣地發寒。

石智瀚的目光一直停在梁曉栩身上，一見她坐下，立刻就走過來，見她臉色極差，趕緊把身上的外套脫了，蓋在她肩上。

「我去找條毯子給妳。」

梁曉栩也沒客氣，點點頭，「順便幫我弄點熱飲。」

她捏捏鼻梁，呵著冰冷的雙手。

不知道今天晚上要多久才會結束，恐怕要凌晨才能回家了。她人確實不舒服，也不知道能不能撐到回家。

見梁曉栩臉色慘白，湯湯本來想要找她聊天，也不好再開口，只是乖乖地站在一邊。石智瀚回來後，手上抱著條厚毯，把熱可可放進她手中。

「怎麼我離開一下子，就變得這麼嚴重？妳感冒沒好嗎？」石智瀚探了探她的額溫，「溫度還好，沒有發燒。」

「可能太緊張了。」梁曉栩斜斜地靠在他身上，「我這病今年都沒好過，你又不是第一天知道。」

「到底是什麼病？妳之前不是還活蹦亂跳的嗎？」湯湯追問。

「不管是大病小病，只要沒好，全都是一樣的，都會反覆發作而且越來越嚴重，妳看普通感冒都能惡化成肺炎了。」梁曉栩啜了口熱可可，接著說：「其實來之前就不太舒服了。」

「等等妳還是讓趙叔診一下脈，說不定有什麼症狀是西醫沒看出來的，就算沒有，趁機吃中藥調養身體也好。」石智瀚順著她的頭髮，有些無可奈何，「是說不舒服妳還來？」

「你第一次邀請我啊，拒絕很沒禮貌的。」

而且，我想你了。

等到警方過來，事情都調查清楚的時候，都已經天亮了。

梁曉栩早已體力不支，靠在石智瀚身上睡著，等到警方說可以回家時，石智瀚馬上帶著梁曉栩回周家。

趙叔突然被石智瀚從夢中吵醒，睡眼惺忪地趕到梁曉栩床邊把了把脈，趙叔原先恍惚的表情漸趨嚴肅。

「她的身體很不好，應該在家裡靜養，連學校我都建議休學。」趙叔披著外套，很認眞地說：「我會開幾副藥給她，但是建議她去大醫院做更詳細的檢查，中醫畢竟對有些疾病是力有未逮。」

石智瀚沒料到是這麼嚴重的答案，愣在當下，幾乎無法回神。

趙叔離開後，他坐在梁曉栩的床邊，看著她沒有血色的面容，腦子裡千頭萬緒，居然什麼也理不出來，他枯坐了一會兒，直到周哲言派人找了過來，說是要開會，石智瀚看了昏睡中的梁曉栩一眼，才起身走了出去。

等到梁曉栩醒來時，已經中午了。

休息了大半天，她精神已經恢復很多，起來洗了把臉，先打電話給梁書輔報平安，然後才走出房門。

對於昨天晚上的那件事，現在周家都還沒理出頭緒，所有人都風聲鶴唳的，她才不過走了幾步，馬上就有人攔住她。

梁曉栩自知自己只是個外人，不能硬闖，所以就客客氣氣地跟那人說自己要找石智瀚，順便問有沒有東西吃。

那人見她態度自然，也鬆下了戒備，請她暫時回房，等一下會有人送吃的給她。

梁曉栩點頭，轉身回剛剛的房裡，也無事可做，這才仔細打量起房間擺設。

布置延續一貫的中國風，房間的窗戶下面騰出了空間，擺了小桌及兩張椅子，梁曉栩腦中立刻浮現兩個文人坐在這裡下棋的畫面。

她走上前，坐在團墊上頭，過沒多久，房門被人敲了兩下，接著輕巧地被推開了，來人居然是梁曉栩想都沒想過的顧姊。

她跳下來，打了聲招呼。

顧姊走到窗臺邊，「石頭說妳身體不舒服，現在好點了嗎？」

梁曉栩笑了下，不好意思地摸摸頭髮，「睡一覺就好了，他太小題大做了。」

「那就好，我閒著沒事，陪我聊會兒天吧？」顧姊笑著問。

「好啊。」梁曉栩偏了偏頭，覺得有些疑惑，「不過，妳怎麼會閒著？不用幫忙嗎？」

「他們忙著調查，現在我們的人傷了兩個，在這裡的勢力也遠不如周家，我能忙什麼？給他們查就好。」顧姊說得理所當然，有點狡詐的笑意掛在嘴角。

梁曉栩看了下門口，提醒顧姊，「等一下會有人拿食物來給我。」

顧姊哦了聲，明白過來，「其實這間屋子的隔音滿好的，我試過了。」

梁曉栩點點頭，聽到顧姊笑道：「妳很謹慎也很細心，這樣很好。」

梁曉栩愣了愣，「這派不上什麼用場。」

「怎麼會呢？」顧姊懶洋洋地看著她，「妳不是也察覺到周家坑了石頭嗎？」

梁曉栩嚇得沒辦法掩飾自己的驚訝，她愣了好一會兒，腦海中浮現的第一個念頭卻與顧姊說的話毫不相干……

原來這就是被智商壓制的感覺。

梁曉栩默默地看著顧姊，正想問她是怎麼看出來的，門忽然被人推開。

「栩栩……咦？」石智瀚端著食物，愣在門口，「顧姊？妳怎麼在這裡？」

「你們忙完了？」顧姊笑咪咪地問。

石智瀚一時非常不習慣眼前這個人的笑容，明明在眾人面前的時候，表現得那麼緊張、嚴肅，現在卻一派輕鬆。

他轉身鎖上門，把食物放在梁曉栩的面前，對著顧姊說：「妳眞是害死我了，現在我要怎麼辦？」

「不怎麼辦，你要跟他們說也可以，我不會阻止你的。」顧姊沒當一回事，「反正這件事情，查到最後也不會有什麼結果，只剩下各自自圓其說，你如果說了，也就是幫周家爭取一點立場，畢竟人是在你們地盤出的事。」

石智瀚緊盯著她，「妳有這麼多機會，爲什麼偏偏要挑這裡？」

「你錯了，如果我有更好的選擇，我不會挑這裡。」顧姊豎起手指，她向來對自己做過的決定從不後悔。

「因爲你們這裡夠混亂，混亂到能讓我隱藏更多事情，也許最後我們內部會知道是我下的手，可是沒有證據，都只是口說無憑，而我要的，就是這樣。」

石智瀚沉默地看著她，「那爲什麼，妳現在又告訴我了？」

「因爲我知道了一些事情，所以不想騙你。」顧姊嘴角微勾，眼神淡漠，「這個世界的眞相總是令人噁心，但是如果可以，有些事還是早點知道比較好。」

「妳到底想說些什麼？」石智瀚皺著眉頭。

「我什麼都沒想說，既然你來了，那你女朋友就還給你，我要走了。」她起身，越過石智瀚走到了門前，想了想又回頭說：「會用上『背叛』這種詞的人，都是朋友，敵人是不會背叛你的。」

她說完，轉身走了出去。梁曉栩看著那扇已經關上的門扉，雖然還不是這麼清楚知道顧姊在說些什麼，但是她隱隱約約覺得這件事很重要，而且與石智瀚有關。

她還沒回過神，石智瀚雙手捧著她的臉，強迫梁曉栩看著他，「妳身體很糟糕，妳知道嗎？」

梁曉栩眼神游移，「還可以吧？我就是昨天比較累，所以睡著了而已。」

石智瀚緊緊地皺著眉，「趙叔都說了，如果可以的話，乾脆連學校都不要去，在家安心休養，妳到底知不知道這有多嚴重？」

「我不知道。」梁曉栩雙手一攤，「我才剛醒，怎麼會知道趙叔說了什麼，我又沒見到他。」

「總之，過幾天等我有空就陪妳去大醫院檢查，妳也不要跟著我瞎晃，好好回家休息。」

咕嚕……

梁曉栩低下頭，摸著自己的肚子，很無辜地看向石智瀚，「在你碎碎念之前，我可以先吃飯嗎？我快要餓死了……」

石智瀚滿心的擔憂都被梁曉栩的飢餓聲沖散。

「先吃飯吧，吃完喝藥。」石智瀚指著一旁的保溫壺，「趙叔開的藥。」

他頓了一頓，露出了欠揍的微笑，「光聞就覺得很苦。」

梁曉栩看見他的表情，咬牙切齒地說：「吃飯！」

第八章

「待會兒吃完飯，我讓人送妳回去，等一下我還有點事情，所以……」石智瀚看起來有些愧疚，「如果妳不想讓周家的司機送，我幫妳叫計程車好嗎？」

「好。」梁曉栩當然不會在這個關頭跟石智瀚吵吵鬧鬧，她拿起筷子，安靜地低頭吃飯。

「栩栩……」石智瀚看著她，欲說還休。

梁曉栩抬眼，「你別問我，我也不清楚，只是早你幾分鐘見到顧姊而已，我還一頭霧水，不知道她想表達什麼。」

石智瀚愣了好一會兒，噗哧地笑出聲。

「我只是想說，妳要不要考慮休學？妳那麼聰明，就算明年才考大學，也一定考得上的，雖然很可惜今年無法應考，但先把身體調養好比較重要。」石智瀚語重心長，「沒想到妳還在想剛剛那件事，想不通就算了，說不定她只是恐嚇我們的。」

梁曉栩咬著筷子尖，「我覺得不是，顧姊剛剛看起來是認眞的。」

「那妳覺得跟什麼有關？」

梁曉栩閉目沉思半會，忽然靈光一閃有了想法，「等我查清楚再告訴你。」

「妳要怎麼查？」石智瀚彷彿預料到梁曉栩接下來的行動，無奈地壓著額角，「妳不要到處亂竄，現在周家風聲鶴唳，就算我們都知道不關他們的事情，可是……」

梁曉栩抬起手打岔他，戲謔地問：「怎麼樣？知道內幕的感覺是不是特別好？」

石智瀚愣了幾秒，才明白梁曉栩在捉弄他，「並沒有。」

「是喔。」梁曉栩癟癟嘴，覺得索然無味，「像我知道內幕後，會忍不住想探究原因，想辦法查查看顧姊背後到底有什麼祕密，讓她做出這樣的選擇？還有她爲什麼這麼說？爲什麼要特別對你說『背叛』是朋友才用得上的詞彙？」

石智瀚看著她，明白過來，「妳心裡有想法，是不是？」

「是，但我沒有證據，就算顧姊這麼說，我還是無法證明我的想法是對的。」梁曉栩端起杯子，喝了口茶，「只怕講出來你會生氣，我並不想吵架，所以這件事情我現在不想跟你談。」

石智瀚深吸了口氣，「好，不談，我現在也沒有這麼多時間想這些事，光應付眼下就夠了。」

梁曉栩琢磨了他話裡頭的意思，「所以周哲言現在打算怎麼做？」

「可能往陳哥那個方向去查，但是……」石智瀚搖了搖頭，「我明知道不是陳哥那邊幹的，卻不能阻止阿言，兩邊的關係已經很緊張了，他們這麼一查，怕惹出什麼大事情都不知道。」

梁曉栩若有所思，一邊聽著石智瀚說起他的擔憂，一邊回想剛剛與顧姊的談話，直到吃完餐點之前，她都沒有說過半句話。

飯後，她拿起面紙慢慢地擦拭完嘴角，才走到石智瀚面前直直地看著他，「我覺得，你果然不適合加入幫派。」

「什麼意思？」

「石智瀚，你的心太軟了，你只是個普通人，絕對不可能在這裡安身立命。」梁曉栩捧起他的臉，輕輕地吻了一下，「還是想想怎麼退出吧。」

石智瀚被她說得哭笑不得，「栩栩，妳這是瞧不起我嗎？我讀書不行，總不會連打架都不行吧？」

梁曉栩只是靜靜地望著他，並不跟他爭論。

石智瀚被她看得有些不自在，伸手一拉，讓梁曉栩坐在自己腿上，「剛剛那樣，餵不飽我的。」

而後深深地吻了下來。

梁曉栩走後，石智瀚立刻被找去開會。

會後，他跟周哲言一起去了倉庫，偌大的空間裡塞滿從東南亞運來的槍枝跟子彈。

周哲言負手站在他身側，「我們已經準備好了，顧姊那邊也支援得特別快，再過幾天我們就能給陳哥一點顏色瞧瞧。」

石智瀚看著堆滿倉庫的危險物品，再三猶豫，最後決定全盤托出，「阿言，有件事我想我應該要告訴你……」

他把顧姊的事情毫不隱瞞地全都告訴周哲言。

周哲言先是驚訝，但很快就收拾好心緒，安靜地聽石智瀚把話說完。

「所以，我們是不是可以緩一緩這個計畫？」石智瀚勸阻著，他真的不想看到這麼多兄弟，因爲一件無中生有的事情出去搏命。

周哲言一語不發，想了許久才說：「這件事情，你不能告訴任何人。」

石智瀚了然頷首，「我知道，我不是這麼口無遮攔的人。」

「但是，計畫還是要繼續進行。」周哲言語氣堅定，「這麼一個天大的好機會，我不能錯過。」

「你說什麼？」石智瀚以爲自己聽錯了，「什麼不能錯過？」

「現在全世界都以爲這件事情是陳哥那邊幹的，爲什麼我們不趁著這個機會拚一場？這些日子，我們在他們手上吃的虧還少了？」

周哲言冷靜地看著他，眼神一片冰冷，石智瀚只覺得這樣的周哲言很陌生。

「但是，這本來是可以避免的衝突。」

「不可能避免的，你說陳哥現在會不會也有防備？這件事情不是他們下的手，但所有人都覺得是他們幹的。如果是我，現在早已經把人手調動起來，準備火拼。」周哲言微微勾起了略薄的脣角，「顧姊這個計畫，早就把我們所有人都算計進去。」

石智瀚沒多想，現在一聽，頓時膽顫心驚。

「難怪顧姊的支援這麼快，現在想想，簡直就像是預備好的。」周哲言壓了壓眉心，淡然地說：「這次我們成了人家的槍了。」

周哲言旁若無人的口氣，讓石智瀚更不習慣。

「我們沒有別的解決方法嗎？」

「如果有別的方法，你會不告訴我嗎？」周哲言反問。

石智瀚別過眼，他跟周哲言已是這麼久的兄弟了，如果有更好的方法，怎麼可能不告訴對方？

「那這次……」石智瀚的聲音很低沉，「我們預計損失多少人？」

周哲言搖搖頭，「那就要看打算做到什麼程度了。」

「什麼意思？」

「原本我們礙於顧姊的面子，不得不去做這件事，算是給顧姊那邊一個交代，所以急著處理，但現在這樣，我在想……乾脆趁著這個機會，把陳哥的地盤拿下來，反正注定要結下梁子了，也不在乎鬧得是大是小。」

周哲言沒有任何情緒地環視了這一整個倉庫的東西，「顧姊就算不覺得理虧，爲了要把戲演好，也一定會盡力幫我們。」

石智瀚眼睜睜看著事情逐漸往他沒想到的方向發展，而這個方向，絕對不是他所樂見的，他有些戰戰兢兢地問：「你的意思是？」

「我們可以利用這次機會，用更低的價錢向顧姊買到更好的武器。」周哲言看著他，「這功勞要歸功於你，謝謝你告訴我這件事。」

石智瀚背上慢慢滲出了冷汗，他忽然覺得，這才是顧姊把整件事情告訴他的原因。

她想藉著他告訴周家這件事情，如此一來，她才好跟周家聯手，把罪名栽贓到陳哥身上。

✦

夜色正濃，石智瀚回到自己房裡，裡頭靜謐無聲，安靜到他只看見窗外枝葉搖動，卻聽不見任何聲響，彷彿被世界隔絕在外，他忽然有種物是人非的感觸。

是什麼時候，周哲言變成這樣了？變成了他幾乎不認識的人？

以前，他們還會爲了自己兄弟受傷而憤怒，還會因爲逗弄湯湯而哈哈大笑；現在，他都多久沒見過周哲言顯露出眞實的情緒了。現在的周哲言，彷彿任何事情對他來說都不值得一提，彷彿對周遭的人都不屑一顧。

是不是他在周哲言的心中，也不是這麼重要了？

周哲言臨時起意去找顧姊之前，回頭跟他說了一句：「有很多事情，站在自己的立場是沒有辦法解決的，除非你可以站到對手的角度去思考。」

而後周哲言去找顧姊，石智瀚不想去，周哲言也不逼他，於是就自己走了。

石智瀚躺在床上，覺得自己做錯事情，卻不知道如果不這麼做，事情是不是會更糟。

紛亂的腦子裡，忽然浮現出梁曉栩的臉，還有她漫不經心的笑容。

如果她知道今天這些事情，會有什麼反應？

也不知道她身體好點了沒有？想想還是覺得可惜，她頭腦這麼好，身體卻這麼差。要是他能有她一半的聰明，現在也不用這麼左右爲難了吧？

石智瀚躺在床上試著思索了一下，卻毫無頭緒，覺得自己實在學不了梁曉栩的思考模式，乾脆也不想了，拿起手機傳訊息給她，跟她說了今天發生的事。

等了一會兒，梁曉栩的訊息就傳來了。

栩栩：所以你打算怎麼辦？

石頭：我不能怎麼辦，阿言都這麼說了，我只能聽他的。

栩栩：喔，祝他順利。我猜這次任務，周哲言不會讓你去第一線了，你可以安心睡覺了。

石頭：爲什麼這麼說？

栩栩：既然你都知道眞相，明白這從頭到尾就是一場騙局，他一定推測你不會願意全力幫他，怎麼可能讓你去第一線？還得戒備你會不會叛變。

石頭：我們是這麼好的朋友，他會不相信我？我怎麼可能背叛他？

栩栩：是嗎？你這麼想，就代表他也這麼想嗎？

石智瀚看著對話，覺得火氣快要上來了。

他冷靜想了想，覺得跟梁曉栩討論這件事情本身就有點不智，梁曉栩怎麼看周哲言的，他又不是不知道。

石智瀚立刻換個話題，省得講下去兩個人都不開心。

石頭：對了，妳打算什麼時候去大醫院檢查？我好跟阿言請假。

栩栩：不用啦，叫我爸帶我去就好，你那邊事情多，周哲言已經不相信你，這時候請假不好。

石頭：好吧……那結果出來後一定要馬上告訴我。

栩栩：知道了，我要去睡了，晚安。

石頭：晚安。

放下了手機，石智瀚心裡一直想著梁曉栩的話。

難道周哲言不相信他嗎？如果周哲言都不相信他，那他還有什麼理由待在這裡？除了吳中炘的事之外，如果不是爲了兩人之間的情誼，他是不是就不會繼續待在這裡？

他不願再想，自從他認識梁曉栩到現在，她說過的事情沒有出過錯。

他起身關了燈，在漆黑的房裡，外頭的夜景顯得特別明亮。

他看著窗外昏黃的燈光照在樹上，映出駁雜的樹影，一如他的思緒一樣，千頭萬緒，卻理不出方向。

梁曉栩說得沒錯，隔天一早吃早餐的時候，周哲言就對石智瀚說現在的事情不用他出馬，讓他回學校上課。

石智瀚胸口像是被人塞進了棉花，喘不過氣。

「反正你前幾天不是說想拿文憑，但是有出席率的問題嗎？剛好趁現在回去上課，你的出席率就回來了。」周哲言理所當然地說。

「喔……」石智瀚不知道該說些什麼，就隨便地塞了幾口食物，「那我準備出門了，這裡離學校比較遠。」

他怕周哲言多想了，所以解釋提早出門的原因。

事實上，周哲言根本沒當一回事，轉頭又跟其他人討論起來。

石智瀚心裡很悶，一整個早上坐在教室裡頭不想說話。

距離大考的時間逐漸逼近，就算是放牛班，也漸漸有了讀書的氣氛。

「剩五十幾天就要學測了。」老師在臺上痛心疾首，一再叮嚀，「你們……你們基本的分數一定要拿到，學測比較簡單，有學校就去念了，不要等到明年七月的指考，你們不見得會有比較好的成績。」

老師說的他們都知道，他們比起前段班的學生更懂得不浪費分數，差不多就行了，他們又沒想要考第一志願。

石智瀚看著大家志氣滿滿，頓時覺得自己有些不長進，但他打定主意不想升學，跟著大家倒數日子，也不覺得有什麼好緊張的。

午休時間一到，石智瀚就拎著便當，跑到跟梁曉栩約好的樹下。

沒多久，就看到梁曉栩出現了，脖子上還圍著圍巾。

只要石智瀚有來學校上課，兩人就會一起吃午餐，吃完飯，石智瀚就去找教官做愛校服務，補完他的出席時數。

梁曉栩挨著他坐下來，石智瀚扯了扯她的圍巾，「這麼冷？」

「我是心寒啊。」梁曉栩對著他搖頭，忍著笑問：「我都猜對了吧？看你出現在學校我就知道結果了，早該把我的話聽進去吧？你不心寒我都心寒了，你待周哲言如初戀，周哲言虐你千百遍。」

石智瀚抿著脣，忍了一會兒還是笑出聲，伸手在她額頭敲了兩下，「妳這麼得意？」

「我差點沒舉著『鐵口直斷』的招牌來學校擺攤了。」梁曉栩打開便當，吃了一大口，含糊不清地說：「不過也好，你可以回來專心上課了。」

「話說回來，妳什麼時候要去醫院檢查？」石智瀚也打開了自己的便當，「真的不用我陪妳去嗎？」

「不需要，你有時間陪我，還不如早點把愛校服務做一做。」梁曉栩嚼著菜，「你現在還覺得周哲言很需要你幫忙嗎？」

「栩栩，我們暫時不討論這件事情。」石智瀚態度難得的強硬，「不管如何，我加入周家也不單純是爲了幫他。」

梁曉栩聳聳肩，雖然對這回答半信半疑，但現在的發展是她所樂見的，所以也不打算多說什麼，後來只挑了幾件有趣的事情閒話家常。

等到兩人便當吃得差不多，她收拾好垃圾後，認眞地對石智瀚說：「雖然你現在可能聽不進去，不過這件事情很重要，我得跟你說，你一定要記得。」

「什麼？」

「既然周哲言不想讓你知道太多，那你一定要遠遠地避開，最好沒事都不要回周家，該上課就來上課，不要傻傻地覺得自己可以幫上什麼忙。」梁曉栩看著他，「這是避嫌。」

石智瀚點點頭，雖然不想聽梁曉栩說周哲言的壞話，但他心裡知道梁曉栩都是爲他好才這麼說的。

「那我走了。」梁曉栩拿起垃圾，「你去找教官報到吧。」

她臨走前，突然被石智瀚拉住手，耳邊聽到他這麼說：「其實去了周家之後，我才發現學校挺不錯的，起碼單純。」

梁曉栩拍了拍他的頭，「那就珍惜這段日子吧，你如果不打算升學，這眞的是你最後留在學校的時光了。」

「嗯。」石智瀚想了想，對她說：「謝謝。」

「謝什麼。」梁曉栩微微一笑，「去找教官吧，我回教室睡覺了。」

「嗯，有妳眞好。」

「不用你說，我也知道。」

✦

後來周哲言時不時就讓石智瀚休假，石智瀚只要一放假就會去學校上課，盡量少跟周家有所接觸。

隔了幾日，吃早餐時，石智瀚在餐桌上遇見了顧姊。

顧姊看著他笑得很開心，讓石智瀚覺得自己被暗算的可能性眞的太高了。

「睡得好嗎？」顧姊的關懷讓他渾身不對勁。

石智瀚選擇坐在比較遠的位子，「還可以。」

「剛剛我問了周哲言，他說你今天放假不用出任務，那陪我去逛街吧。」顧姊提議。

石智瀚看了不動聲色的周哲言，他今天沒放假啊，周哲言這麼說，是爲了什麼？

「如果是這樣的話，那我回學校上課了。」石智瀚咬了一口土司夾蛋，又喝了口咖啡，最後看著時間說道：「雖然會遲到一堂課，但總比沒去好。」

顧姊咯咯地笑起來，「沒想到你還是個好學生，這段日子只要沒事，你幾乎沒有一天不去學校。」

「我不是好學生，我還欠教官好幾十次的愛校服務。」石智瀚擺出一副讓人難以親近的態度，三兩下把桌上東西吃完，「那我走了。」

「對了，晚上沒事的話，你可以不用這麼早回來，去看看叔叔或是梁曉栩吧，順便把趙叔的藥送去。」周哲言隨口一提，「別的不說，趙叔的醫術還是很好的，如果梁曉栩打算看中醫，不如就吃趙叔開的藥，家裡用的也是很好的藥材，吃完了再回來拿就好。」

周哲言說得有道理，也順便提醒了石智瀚這件事情，梁曉栩才不是個會乖乖聽話去醫院做檢查的人，這次他把藥拿去，也要跟梁書輔談一談。

石智瀚應聲，「好，那我弄一弄就出門了。」

之後周哲言要怎麼對顧姊解釋，那不關他的事情，或許周哲言有自己的考量，但那不是他應該考慮的事。

石智瀚回到房裡，拿了隨身的東西，找趙叔拿完藥，這才去學校。

放牛班的大家都為了考大學的事而焦慮，雖然梁曉栩還是會定期幫他們上課，但現在只剩下小貓兩三隻繼續補習而已。

石智瀚並不覺得意外，本來眞心想上課的人就沒這麼多，大多數都是湊熱鬧。

想起梁曉栩，他在位子上就有點坐不住了，迫切地想要去梁曉栩的班上找她。

他沒跟梁曉栩說他今天會來，也不知道她有沒有買午餐？

她說這幾天會找時間去大醫院做檢查，也不知道是什麼時候去檢查，結果出來了沒？如果要休學，那是不是把上學期念完比較好啊？

他腦子裡想著這些事情，一抬頭，就看見教室窗外，教官站在走廊上朝他招手。

石智瀚走了出去，教官碎念他今天遲到的事，大約也知道這些話石智瀚聽不進去，便拉著他就走到走廊的角落偷偷問：「你是不是在跟梁同學交往？還把梁同學的肚子搞大了？」

「啊!?」石智瀚跳起來，「教官你說什麼啊！我才沒有，我跟她……沒有那個……而且我看起來像是不負責任的人嗎？」依照梁曉栩的個性，要是眞的搞大，說不定還會不要他負責任。

「不是就好。」教官搖頭嘆氣，「昨天她來辦休學了，只說是身體不好，也不知道是什麼原因，我就怕跟你這個臭小子有關係！」

喔，原來是這樣，嚇死他了。

石智瀚鬆了口氣，不過……

「教官，你看太多鄉土劇啦，這也亂猜得太誇張了！還好我真的沒做壞事，不然心臟都被你嚇停了。」

結束談話後，石智瀚馬上打電話給梁曉栩，電話是有接通，不過她的聲音聽起來輕飄飄的，沒什麼精神的樣子。

「妳剛睡醒？」石智瀚看了眼手錶，快十一點了，「妳休學怎麼沒告訴我？」

「嗯啊，我昨天才辦休學手續，本來今天要告訴你，沒想到你已經知道了。」梁曉栩說著就咳了幾聲，然後打了個大呵欠，「找我有事？」

「晚上我去妳家。」

「來幹麼？」

「來看妳，陪妳吃晚餐。」石智瀚語氣裡都是滿滿的思念，「我想妳了。」

梁曉栩淺淺地笑起來，「你今天不是沒休假嗎？」

「嗯，不過阿言放了我一天假，我以爲妳在學校，來了才知道妳已經休學了。」石智瀚靠在走廊欄杆上，「身體還好嗎？」

梁曉栩在電話那頭伸懶腰，「要是讓你天天睡到自然醒，醒來還無所事事，看韓劇打電動，就算有病也都好了。」

聽她這麼說，石智瀚仕想是不是趙叔誤診了。

「妳有去大醫院檢查嗎?」石智瀚忍不住問,要是真的是趙叔誤診,那他不是害梁曉栩無故休學,「妳不要把我騙回學校上課,自己卻合理蹺課啊。」

梁曉栩愣了幾秒,「沒有,我就回家跟我爸提到有個江湖郎中說我身體不好,應該在家裡靜養,然後我爸就立刻讓我休學了。」

石智瀚被噎了一下,又聽見梁曉栩說:「你覺得這有可能嗎?石智瀚,動動你的腦細胞啊,人類的大腦是用進廢退的,你老不用,最後就會退化。」

不,他剛剛真覺得依照梁曉栩跟梁書輔的作風,搞不好真的會做出這種事情。

上課鐘聲響起,打斷了兩人的對話。

「好了好了,你去上課吧,我餓了,要去找點東西吃,晚上你來的時候順便幫我買碗雞蓉玉米粥。」

「知道了。」石智瀚笑著應聲,「拜。」

兩人掛斷了電話,石智瀚雙手插在口袋裡慢慢地走回教室。

眾人不知道石智瀚是抱持著什麼樣的念頭回來上課,對於他待到最後一節輔導課的行爲,大家都感到詫異,就連臺上老師都差點認不出他。

石智瀚對此沒有多說什麼,他也不知道要怎麼跟別人解釋自己這陣子在忙什麼,幸好沒人問起,索性就不提了。

放學之後,石智瀚提著食物,到了梁曉栩的家門前。

冬日天色暗得早,他到的時候,梁曉栩的家已經開了燈,石智瀚站在樓下看著從窗內透出的燈光，在夜色裡顯得特別明亮且溫馨。

他上前按了門鈴，不一會兒梁曉栩就來替他開門。

甫一見到梁曉栩，石智瀚被她蒼白的臉色嚇了一跳，「妳不是說身體好一點了嗎？怎麼臉色還是這麼難看？」

「病來如山倒，病去如抽絲，我要是病得不嚴重，還需要休學靜養嗎？」梁曉栩白眼他，「你不要以為我生病，腦子就不清楚了，我光用膝蓋都能吵贏你。」

石智瀚哭笑不得，「我是關心妳，妳竟然一副吃了炸藥桶的樣子，還好我脾氣好，不然早就……」

「早就怎樣？」梁曉栩狠狠瞪向他。

「早就把妳壓在牆上狠狠地吻一頓。」石智瀚步步逼近她，「怎麼樣，要試試看什麼叫『壁咚』嗎？」

梁曉栩紅了臉，剛剛那股囂張的氣勢全都沒了，「大哥對不起，我錯了。」

「知道就好。」石智瀚拍拍她的頭，忍不住笑著問：「妳就打算讓我一直站在門口？」

「不不，大哥請進，我立刻倒水給你。」梁曉栩側了身，哈腰鞠躬，十分恭敬。

兩人坐下來聊了一會，梁曉栩小口小口地吃著粥，石智瀚看著她清瘦的身形，就算是穿著冬天的厚衣服，仍然覺得她單薄到風一吹就會倒下。

「所以是什麼病？」

梁曉栩抬起頭看了他一眼，緩緩道出：「再生性不良貧血。」

石智瀚一時無言，「原來眞的只是貧血？妳之前跟我說的時候，還以爲妳唬爛我，難道貧血這麼嚴重喔？」

梁曉栩一愣，哈哈大笑，「我也覺得不嚴重，不過趙叔都要我好好休養，那我就明年再考大學嘍。」

「我怎麼覺得妳看起來有種奸計得逞的感覺啊？」石智瀚跟著笑了下，「幸好妳是眞的生病，不然我應該會忍不住揍妳一頓，把妳壓回學校上課。」

「爲什麼？」梁曉栩有些錯愕，「我還以爲你一點都不在乎學校成績之類的事情。」

「因爲我頭腦不好啊，像妳這麼好的腦袋，就應該好好念書。」石智瀚伸手揉了揉她的瀏海，「我用十分力氣才能得到的東西，妳只用一分力氣就能得到了，我怎麼捨得看著妳浪費？」

梁曉栩張口欲言，卻不知道該說什麼，最後癟癟嘴，撲進了石智瀚懷裡，「所以你眞的不想升學了嗎？上學期都快要過完了。」

「我現在準備大考也來不及了吧？指考剩下兩百天，能念什麼啊。」石智瀚搖搖頭，「倒是妳，在家沒事就念點書啊，不要全都忘光了，明年要從頭讀起多浪費時間。」

梁曉栩有些意外，「我居然被全校最後一名叮嚀要念書欸。」

石智瀚被她逗笑，「妳讓我多擔心才好。」

「我也很擔心你啊！」梁曉栩理直氣壯地回嘴，又問：「欸，所以那件事的後續怎麼了？」

「我就按照妳說的，能躲多遠就躲多遠，連顧姊找我說話，我都不理。」石智瀚往後靠上沙發椅背，吐了口長氣，「其實我心裡還是覺得有點難受，我自己決定怎麼做是一回事，阿言什麼都不跟我說又是另一回事，這件事就像一道分水嶺，把我們兩人隔在兩邊，幸好妳跟我提過，所以我也……算是有心理準備吧。」

梁曉栩像隻貓一樣趴在他腿上，姿態慵懶，「你也不用想太多，周哲言在那個位子上，肯定要這麼做的，你知道這件事情只是子虛烏有，所以他怕你聽見計畫，覺得他的計畫太危險，一時之間氣急攻心，當著所有人的面把眞相說出來。」

「是啊。」石智瀚附和，「其實我都知道，只是還是有點傷心吧，原來我跟阿言的情誼，敵不過這麼一點小事。」

梁曉栩坐起身，「這哪是小事，用正常一點的語詞，這叫『年度目標』，要是這個計畫能成功，周哲言在所有人面前就有了很多底氣。反之，現在所有人都覺得吃了一個大虧，如果周哲言不在這上頭做點什麼，難免有人議論他膽子小。」她頓了一頓，「我以爲你們的世界最忌諱的，就是被人家說膽子小。」

石智瀚捏了捏梁曉栩的臉，「我要是有妳這麼好的腦子就好了。」

梁曉栩邀功似地看向他，「所以你心情好點了吧？有心情陪我出去了吧？」

「妳想幹麼？」

「逛街。聖誕節快要到了，我想送你聖誕禮物，可是不知道送什麼好，所以我們一起去，現場挑你喜歡的禮物直接送你。」

石智瀚失笑，「妳這樣還算是送禮物嗎？」

「當然算啊，心意最重要。」梁曉栩笑嘻嘻的，「而且你應該也沒準備我的禮物，那你一起順便買給我。」

對於如此理直氣壯的梁曉栩，石智瀚從來就拿她沒轍，「好，什麼時候？」

「現在？」梁曉栩立刻提議，「不然也不知道你之後什麼時候有空。」

「可以是可以，不過妳身體……」

梁曉栩興沖沖地走來走去，「等我換個衣服，我們就出門。」

石智瀚看著她迅速地跑進房裡，估計要等上一段時間，他順手打開了電視，還沒轉到自己想看的節目時，梁曉栩已經準備好了。

她換了一身洋裝，戴了頂帽子，整個人顯得嬌小可愛，此外還戴上了口罩，把本來就不大的臉又遮住三分之二，只剩下一雙明亮的眼眸露在外面。

「妳……」石智瀚哈哈大笑，「算了算了，妳病重，真的有必要穿成這樣，不過不說的話，還以爲妳是電視上的受害者家屬呢。」

「你才受害者家屬！你全家都受害者家屬！」梁曉栩氣得把室內拖鞋扔在石智瀚身上，「有這麼說自己女朋友的男朋友嗎？要不是醫生吩咐不可以吹風，你以爲我想啊。」

兩人邊鬥嘴邊出門。既然要買東西，商圈是首選，那裡最能買到物美價廉的禮物，但梁曉栩嫌那裡的夜市人多風大細菌多，硬是拖著石智瀚去百貨公司，以梁曉栩的身體情況，百貨公司確實比較適合她。

石智瀚考慮到這是兩人交往後的第一個節日，也就不阻止她，否則以他的想法，他們哪用得到百貨公司的高級品，什麼東西不能當禮物，非得去百貨公司花大錢？有錢也不能這麼浪費。

進到百貨公司後，梁曉栩仍然沒把口罩拿下，一隻手勾著石智瀚的手臂，漫無目的地東逛西看。

「栩栩，這裡的東西不適合我們吧？」石智瀚很含蓄地說。

「嗯，不適合。」梁曉栩隨口應聲，拿起了一個設計略爲成熟簡約的男性側背包看了又看，「我是買給我爸，我也要送他聖誕禮物。」

「喔。」如果是這樣的話，他就無話可說了。

梁曉栩拿起側背包，在他身上比了比，滿意地笑了，馬上找了櫃姐結帳。

「妳不多看幾個？」

梁曉栩雙眼露出疑惑，「爲什麼？」

石智瀚有些詫異，「我以爲女生逛街，喜歡多家比較看看再下手。」

「不用吧，我覺得那個很好啊，還是你要多看幾個？」

「那倒不用。」跟他又沒關係。

梁曉栩的聲音充滿笑意，一雙大眼瞇成了彎月形，「我買東西一向很快的，喜歡就下好離手，再也不比較。」

「那要是再看見喜歡的呢？」

「下次再買嘍。」她淺淺一笑，「不過，我很少遇到這種情況。」

櫃姐走了過來，把發票跟提袋遞給他們。

石智瀚很自動地伸手接過，梁曉栩跟櫃姐聊了幾句才離開，兩人繼續在百貨公司內閒晃。

「栩栩，妳有沒有做錯選擇的時候？」石智瀚忽然問道。

梁曉栩一臉理所當然，「當然有啊，這種時候可多了。」

「那怎麼辦？」

「承認自己錯了，然後盡力補救。」梁曉栩停下腳步看著他，「你對什麼後悔了？」

「沒有，沒後悔。」石智瀚別過眼，「只是跟當初想的不太一樣而已。」

「喔。」梁曉栩頓悟了，「你說周家啊。」

梁曉栩果然一猜就中，反正他的事情都瞞不過梁曉栩，他已經習慣了。

「我先說啊，我的立場一直都是不贊成的，但既然你已經加入了，身爲你的女朋友，我必須寬慰你，讓你好過一點。」

梁曉栩把醜話說在前頭，石智瀚忍不住笑了出來。

「妳這是安慰人的態度嗎？」

「安慰歸安慰啊，該說的還是要說，我不想因爲這種事情說謊。」梁曉栩笑嘻嘻地握住他的手，「那你還要聽我的想法嗎？」

「其實我只是想，如果有一天我想離開周家了，會不會連應該去哪裡都不知道？」石智瀚拉著她慢慢往前，「就像阿言，慢慢地就變成了現在這個樣子，我幾乎不認識他了。」

梁曉栩笑了笑，「眞是奢侈的煩惱啊。」

「什麼意思？」

梁曉栩捏了捏眉心，「在擔心離開後要去哪裡之前，你應該先擔心能不能離開吧？」

石智瀚看著梁曉栩，那透亮的眼睛裡，沒有半點玩笑的意思。

「爲什麼這麼說？」

「你知道周家這麼多內部的事情，隨著時間過去只會知道越來越多，而且你這麼靠近權力核心，周哲言又有計畫讓你接管事情。」梁曉栩吸了口氣，「這不像換公司那麼簡單，你說依周哲言現在的個性，在你不幹了之後，會相信你什麼話都不會說出去嗎？」

「我當然不會說啊。」石智瀚咬牙強調。

梁曉栩定定地看著他，「你知道，我知道，周哲言也知道，問題是他敢不敢跟你賭？」

石智瀚無言以對。

其實，他心裡已經有了答案。

「人的疑心病都是這樣來的。」梁曉栩聳聳肩，「不是知不知道，而是相不相信。」

「說得好。」顧姊突然現身，拍了兩下手，朝著他們走過來，「我還說石頭怎麼不來陪我逛街，原來是陪更重要的人。」

梁曉栩對顧姊並沒有意見，只不過……

「原來你還要陪顧姊逛街？」

她挑眉看著石智瀚。

那話裡充滿了無法忽視的醋意。

石智瀚險些沒有高舉雙手，表示自己無辜。

顧姊咯咯輕笑，「沒有，他不願意，寧可回學校上課也不陪我。」

梁曉栩了然頷首，「沒辦法，我家的家教比較嚴謹，他隨便陪女人逛街，我會叫他睡陽臺。」

「年紀這麼小就同居？」

「沒有，我睡我家的床，他睡他家的陽臺，跟同居無關。」梁曉栩微笑，看了看四周，不禁心生疑惑，「顧姊一個人來？」

「當然不可能。」顧姊用拇指比了比後頭，「還有那個穿西裝的。」

梁曉栩向後瞄去，果然見到一個全身上下散發著黑道氣息的西裝男人。

「你們還要買什麼？」顧姊問。

「天氣冷了，我想幫他買件外套。」

梁曉栩順勢接話，顧姊也沒有要離開的意思，兩人聊得興致盎然，石智瀚只能在後頭跟著，插不上任何話。

一邊聊著，梁曉栩還幫石智瀚買了件外套跟皮夾。

「等一下你們要回去了嗎？」顧姊跟梁曉栩聊得很高興，對梁曉栩提出邀約，「我們去附近喝茶吧？」

梁曉栩還沒開口，腰際突然被某件冰冷的東西抵住。

「走。」那人的聲音低低地傳入她耳裡。

梁曉栩再不懂，也知道是什麼情況，她轉頭看了下顧姊跟石智瀚，他們也是被挾持住了。

梁曉栩的腦子飛快地運轉，卻想不出半點方法可以脫困。

離開了百貨公司，一行人走進附近小巷子。

才剛走進暗巷，石智瀚手肘往後撞在後頭那人的肋骨上，反手一握，拗下槍來，顧姊的跟班也不是好惹的，自然是身手極佳才能成爲隨扈，石智瀚一發難，他立刻動作，出手極狠，手肘一撞，另一隻手直取咽喉，打算要了對方的命。

只可惜所有攻勢在顧姊的尖叫聲中停止了。

顧姊雖然學了幾招防身的招式，但畢竟不是練家子，身手反應也沒有另外兩人這麼好，一下就被制伏，手臂被反折在背後無法反抗。

反倒是梁曉栩，大概是覺得自己掙扎也沒有用，乾脆聽話行事。

控制住場面之後，那幾人沒有絲毫放鬆，討論了一陣子，梁曉栩不是他們的目標，決定讓梁曉栩回去傳話。

「告訴周哲言，人我們帶走了，你們要是想救人，就讓他聯絡我們老大。」那人的槍口還抵在梁曉栩腰側。

梁曉栩乖巧地點頭，在槍口離開之後，立刻開口問：「爲了避免有什麼誤會，我想確認一下，你說要聯絡你們老大，但是你們老大……是哪位？」

「媽的！妳耍我啊！」那人像是被激怒，一手捏住梁曉栩的下顎，一邊將她壓在牆上，力道之大，撞得梁曉栩險些岔氣，石智瀚在一邊幾乎忍耐不住。

「放開她！」

「老三，不要多事！」壓制石智瀚的人怒罵，「是陳哥，周哲言知道。」

梁曉栩直直地看著石智瀚，然後轉頭應聲：「好。」

梁曉栩離開現場，很快透過湯湯聯絡到周哲言，此時電話裡傳來一陣歡欣鼓舞的聲音，對比著梁曉栩這邊的情況，顯得更加諷刺。

她本來就不是急躁的人，遇上這種事情，自然也明白要先冷靜下來，才能好好轉述事情。

所以即便是這麼危急的時刻，在電話裡，梁曉栩依舊語氣平穩地陳述，她很快把事情跟周哲言交代完，想了會兒，請周哲言派人來接她，她必須一起回周家追蹤後續的情況。

周哲言也同意了，梁曉栩走回百貨公司外頭，司機沒一會兒就到了，她先回家拿了藥跟換洗衣物，正要出門前，卻被梁書輔攔下來。

「爸……」梁曉栩不知道該怎麼開口，想了想，乾脆從頭交代這整件事。

梁書輔耐心聽完，拿下眼鏡捏了捏鼻梁。

「那麼危險的地方，妳一定要去？」他嘆氣，「栩栩，雖然我們說好，讓妳自由自在地過一段日子，但那並不表示我能眼睜睜看著妳去冒險，尤其……」

梁書輔沒繼續說下去。

「我知道。」梁曉栩坐到梁書輔身旁，抱著他的手臂，「可是石智瀚怎麼辦？」

「我一直不覺得自己自私，但事到如今，我不能看著妳為了救他，把自己搭進去。」梁書輔的話裡沒有任何可以妥協的餘地，「說到底，那並不關妳的事情。」

梁曉栩把頭靠在他手臂上。

「可是爸，我喜歡他，我不能什麼都不做。」

梁書輔安靜地坐著，時間一分一秒過去，他依舊沉默不語。

梁曉栩心裡焦急，臉上卻不能顯露出來。梁書輔的脾氣雖好，但就像所有的老好人發起脾氣時一樣頑強，胡搞瞎吵絕對不是解決問題的好辦法，撒嬌哭鬧只會讓事情更糟糕，她只能動之以情、曉之以理來說服梁書輔。

「我答應你，不管多晚，我一定會每天回家，好嗎？」梁曉栩承諾，「爸，我不可能當作沒這回事發生，然後安心待在家裡。」

梁書輔看著她。

「還剩下半年，妳的人生這樣過，妳會後悔嗎？」梁書輔天外飛來一句毫不相干的問題。

梁曉栩笑了下，不假思索地說：「不後悔，如果後悔，我就不會休學了，畢竟一月就要學測了，我會把時間拿來準備考試，而不是蹺課。可是爸，我的人生已經在學校裡面度過了十年，一路這樣讀上來，也說不上有多喜歡，沒有什麼渴望，但現在終於有一件事，讓我覺得自己非做不可，如果不做，我會後悔一輩子。」

其實這些事情，他們之前早就討論過，要不是梁書輔同意，她也不會蹺課蹺得這麼明目張膽。

梁書輔起身走到櫃子前，拿起妻子的照片，端詳了許久。

梁曉栩看著時間不斷流逝，忍不住想站起來直接衝出家門，她不知道梁書輔心裡在想些什麼，但是再這樣拖下去……

「每天晚上八點回家，照三餐打電話報平安。」梁書輔放下照片，嘆了口長氣，「不管什麼時候，如果妳需要幫忙，隨時打電話給我。」

梁曉栩鬆了一口氣，放下手上的衣服，走到梁書輔面前用力地抱住他。

「爸，對不起。」

她很想哭，但她不能浪費時間在這上面，還有太多事情等著她去做。

跟梁書輔詳談了這麼久，周家的司機還在樓下等著。

一上車，梁曉栩先打了電話給周哲言，他那頭還等著梁曉栩回來開會，早已不耐煩，口氣很急躁，但梁曉栩比他更急，兩人見電話裡談不出什麼結果，雙方同意見面再說。

對於石智瀚的安危，梁曉栩一路上想了許多，車子一路未停地開到周家，到了會議室，幾乎兩邊的人都到了。

她把情況跟所有參與會議的人講述了一次，而後就坐到一邊去，靜靜地聽著他們討論。

然而，聽著他們的打算，她覺得越來越心寒。

當她聽見周哲言跟底下人說，不管如何，顧姊是第一要務時，梁曉栩就明白這話裡的意思，攞明石智瀚的人身安全是被放在顧姊之後，必要的時候，就算放棄石智瀚，顧姊也不能有事。

比起顧姊，石智瀚是更不重要的。

她心裡一陣陣地發冷，安靜地離開了房間。

還是回家吧？可是又放不下心。

明明人在室內，寒風被隔絕在外頭，她還是忍不住發抖。

站在這裡也不是辦法，她決定走去石智瀚的房間。

她憑著記憶找到了房間，轉動了門把，門沒鎖一下就開了，梁曉栩推門而入，看到裡面整理得非常乾淨。

石智瀚的東西好像一直不多，衣服翻來覆去就是那幾件，鞋子更是萬年沒有變過。

她躺上床，枕上有淡淡的洗髮精香氣，她嗅了兩下，忽然一陣鼻酸。

石智瀚如果知道他的好兄弟居然把幫派事務放在他之上，把顧姊的安危放在他之前，會不會失望呢？

梁曉栩捏了捏鼻梁，喃喃自語，「是不是一定要明明白白地把事情告訴你，你才會知道周哲言已經不是你心中的那個人了？」

她沉默了許久，又低聲地說：「可是，我不忍心，如果跟你說了，你是不是會很失望、很傷心？」

梁曉栩閉上眼睛，腦子裡思緒卻很清楚，但就算她想得再怎麼清楚，那又怎麼樣？難道她有能力去救石智瀚嗎？

她只是沒有想到，周哲言會這樣處理石智瀚的事情，也沒有想到，那一屋子的人都不覺得這樣有問題，好像這個人，就是應該被犧牲。

房門被敲了兩聲，梁曉栩翻身坐起，還沒出聲，門已經被推開。是湯湯。

「歐巴出事了嗎？」湯湯很直接地問。

「嗯，被陳哥抓走了。」梁曉栩照實回答，「周哲言沒告訴妳？」

湯湯垂下眼簾，「他們開會，我一向都不能聽的，是剛剛從門外經過，剛好聽見一些，又看見妳從門後走出來，所以我就追過來了。」

「喔。」梁曉栩沒什麼精神地靠上床頭。

「妳不舒服？」湯湯看著她慘白的臉色，「我去幫妳請趙叔來。」

湯湯說完正要走，梁曉栩卻喊住了她。

「妳不是討厭我嗎？」

湯湯回眸看向她，哼了聲，「我討厭妳，是因爲歐巴喜歡妳，我現在幫妳，也是因爲歐巴喜歡妳！」

她說完就走了出去，留下梁曉栩靠在床頭苦笑。

趙叔很快就來了，他診了診梁曉栩的脈，轉頭對湯湯說：「妳先出去。」

湯湯詫異，「爲什麼我不能留下來聽？」

「病情是病人隱私，妳跟梁小姐無親無故，爲什麼要讓妳知道？」趙叔挑眉，「還是妳跟她有血緣關係？」

湯湯癟嘴，「……知道了，那我去外頭等。」

「等等，去廚房請他們煮香菇當歸雞湯過來。」

湯湯做了個鬼臉，嘴裡念著：「吃這麼好，肥死妳！」

她的碎念聲不大不小，剛好讓梁曉栩聽見，說完後才慢慢走出房間。

見門扉掩緊之後，趙叔轉頭就問：「去大醫院檢查過了？」

「是。」梁曉栩說出病名跟狀況之後，對著趙叔笑了笑，「不嚴重，定時吃藥回診，會痊癒的。」

「自欺欺人。」趙叔第一次顯露出脾氣，「又不是我們的人，身體不好還攪和進這些事情裡面幹麼？」

梁曉栩聳聳肩，「沒辦法啊，石智瀚在這裡，他的個性那麼耿直，相信一個人就會全然信任對方，讓我怎麼放心。」

趙叔嘆了口氣，「你們的事情我不管，但是妳跟他們不一樣，身體是經不起揮霍的。」

梁曉栩頷首，「我知道。」

「石頭知道嗎？」

「我跟他說過。」

趙叔嗯了聲，「妳休息一下吧，我去幫妳煎藥。」

梁曉栩確實撐不太住，但還是伸手拉住了趙叔，「周哲言會救石智瀚吧？」

趙叔停下了動作，看著窗外，「周老大是很講義氣的人，那年我們一起來這裡時，我身體很差，幾次都差點被大隊扔下，是他堅持要帶著我。」

梁曉栩靜靜聽著，但是趙叔的話只講到這裡而已。

這是什麼意思？

「有句話是這麼說的：龍生九子各有不同，手足間的性情都會不同了，更何況是父子，所以當然有可能兒子跟父親是完全不同的性格。」趙叔說完便起身，拍著梁曉栩的肩頭，「有些地方，壓根不應該進來。」

「趙叔，你不要說這種會讓人睡不好的話。」梁曉栩淡淡地笑，眼裡卻沒有什麼笑意。

趙叔哼了聲，「妳休息吧，等一下吃完東西再吃藥。」

他走時，帶上了門。

梁曉栩把自己裹進被子裡，暖和的被窩讓她的身體放鬆下來。

這個關頭，梁曉栩根本睡不著，因此只是看著天花板，琢磨剛剛趙叔說的話，其實得到那答案她一點都不意外，只是她要怎麼跟石智瀚說？

她正想得入神，湯湯悄悄推開了門，見她沒睡，動作就大了起來。

「先吃點東西，趙叔的藥還要好一會兒才會煎好。」湯湯手上端著雞湯走進來，說著說著，不禁吐了吐舌頭，「妳最好做點心理準備，我剛剛聞了一下，絕對，超級苦。」

梁曉栩被湯湯的反應逗笑，雙手撐著坐起身，湯湯拿來床上專用的小桌擺上去。

「也太周全了，你們平常都在床上吃東西嗎？」

湯湯邊說邊把湯碗擺在桌上，「歐巴有時候會在床上用筆電，所以才特地買的。」

「你們感情眞好。」梁曉栩拿起餐具，隨口敷衍幾句，對於這種事情，她並不感到意外。

她抬眼看了看湯湯，腦中靈光一閃。

也許，她可以藉著湯湯對石智瀚的重視，做出一點行動？

第九章

石智瀚跟顧姊被帶到了陳家位在附近山腰上的房子。

這間房子本來已經廢棄不用許久，現在是爲了關押他們才來到這裡。

屋子裡遍布灰塵，隨著他們的到來而飄起塵埃，月光從窗外灑入偌大的房間裡，微微照亮昏暗的室內，角落裡堆放著幾件殘破的大型家具，從外觀上依稀看得出來是什麼東西，但早就無法使用。

石智瀚觀察了一下環境，看來情況比他想像的還要好，目前只是關著，沒有打算對他們做些什麼，至少現在沒有。

這段時間，顧姊也把這裡都掃過一圈。

「這裡就是有點冷又有點髒。」她頗自娛娛人地說，看了一眼緊繃的石智瀚，打趣他，「第一次被抓啊？」

石智瀚都不知道說什麼才好，沒好氣地走到她身邊，「原來妳不是第一次。」

顧姊雙手環抱著胸，「我小時候被抓過一次，也是跟現在差不多的處境，不過那時候我身邊沒有人。」

她自然而然地說起陳年往事。

「也不是沒有人，應該說本來有的，但是死了，就死在我眼前。」顧姊一臉平靜，「我是被我們自己人抓的。」

石智瀚看著她的臉，「那後來呢？」

「沒有後來，誰做壞事會留下證據？我之所以知道，是被關押時無意間聽見那個主事者的名號，所以就算被放回去了，考慮到證據不足，還有那人的勢力太大，我們什麼事情都不能做。」顧姊笑了下，「你不覺得特別淒涼嗎？都是黑道了，還講什麼證據？難道不應該意氣用事才對嗎？」

石智瀚別過眼，他之前也是這麼想的，直到自己眞的加入後，才知道黑道只不過聽從的是另外一套規矩，眞的要意氣用事，那這些兄弟的命都算什麼？誰惹了誰就動輒砍殺，還沒等別人收拾，自己人就先把自己人收拾乾淨了。

月色下，塵埃靜靜地漂浮著。

「不過我想應該不會什什麼人事，對方大概就是拿我們當籌碼，要求一個談判的機會吧？我實在不知道你們對手的脾氣。」顧姊聳聳肩，攏緊了外套，入夜的深冬山上，溫度低得讓人難以忍受。

「其實我也不知道。」石智瀚淡淡地說，「我以前只覺得他們挺煩的，現在這麼一來二去，也不知道到底是誰的問題了。」

顧姊朝著雙手呵氣，「重要嗎？總之這樑子已經結下了，而且越結越大，至死方休。」

聽著那話裡帶著一點顫音，石智瀚拉下了自己身上的外套拉鍊，伸手把顧姊攬進懷中，「不知道要撐多久，我沒有別的意思，妳別介意啊。」

「好一點三天，壞一點七天，我們就互相扶持吧。」顧姊呵了聲，一動不動地依偎著他，「沒想倒你還挺有騎士精神。」

「如果讓妳出事，阿言大概要痛罵我一頓。」石智瀚隨口說。

他的目光掃過那一堆廢棄家具，也許他可以找個機會，看看裡面有沒有東西能拿來當武器，就這麼坐以待斃任人宰割，實在太危險。

「你這樣，不怕我愛上你？」

石智瀚白了顧姊一眼，「不好意思，我有女朋友了。」

✦

那時候，梁曉栩還沒想到事情會是這樣發展。

等到周哲言準備好要去救石智瀚跟顧姊的時候，正好是跨年那一天。

本來想要跟石智瀚一起度過聖誕節的計畫也泡湯，在這個關頭，她早已把這件事拋在腦後。

這些日子，她參與了每一場會議，也遵守與梁書輔的約定，時間一到就回家，在趙叔的調養下，她的身體狀況改善不少，至少能夠聽完一整場會議而不覺得神思困乏。

其實她本來不需要如此勞心費神，但實在放心不下，她怕自己不出席，就沒有人會在乎石智翰的安危，周哲言會更加肆無忌憚地盤算如何犧牲石智瀚。

最後的計畫是，周哲言先與陳哥虛與委蛇，打探石智瀚他們被關押的地方，知道地點後，接著武力攻破，救出他們。

梁曉栩已經不想去思考這種事情的合法性，否則她只會想報警而已。她仔細琢磨這整個計畫，同時也藉著湯湯的情面，找了幾個人套交情，希望他們營救的時候，能夠盡力把石智瀚一起帶出來。

大家都知道石智瀚跟周哲言是從小一起長大的朋友，周家上下對他是很看重，就算周哲言表面上沒有明說，但實際上，大夥兒只覺得周哲言是做做表面工夫，不想露出太偏私的樣子，所以才會以大局爲重，把石智瀚擺在第二位，於是梁曉栩一開口，幾個人也就同意了，只當是周哲言私下囑咐。

梁曉栩知道這些人是怎麼想的，只是不想說明白，不過她在周哲言的地盤上搞這些小動作，沒道理周哲言不知道，既然沒出面阻止她，那就當他是默許了。

她站在窗邊，看著他們的車子駛遠，一直緊繃的神經略略放鬆了點。

無論如何，該她做的她都做了，除了聽天由命，她也沒有別的辦法。

她拿出手機，打了通電話給梁書輔，說自己今天必須住在這裡一晚，無論如何，也要親眼看見石智瀚回來，不管是活著的，或是……

梁曉栩掛掉電話後，嘆了口氣。

「丫頭，吃藥。」趙叔站在她身後喊。

「喔。」梁曉栩回過頭，看著漆黑不見底的湯藥，想到那苦味，無法掩飾心裡的悲悽，

「趙叔，我眞的很少吃中藥，能不能不要這麼苦啊？我不習慣……」

趙叔面色不改，指著旁邊的黃金糖，明擺著糖也準備好了。

梁曉栩深吸了一口氣，端起碗迅速喝完藥，然後扔了顆糖進嘴裡。含了幾秒，嘴裡的味道才退去，梁曉栩笑了笑，「趙叔，他們都走了，反正也沒事幹，我們聊聊天吧？還是下棋？我棋藝很好的。」

「聊天就好，時間晚了，妳等會也該睡了。」、

梁曉栩癟嘴，「這關頭我哪睡得著？」

「所以我在藥裡放了些安神助眠的藥材進去。」

「趙叔你陰我啊！」梁曉栩叫出聲，「虧我這麼信任你！」

「妳醒著有什麼幫助嗎？」趙叔瞪她，「前幾天沒放，已經對妳仁至義盡，妳究竟知不知道……」

梁曉栩忍不住打斷了趙叔的話，「對不起我錯了。」

趙叔哼了聲，「說吧，妳要問什麼？」

梁曉栩一臉無辜，「我就是閒著沒事聊聊天……」

「少鬼扯，妳這腦子會閒得下來，想一些毫無用處的事？」趙叔斜眼看她，這幾天相處下來，早已熟悉她的性情，「我老實跟妳說了，妳的身體這麼差，跟妳思慮過甚太有關係。」

才不是，她這是遺傳！

梁曉栩呵呵傻笑，沒敢反駁趙叔，「那我就不客氣地直接問了啊？」

「問吧。」

兩人坐在窗邊，趙叔靠著茶几，等著梁曉栩提問。

「我只是想問，如果石智瀚現在要走，你說周哲言會放他離開嗎？」梁曉栩目光沉靜，帶著股堅定的力量。

「丫頭，妳可曾想過，石頭自己是不是願意離開？」趙叔反問，「如果他不想，妳儘管殫精竭慮，那都是徒勞無功。」

「我想過，但是……」梁曉栩看著趙叔，「如果他繼續留在這裡，我不知道周哲言什麼時候會把他賣了，我不能讓他身處在這種危險中。」

趙叔知道她的言外之意，若有所思。

「等人回來再說吧。」趙叔安靜了好一會兒，緩緩地說：「也許，妳可以去查查，問問當初去找石頭繼父麻煩的那幾個人。」

梁曉栩的眼睛瞬間亮了起來，她正愁沒有線索可以突破僵局，「趙叔覺得那幾個人有鬼嗎？」

「有沒有鬼我不知道，但我知道就算是地下錢莊，也不一定會大張旗鼓地去找關係這麼遠的人討債，非親非故，不過就是偶爾有聯絡，誰會替這樣的人還錢？」趙叔話裡有許多保留，「除非這裡頭還有什麼人指使。」

梁曉栩頷首，心裡默默地把這件事記了下來，而後嘆了口氣，「其實我不明白，石智瀚加入周家，對周哲言有什麼幫助，假設這一切的事情都是周哲言計畫好的，那又爲什麼要這麼做？」

「ㄚ頭見過的事情太少，當然想不明白。」趙叔面無表情，「我問妳，妳爲什麼非要跟石頭在一起？他什麼也沒有，還待在這麼危險的地方，每天讓妳提心吊膽的，妳怎麼就不換個男朋友？」

梁曉栩一時語塞，好半會兒才說：「哪……哪能說換就換？」

「這就對了，妳非石頭不可，怎麼知道阿言也不是非他不行？」趙叔反問，拿起水杯喝了一口。

梁曉栩說不出話，眨了好幾下眼睛，才脫口而出：「他們……有姦情啊？」

趙叔噎得一口水險些噴出來，見她露出得逞的笑容，也無可奈何。

「阿言需要自己的人手，這不是誰都可以勝任的，必須要找他信任而且有實力的人。」趙叔嘆了口氣，「阿言疑心病重，所以符合條件的人又更少了，而石頭個性耿直，說一不二，忠心又不死板，這樣的人，阿言怎麼可能放過？」

梁曉栩嗯了聲，又聽見趙叔說：「每個人都會有自己不想放棄的事情，那些事情也許是感情，也許是權力，而爲此願意付出極大代價。」

她抬頭看著趙叔。

「去休息吧。」趙叔起身，「如果妳眞的想要做些什麼，總要先養好身體。」

梁曉栩躺上床，趙叔正準備離開房間時，突然被梁曉栩喊住。

「嗯？」他回頭。

「如果眞有那一天，趙叔你會幫我嗎？」

「不會。」趙叔想也不想，「但我也不會阻止妳，每個人有每個人的立場，石頭留下對周家有利，那我就不會幫妳。」

梁曉栩頷首，「謝謝趙叔。」

「妳養好身體，對我就是最大的感謝。」趙叔難得和顏悅色，「睡吧，他們不會這麼快回來的。」

「好。」看著梁曉栩蓋好被子，趙叔這才關上燈，離開房間。

梁曉栩閉上眼。

是啊，每個人的立場不同，自己的仗還是只能自己打。

這一覺，梁曉栩睡得並不好。

整個晚上翻來覆去，夢裡都是石智瀚跟周哲言的身影。

還有更多的是理不清楚的思緒充斥在腦海裡，像是一團在深海裡糾結的水草，一旦被纏上了，就會被扯入永不見天日的地獄。

梁曉栩不斷掙扎著，大約是吃了藥，不管惡夢多麼嚇人，她總是醒不過來，宛如有水草緊緊地纏住她的腳腕子，非要她溺斃在夢魘中。

忽然門扉被人重重推開，「他們回來了！」

突如其來的聲響喚醒了梁曉栩，她赫然坐起，幾秒鐘之後，才反應過來自己已經不在惡夢裡。

湯湯見她臉上都是冷汗，本來想要視若無睹，想一想還是抽了張衛生紙給她。

「妳做惡夢了嗎？」

「嗯。」梁曉栩呼吸未平息，接過衛生紙擦了擦臉上的汗，重重地喘了幾口氣後才問：「妳找我有事？」

「他們的車子都回來了……」湯湯別過眼，「我只是剛好經過妳房間，所以……想說，順便……」

梁曉栩大概明白她的意思。

「好好，我就是順便而已，那妳要不要去看看妳歐巴回來了沒？」梁曉栩也不是不心急，只是她現在還有點腿軟氣虛，無法馬上行動，不過動動嘴皮子讓湯湯先去看看情況還是辦得到的。

湯湯一聽，什麼話都沒說就跑掉了。

梁曉栩收拾好情緒，抱著還有點暈眩的頭，坐了一會兒，才覺得自己好一點。

她正要起身下床，忽然聽到門外傳來腳步聲，不多時，石智瀚匆匆闖了進來。

見到他，梁曉栩還沒來得及說話，已經被他抱了滿懷。

撲面而來的氣味很糟，石智瀚整個人都瘦了一圈，想來這幾天被抓去當人質，待遇並不會好到哪去。

「你有沒有受傷？」梁曉栩輕聲地問：「有沒有哪裡不舒服？需不需要找趙叔？」

石智瀚安靜了好一會兒，才低語：「沒有，我沒事。」

「那你要不要先去洗個澡？」梁曉栩推了推他，卻發現石智瀚一點都不肯放手，「至少先換件衣服，太臭。」

石智瀚雙臂仍舊緊緊地抱住她，像是深怕下一秒就會失去對方，梁曉栩再怎麼不明就裡，也能察覺出事情不對勁，何況她本來就是見微知著的人。

梁曉栩輕輕地抬起手，拍著他的背，「沒事了，幸好你回來了，不然我怎麼辦？」

石智瀚在梁曉栩的低語中，慢慢地鬆開了手，不答反問：「妳這幾天還好嗎？」

梁曉栩看著他下巴新生的鬍渣，還有一身的髒汙，笑了下，「我哪會有什麼問題，除了趙叔的藥太苦之外，我在這裡簡直是吃好睡飽，過得可好了。」

石智瀚這才略略鬆下了肩，「我……」

他有太多話想說，卻不知道要從哪裡開始說起，好不容易脫困了，明明應該感到欣喜，此時臉上卻都是迷惘的神情。

梁曉栩看著他默默無語，輕輕摸了摸他的臉，「你先去洗個澡吧，餓不餓？我去請廚房煮點東西給你吃。」

石智瀚點頭，才走了幾步，忍不住回頭問：「我真的很臭嗎？」

梁曉栩啞然失笑。

什麼蠢問題？

「洗好就不臭了，你快去。」

石智瀚才剛拿著乾淨的衣服踏入浴室，梁曉栩下一秒臉色就沉了下來。

肯定發生了什麼事情，劫後餘生的人不應該是這樣的反應。

梁曉栩也換下了染上他臭味的衣服，這味道簡直跟去垃圾堆裡打滾過一樣。

石智瀚洗好澡，走出浴室時，廚房煮好的豬腳麵線才剛送到，說是太晚，先吃點東西果腹，明天再爲他跟顧姊慶祝。

他頂著一頭溼髮，額前黏結成束的瀏海還在滴水，看著那一碗麵線，一動也沒動，不知道在想些什麼。

梁曉栩抽了條毛巾走上前，仰看著他，「坐下來，我幫你擦頭，這種天氣不馬上擦乾會感冒的。」

石智瀚乖乖找了張椅子坐下來，梁曉栩站在他身前，慢慢替他擦著頭髮，石智瀚抱住她的腰，悶悶不已地說：「栩栩，如果有一天，我利用了妳，妳會生氣嗎？」

「都被利用了，我還能怎麼辦？只好先怪我自己笨，居然被你騙了。」梁曉栩隨口答，「不過被我發現你利用我，你就沒有好日子過了。」

石智瀚笑了下，聲音仍舊沉悶，「妳的意思是，雖然被利用了，但還是會原諒我？」

「那要看是什麼事情了，如果觸及我的底線，我想我們只能分手了事。」梁曉栩繼續擦著石智瀚的頭髮。

「你看啊，你的問題有個大前提，那就是『你利用了我』，是不是表示你早就知道我的想法，但是覺得我一定會拒絕？可你還是堅持要我去做某些事情，所以就挖了坑給我跳。光這麼一想，這個問題就已經令人難以忍受。」

石智瀚只是保持沉默，梁曉栩想了一會兒，覺得似乎是有些頭緒，無奈線索太少，她實在推論不出什麼結果。

梁曉栩伸手摸了摸石智瀚的頭髮，差不多乾了。

「去吃麵線吧，不然都要糊成一團了。」梁曉栩推推他，「我知道你肯定發生了什麼事情，如果你願意，可以慢慢跟我說。」

梁曉栩拉著他的手，坐到桌子前面去，「我呢，雖然不是絕頂聰明，可是我對自己的才智還是有點自信的，至少分析情況是我的強項。」

石智瀚拿起筷子，淺淺地笑，「妳這樣都算不上是聰明？」

「比我聰明的人太多了，我可沒有十二歲就考上知名大學，二十幾歲就拿到雙博士學位。」梁曉栩隨口說，對著他狡詐地笑，「不過就是智商比你高一點而已。」

石智瀚淡淡地笑起來，但笑容卻有些不太自然，看起來像是藏著某種解不開的心結，「怎麼說到最後，又把我扯進來了？我從來沒打算要跟妳比智商啊，我比較想跟妳比體力，不用比太多項目，跑個四百公尺就好。」

梁曉栩跟著笑，「你這是勝之不武，我是病人。」

「跟我比智商，妳也是勝之不武。」

「沒辦法啊，跟我在房間裡的人只有你啊，不然我也可以扯上別人的。」梁曉栩眼睛轉了會兒，忽然說：「我應該比周家大多數人都聰明吧，除了趙叔……跟周哲言。」

果然，不出她意料之外的，在她說出周哲言的名字時，看見石智瀚的表情動搖了。

石智瀚拿起筷子，不再說話，安靜地把桌上那碗麵線吃完。

用完餐，他擦了擦嘴，默默地說：「我見到他們了，去我繼父店裡惹事的那些人。」

「哦？」梁曉栩頗爲意外，「陳哥的人？」

石智瀚看了梁曉栩一眼，「難道妳覺得不是，所以才這麼問嗎？而不是一口咬定那些人就是陳哥的人？」

梁曉栩挑眉，「我並沒有覺得不是，應該說我保持中立的態度，所以不會有先入爲主的想法。」

石智瀚略略抬了抬嘴角，「因爲能以中立的立場來看待每件事，所以不管發生什麼事情，妳都不會驚訝？」

梁曉栩不想跟石智瀚在這事情上兜圈子，直接了當地說：「你就直話直說吧，不要拐彎抹角了，這樣並不會讓事情比較好處理。」

「我是看見了那些人，但，是我們的人。」石智瀚有些不確定，「那時候光線不好，周家的人來救我們的時候，我只是隱約看到他們衝過去。」

梁曉栩垂眸，托著臉思考。

石智瀚繼續說：「我一路上都想不通，如果這幾個人都是周家的人，爲什麼當時會出現在那裡，然後被我發現？」

梁曉栩抬起臉，「你的問題先放一邊，我們交換一下情報。」

石智瀚想笑，「妳怎麼也會有情報？」

「不然你以爲我留在這裡幹麼？」梁曉栩白了他一眼，「你先別說話，聽我說完。」

於是梁曉栩就把這幾天開會的內容，還有趙叔跟她說的話，全轉述給石智瀚。

石智瀚聽了，面上雖然沒有什麼表情，但梁曉栩感覺得出來，他的情緒有些低落。

「栩栩，如果這些都是眞的，那……」石智瀚說著說著，忽然停下了話。

梁曉栩接著他的話說下去，「你是想說，如果都是眞的，周哲言爲什麼要犧牲你？」

石智瀚小聲地嗯了聲，像是同意，又像是不接受這個推測。

梁曉栩聳聳肩，「接下來我說的話你可能會很難受，但我只能說，在周哲言心裡，你比大多數人重要，卻不是比所有人都重要，例如顧姊，例如周家，這兩項都優先於你。」

即便石智瀚早就知道答案，可是聽到了還是令人難受。

是啊，任何事情都有輕重之分，包含了他。

石智瀚腦中一片混亂，不知道應該爲哪件事而難過。

梁曉栩坐在一旁無能爲力，不知該從何安慰起。

她明白石智瀚跟周哲言的感情有多深厚，但她不是當事人，石智瀚心裡有多難受，她只能想像，但不能體會。

兩人對坐，沉默了好一會兒，石智瀚才開口，「那……怎麼證實我繼父的事是阿言的主意？」

「你想證實嗎？」梁曉栩很平靜地問：「應該說，你準備好面對眞相了嗎？」

「總不能這樣一直下去，就算沒有去查明眞相，我還是會懷疑阿言，這跟直接判了阿言死刑一樣。」

「你說得沒錯，人一旦起了疑心，是很難不去猜疑的。」梁曉栩看了看時間，「問完你最後一個問題，我們就先睡了吧，想知道什麼，也等睡醒再說了。」

石智瀚握著梁曉栩的手，「妳問吧。」

「你跟顧姊在陳哥那裡的時候，你應該有盡力保護她吧？」

「那當然，不管怎麼說，她是女人。」石智瀚摟著她，「吃醋了？」

梁曉栩瞪了他一眼，驀然燦笑，「是啊是啊，我都怕你們培養出革命情感，打算私奔了呢。」

「那妳打算怎麼留下我？」

梁曉栩想了想，在他脣上落下蜻蜓點水般的一吻，「這樣夠嗎？」

「久一點更好。」石智瀚一說完，俯身吻上了她。

✦

隔天一早，兩人起床各自梳洗後，並肩來到飯廳。

桌子上已經擺了不少食物，顧姊也已入座，看起來雖然消瘦了點，但氣色很好，一見到石智瀚，立刻笑逐顏開。

「石頭，你什麼時候來香港？我作東，保證讓你玩得盡興。」顧姊很熱情地招呼他，轉頭又對周哲言說：「這次多虧石頭，我才能平安無事，所以他如果要來香港，你一定要放他假。」

周哲言心情很好，開玩笑地說：「只要他願意，放多久都可以。」

眾人七嘴八舌地吵嚷笑鬧，梁曉栩跟石智瀚找了個位子坐下，默默地吃起早餐。

顧姊明察秋毫，見到他們倆這麼鎮定，已經暗暗留意起他們了。

周哲言倒是沒有察覺出異狀，只以爲石智瀚還沒恢復過來，所以有些提不起勁。他回頭還有很多後續事情要處理，吃完了早餐，跟眾人說了聲，就先走了。

梁曉栩近來胃口不好，只吃了幾口就放下筷子，一見周哲言走了，立刻跑到一邊，跟其他人打聽昨天的情況。

石智瀚坐在熟悉的環境裡，卻不覺得安心，發生了那麼多事情，他看著周遭一切的眼神，都不若以往來得平靜。

梁曉栩晃了一圈，坐回位子上時，趙叔已經端了湯藥過來。

梁曉栩心裡有事，一個不留神仰頭就喝，苦得她連連咋舌。

這時候，石智瀚才注意到她的臉色比之前好上不少，「趙叔，栩栩的身體還好嗎？」

趙叔瞟了他一眼，接著看向梁曉栩，「暫時死不了。」

梁曉栩露出笑容，「謝謝趙叔啊。」

「不過藥還是得持續吃。」趙叔說完，端著空藥碗就走了。

梁曉栩起身移動到顧姊身邊，臉上帶笑，「顧姊，等一下有空嗎？」

剛看著梁曉栩到處打聽消息，顧姊心裡早就料到梁曉栩接下來肯定有話要問她，於是看到她過來搭話也不覺得意外，「有啊，妳要做什麼？」

「沒什麼事，只是想關心一下，石智瀚都瘦了一圈，妳應該更不好受吧？」梁曉栩是發自內心的關心。

那天在百貨公司裡兩人聊得很愉快，要不是之後發生了這麼多事情，也許她跟顧姊真的能成爲好朋友。

「好啊，那去我房間聊吧。」顧姊笑咪咪的，「現在風聲正緊，出去逛街不是什麼好選擇。」

顧姊跟梁曉栩一同起身，石智瀚跟在她們身後，三人進了房間，梁曉栩想也沒想地就把門上鎖。

「就知道你們找我有事。」顧姊坐上椅子，「要問什麼？」

梁曉栩琢磨了一會兒，決定直接進入正題，「顧姊，妳是不是知道石智瀚繼父那件事的內幕？」

顧姊也不閃躲地嗯了聲，「我是知道，怎麼？你們也想知道？」

石智瀚走到顧姊面前，「是阿言指使的嗎？」

顧姊看著他，停頓了半會才開口，「是。本來不想告訴你，因爲這件事情跟我無關，當初之所以會提醒你，是因為不想看你被蒙在鼓裡。」

「為什麼現在又願意告訴我了？」石智瀚覺得腦子裡渾渾噩噩，無法思考，只能順著顧姊的話問。

「因為我欠你一個人情。」顧姊撥了撥頭髮，「這幾天，如果沒有你的照應，我的情況會比現在更糟糕。」

結束談話後，石智瀚回到自己房裡，安靜地坐在床邊，不知道應該做何反應。

猜測是一回事，知道眞相是另一回事，昨天晚上他還能保持冷靜，是因為心裡還有一點點希望，希望不是周哲言指使的。

可是，現在連最後這一點點希望都沒有了。

他很憤怒，但更多的是傷心。

他的好友，怎麼會變成這個樣子？

他的好友雖然從小在幫派裡長大，但在他印象中，周哲言從來不是那種會為了自己利益而恣意傷害別人的人。

石智瀚望著窗外。

沒有下雨的天空，為什麼還是這麼陰沉？

周哲言明明知道他不能加入的原因，為什麼還要這麼逼他？甚至不惜設局迫使他加入？

梁曉栩坐在石智瀚身邊，什麼話都沒有說，只是靜靜地陪他。

無論如何，被自己最親近的人算計，絕對不是什麼令人開心的事情。

半晌之後，石智瀚才終於說話，「栩栩，我想我需要去找阿言談一談，如果可以，妳先離開周家好嗎？」

他的聲音像是呑下木炭，嘶啞到梁曉栩不禁嚇了一跳，但回過神，仔細思考石智瀚話裡的意思，她明白了他的想法。

「你是不是怕周哲言拿我開刀？」

「我以前不會這麼想，所以妳住在這裡我很放心，可是現在……」石智瀚垂下眼，「我不知道他會怎麼做，也許我一直不清楚他是怎麼樣的人。」

「不管從哪個方向想，我先離開都是比較好的選擇。」梁曉栩停下了話，捧著石智瀚的臉，眼神認眞，「但是，我要跟你一起面對。」

石智瀚不能理解梁曉栩，爲什麼明知道會有危險，卻還是選擇留下？

「因爲我想陪你一起面對。」她淡淡地笑，「而且他也沒辦法拿我威脅你。」

「是不是妳也覺得阿言並不是這麼壞的人？」石智瀚抱著一點希望問。

梁曉栩抿抿脣，欲言又止，最後只是微微彎起嘴角，語氣平淡地說：「每個壞人變壞之前，都是好人。」

可是，他們終究都變壞了。

「我有沒有跟妳說過，我很愛妳？」石智瀚忽然開口問。

「我不知道，我忘了。」聽到石智瀚的話，梁曉栩有些氣惱，「不要用交代遺言的口氣跟我說這句話。」

「我很愛妳。」石智瀚又說了一次，而後拉著梁曉栩坐在他腿上，一手順著她的長髮，「栩栩，我怕再不說，就沒有機會說，如果阿言……」

梁曉栩氣得在他手上咬了一口，「我都還沒說這種話，你倒是比我早說了！」

石智瀚看著自己手背上的牙印，愣了好半晌，不禁失笑。

「栩栩，妳屬狗嗎？咬人就算了，還咬得這麼大力。」

梁曉栩絲毫沒有歉意，只是瞪著他，「石智瀚，我幫你想這麼多辦法，不是讓你送死的，如果我不留下來陪你，你是不是打算把命交代在這裡了？周哲言值得讓你這麼做嗎⁉」

石智瀚閉上眼，「如果阿言要我的命，我也只能給他，我怎麼可能把槍口對著他？」

梁曉栩翻了白眼，就算石智瀚這麼想，別人可沒打算回應他的一片赤心。

「那你現在可以打消這個念頭了，如果你不把槍口對著周哲言，我大概是不用想活著離開這裡。」梁曉栩淡淡地說。

石智瀚苦笑，「我始終沒想到，有一天會跟阿言撕破臉。」

梁曉栩不再多說，跳下他的大腿，走向門口，「走吧，早晚都是要說的。」

「現在？」

「不然你還想看農民曆，挑個黃道吉日嗎？」梁曉栩挑眉反問，「選一個適合吵架、撕破臉的日子？」

石智瀚笑出聲，「那倒不是，就是……」

「就是還不想面對現實，還不想跟周哲言分道揚鑣，那好吧，你慢慢想，我先去睡一覺，你想好再叫我。」梁曉栩話中帶刺地說。

石智瀚無奈，「妳有需要這麼夾槍帶棒嗎？」

「我的時間很珍貴，不是拿來浪費在這種事情上的。」梁曉栩說完，忽然一笑，「石智瀚，你是不是不知道要怎麼跟周哲言開口？我教你，你進去就直接把事情說了，然後跟他說你要離開，記得口袋裡一定要有槍，周哲言要是有一點點掙扎，你就把槍拿出來對著他。」

「然後呢？」

石智瀚原本還有些沉重的心情，被梁曉栩這麼一說，變得輕鬆許多。

「沒有然後啊，然後我們就離開了。」梁曉栩拍拍手，「圓滿落幕。」

「妳電影看太多了。」石智瀚笑了。

梁曉栩聳聳肩，「我這輩子還沒經歷過這樣的事情，我怎麼知道周哲言會怎麼做？反正就這樣吧，之後走一步算一步嘍。」

「好。」石智瀚應了這一聲，深吸一口氣，站起來拉著她的手，腳步不停歇地走去周哲言的書房，直到敲了門，他仍不敢呼氣。

梁曉栩手肘頂了頂他的腰際，「你記得要喘氣啊，不要出師未捷身先死，那我會笑你的。」

石智瀚還沒回話，房門已經被打開了。

周哲言站在門後，見到他們倆手牽著手過來，淡淡地笑了下，「你們要出門？」

「不是，我有事要找你聊。」

周哲言的目光在他們臉上轉了一圈，石智瀚表情有點茫然，無措中帶著點掙扎，而梁曉栩則是一臉冷靜，面無表情地看著他。

「那進來說吧。」周哲言讓開了路，「很重要的事情嗎？我讓人送壺熱茶來。」

石智瀚沒說話，梁曉栩也沒有閒情逸致喝茶，而且有熱茶也挺危險的，就怕等一下談崩了，被拿來當成武器使用，於是開口婉拒了。

周哲言也不堅持，關上門，走到沙發上坐著，「想聊什麼？」

石智瀚看著他的臉，聽著他的聲音，緩緩地說：「我知道了，去找我繼父麻煩的人，是我們自己的人。」

說出眞相的這一刻，他忽然覺得胃裡翻騰，像是被塞滿了棉花，漲得他想吐。

吳中炘的事情，從計畫、執行到現在，周哲言每一分每一秒都能阻止這件事情。

他有無數的時刻，想起他們是從小一起長大的兄弟，想起他不能加入幫派，是因爲他媽媽的遺願。

他們不是泛泛之交，他們從小學就一直認識到現在了。

周哲言沉默地看著他，又看向梁曉栩。

不，不可能是梁曉栩在暗中搞鬼，她住在周家的這幾天，都有人看著，她不大可能有機會知道這件事情的眞相。

三人心裡各自打著算盤，陷入無言以對的沉默之中，令人難以喘息。

周哲言率先打破沉默，做出驚訝的表情，儼然一副不知情的樣子，「你在說什麼？」

石智瀚愣了一愣，心已經涼了一半。

其實來之前，他曾想過周哲言說什麼話他是不會難受的，事到如今，他才知道不管周哲言說什麼，他都會覺得憤怒。

壓抑多時的情緒像是找到了突破口，隱約就要爆發。

石智瀚抿了抿脣，「我問過顧姊了，她調查事情的時候，剛好查到這件事。」

「你信一個認識不到半年的人勝過我？」周哲言微微彎起脣角，付之一笑。

石智瀚一愣，梁曉栩開口了，「顧姊沒有騙我們的理由，你有。」

周哲言目光轉向梁曉栩，「我爲什麼要騙你們？難道不是妳跟顧姊捏造無中生有的事實，聯合起來欺騙阿瀚？」

「確實也有可能。」梁曉栩頷首，談笑自若，「只可惜周家來救人時，是石智瀚親眼看到那幾個鬧事的人出現在他們被關押的屋子裡，這個證據擺在眼前，就算我想欺騙石智瀚，也沒有機會。」

周哲言啞然，不再開口，怕多說多錯，他沒有料想到顧姊也攪和在裡頭，沒有更多的情報，他不敢貿然行事。

「既然如此，我問妳，如果那幾個人眞的是我指使的，我爲什麼不讓他們走得遠遠的，偏偏要留下把柄，讓阿瀚發現這件事？」

石智瀚抱著最後一絲希望，看著梁曉栩。

這個問題，梁曉栩從來沒有正面回答過他。

梁曉栩偏了偏頭，「也許那天的情況太緊急，你必須把所有人手都調回來，就算因此會被石智瀚發現，也不得不這麼做。不管怎麼說，顧姊不能在你的手上出事。」

周哲言頷首，「推論得很有道理，但是妳沒有證據。」

他笑了下，像是無聲地宣布這一場仗是她戰敗了。

梁曉栩知道他說得沒錯，但她的目的不是來跟他分出勝負，事情的關鍵還是在於石智瀚的決定，如果石智瀚決定就這樣算了，選擇繼續留在周家，那她頂多回去跟他大吵一架吧。

石智瀚微微一動，「這些事我不管了，到底是不是你指使的也沒關係了。其實，我只是想跟你說，我想離開了。」

梁曉栩驚訝地看著他。

「經歷了這些事情，我想，我還是不太適合這個世界。」石智瀚慢慢地開口，「我還是沒辦法接受倉庫裡藏著一堆槍砲彈藥，而這些東西隨時都會要了別人的命。」

周哲言的臉色瞬間鐵青，緊咬住牙，臉頰繃得死緊。

「現在才跟我說你不幹了？需要找幫忙的時候，怎麼一點都沒猶豫？」周哲言從牙縫裡擠出這些話，「你耍我嗎？」

石智瀚早知道自己說出這話會激怒他，並不意外周哲言會如此憤怒。

「我知道這麼說你一定會生氣，但是這個工作我真的做不來。」石智瀚低下頭，「就當我對不起你，我會請我繼父搬離那間店，以後不會再麻煩大家……」

他頓了頓，滿懷歉意，「如果你願意的話，我們還能當朋友。」

周哲言忽然站起，指著梁曉栩，冷笑著問：「都是因為她吧？」

「因為她，你才會離我們越來越遠，你開始有自己的事情想做，也不想再跟我們有牽扯！」周哲言口不擇言，「你本來就是我們這個世界的人，居然還想要離開？」

石智瀚錯愕地看著他，「不、不是……我從來沒有想要加入……」

「可是你也從來沒有拒絕。」周哲言冷笑，「你以為高中畢業之後，就會有工作從天上掉下來給你嗎？這是一個大學生比狗多的年代，你什麼都不會，最擅長的就是打架，不加入我們，你還想做什麼？去工地出賣勞力？還是去夜市擺攤？你大概連要去哪裡進貨都不知道吧。」

石智瀚瞠目結舌，他沒有想過，原來周哲言是這麼看他。

「這半年來，湯湯不只一次說你變了，其實不只是她，我們都知道你變了。」周哲言整了整領子，「你自己知道嗎？」

「變了又怎麼樣？」梁曉栩反問：「這個世界上的人，每一分每一秒都在改變，你休想用這個理由來加深石智瀚的愧疚感，逼他留下來。」

「要不是妳，我們現在還跟以前一樣。」

「一樣什麼？一樣不喜歡念書，還是一樣被困在這個囚籠裡？」梁曉栩氣勢大了起來，抬起頭，毫不妥協地看著他，「你知道嗎？一群螃蟹被放在同個籃子裡，如果有一隻螃蟹想逃跑，其他的螃蟹就會想盡辦法把牠扯下來，誰也別想離開。」

梁曉栩撇了撇嘴角，「你跟那些螃蟹比起來，也沒好到哪裡去。」

「妳就是用這種似是而非的話術，哄得阿瀚跟妳走吧？」周哲言迅雷不及掩耳地從懷裡掏出一把迷你手槍，「這樣呢？如果妳再也沒有未來，是不是還會說出一樣的話？」

石智瀚伸手要拉住梁曉栩，周哲言看在眼裡，緩緩說道：「阿瀚，你為了這個女人漸漸疏離我們，你有沒有想過我跟湯湯有多難過？」

石智瀚不敢輕舉妄動，他怕自己的身手再怎麼快，也快不過周哲言手上的槍。

「用她的命來換，我想應該很值得吧？」周哲言的槍穩穩地指向梁曉栩，「事情的前因後果已經不重要了，現在，你留下，她走。」

石智瀚點頭，還沒說話，梁曉栩搶先開口。

「別開玩笑了！怎麼會值得？我只剩半年的命，石智瀚還能活至少五十年吧！你要他接下來的五十年都被困在這個牢籠裡？」她輕笑，沒把他的威脅當一回事。

「周哲言，你現在放下槍，石智瀚或許還能原諒你，還能繼續跟你當朋友，你現在開槍殺了只剩半年壽命的我，是不是會很開心？少了我這個阻礙，你就能肆無忌憚地利用石智瀚，接下來是不是還想控制他？」梁曉栩看著錯愕的周哲言。

「沒想到吧？」梁曉栩偏著頭，「我本來就是個沒有未來的人。」

周哲言啞口無言，想了幾秒，面露戾色，「既然如此，妳就提早半年死吧。」

事到如今，他跟石智瀚還有什麼好說的？

石智瀚腦子裡一片空白，深吸了幾口氣。

梁曉栩說這話是什麼意思？

是醫院檢查出來的嗎？爲什麼她從來沒有說過？

石智瀚的目光注視著梁曉栩，想知道她是不是在唬人。

「如果你想跟我同歸於盡，那就開槍吧，用我的半年換你五十年的牢飯，我很賺的。」

梁曉栩一派從容，像是從來不怕周哲言會對她開槍。

「你可以懷疑我說的都不是眞的，反正找趙叔來問就知道了。」

如果說，事情發展至今，梁曉栩有點後悔事前沒有跟石智瀚套過話，以至於石智瀚聽到她說的話一臉傻愣，明明今天的重點是他才對啊。

「石智瀚，你發什麼呆？」梁曉栩急吼。

幾乎是下意識反應，石智瀚從口袋裡拿出手槍對準周哲言。

周哲言不可置信地看著石智瀚，即便他知道石智瀚的手正略略發抖，恐怕什麼都打不準，但親眼見到石智瀚把槍口對著自己，他幾乎無法思考。

眼前這個跟自己從小一起長大的人，居然會與他反目成仇……

這一連串的消息，攪得石智瀚腦子都暈了，他已經不知道自己該對誰生氣。

他只知道不能讓周哲言傷害梁曉栩，等事情結束，他要帶梁曉栩去醫院做詳細檢查，證明梁曉栩只是在騙人。

「阿言，讓我們走。」石智瀚開口，聲音裡全然沒有情緒，「我不想開槍，眞的。」

三人僵持不下，最終先有動作的是梁曉栩。

她往石智瀚的方向慢慢走過去，伸手握住他手上的槍，拿了下來，放在一旁的桌面上。

「走吧。」

周哲言忽然對空鳴槍，「不准走！」

屋內隔音再怎麼好，仍隔絕不了這一聲槍響，聲音一傳開，震驚了屋裡所有人。

梁曉栩不顧周哲言的威嚇，已經拉著石智瀚的手走到了門邊，她回過頭勸告著：「周哲言，不要當螃蟹。」

推開門時，外頭已經圍了一圈人，梁曉栩讓石智瀚走在她前頭，雙雙離開了房間。

她只剩半年了，還怕什麼？

才一走出去，梁曉栩的腳就軟了。

「石智瀚，送我……去醫院。」梁曉栩只來得及囑咐這一句話，就昏了過去。

第十章

「不是這樣解的，我在說，你有沒有在聽？」梁曉栩托著臉，有點苦惱地看著題目，「這題數學又不難，這樣你都聽不懂？讓我想想有沒有別的解釋方法。」

石智瀚笑著看她。

「你繼續做其他的題目。」梁曉栩一掌覆在他眼睛上，「不要浪費時間，今年就算你考不上好學校，明年再考一次就好。等我身體好一點，就會去考大學了，你好歹要跟我同一間大學吧，不管什麼科系都好。」

「知道了。」這話妳都說幾次了？

石智瀚低下頭看其他的題目，用眼角餘光偷覷了她一眼。

梁曉栩今天戴著一頂鮮紅色的毛帽，帽頂綴著一顆毛絨小球，蒼白的膚色在紅帽子的襯托下，顯得紅潤了些。

離開周家的那一天，梁曉栩直接住進了醫院，石智瀚用梁曉栩的手機聯絡上梁書輔。

梁書輔很快就趕到醫院，立刻辦理轉院手續，讓梁曉栩住進了離家較近的醫院，可以就近照顧。

頭幾天的狀況很差，梁曉栩的白血球跟血小板數量不到正常的一半，她不僅嚴重感染，甚至隱約有出血的情況。

幸好，後來慢慢地恢復了。

但醫生對他們說，梁曉栩的情況非常危險，所以不准出院。

石智瀚每看著梁曉栩，總是在腦子裡不斷想著：怎麼會呢？這個人這麼聰明，不過就是脆弱了一點，不過就是稍微大力一點捏她就容易瘀青，不過就是這樣而已，怎麼能說她情況非常危險？

醫生說如果有適合的骨髓，就要盡快進行移植。

對此梁曉栩跟梁書輔都心平氣和地接受了，只有石智瀚急得跳腳，時時追問骨髓比對中心有沒有通知。

梁曉栩實在耐不住他這麼煩，要是有適合的骨髓，她還會躺在這裡嗎？早就去動手術了。

她跟石智瀚說了好幾次，他還是照三餐焦慮，梁曉栩想了想，反正她不能出院又沒事做，乾脆讓石智瀚下課之後就來醫院，她幫他補課，從高一的課程開始教起，能補多少算多少，讓他轉移一點注意力，看著他老是焦慮，根本是在折磨她。

她也不是不急，只是習慣了。

這不是她第一次發病，她知道自己隨時都會沒命，甚至可能因爲一個小小的感冒，就演變成重病而要了她的命。

但那又怎麼樣？這世界上，又有誰知道自己的命什麼時候會結束？

她不願意天天滿面愁容，所以就算是硬撐，也想做一點有意義的事情，比如讓石智瀚離開周家。

梁曉栩托著臉，看著正在跟數學奮鬥的石智瀚，一時就恍了神。

她把石智瀚拉離那個世界，想要替石智瀚安排一個好出路，她這個身體，也許哪天就拜拜了，在那之前……

「欸，石智瀚，你有沒有想過大學要念什麼科系？」

石智瀚從試題本裡抬起頭，「沒想過，反正妳想念法律，我跟妳一樣就可以了。」

梁曉栩笑出聲，「你幹麼跟我念一樣的，念不喜歡的科系會很無聊。」

「不無聊，跟妳念一樣的科系，我們才有共同話題。」石智瀚隨口說，跟著笑了起來，「而且妳這麼聰明，上了大學一定會有很多人喜歡妳，我要離妳近一點，這樣才能把妳看緊一點。」

梁曉栩眼眶有點熱，有個人願意爲她努力的感覺眞的很好，可是這世界總有一些事情只能聽天由命，不見得努力就有回報。

「城南大學法律系，是大部分考生心中的前三志願……你考得上嗎？」

石智瀚用筆輕輕敲了下她的額頭，「瞧不起人會吃大虧。」

梁曉栩對他做了個鬼臉，趴在書上，「唉，要是沒生病有多好？今天是星期六，天氣又這麼好，我好想跟你去看電影。」

石智瀚又笑了，摸摸她的帽子，「就算妳沒生病，我們現在也是考生，不能出去玩。」

梁曉栩癟嘴，還沒等到她說話，病房門被敲了兩下，推門而入的是顧姊跟湯湯。

石智瀚微微一愣，明明只隔了三、四個月，再見到這兩人，有種恍如隔世的感覺。

他站起，有些驚訝，「妳們怎麼來了？」

湯湯就算了，顧姊難道沒有別的事情要忙嗎？周哲言……也有來嗎？

他朝兩人的身後張望，並沒見到周哲言的身影。

石智瀚的心裡正有些失落，就聽顧姊說：「我要回香港了，所以特地來跟你們道別，湯湯知道我打算來看你們，就拜託我帶她來，想想也無所謂，所以就一起過來了。」

梁曉栩抬起眼，「周哲言知道嗎？」

顧姊淺淺一笑，「如果不知道，湯湯大概連大門都出不了。」

也是。

石智瀚瞄了一眼湯湯，其實再見到顧姊他很高興，他們曾一起短暫共患難過，在離別前能見上最後一面，與她親口道別也好，可是對於湯湯，他心裡就有些五味雜陳，不知道見了面該說些什麼。

他離開周家以後，每回想起周哲言，心裡仍然覺得難受，偶爾還是想知道他們之間爲什麼會變成這樣，偶爾還是會想如果一切能重來，他有沒有更好的方法，讓周哲言從一開始就知道自己根本不會加入他們。

可是，他沒有想過湯湯，就算想到了，也不過像浮光掠影那般，一下子就不見了。

顧姊找了張椅子坐下，「湯湯有話要問你，不好意思啊，我就不迴避了。」

石智瀚不介意顧姊在這裡，但她這一說，反倒顯得別有居心。

「隨妳，沒竊聽就好。」

「竊聽倒是沒有，不過外面有周家的人，我要是離開病房，等一下周家的人就會進來了。」顧姊笑嘻嘻地說。

梁曉栩的目光在湯湯泫然欲泣的臉上轉了一會兒，開口問她，「周哲言有告訴妳當時事情的原委嗎？」

湯湯搖搖頭，沒頭沒腦地說：「他們說，周哲言開槍了，還說歐巴的槍放在桌上，然後妳昏倒了。」

不過短短幾句話，足以知道當時的情形在外人眼裡，已經被誤解成另一種樣子了。

「湯湯，我沒想過會這樣，從來沒想過。」石智瀚開口，嗓音有些乾澀，「我不知道應該要跟妳說什麼。」

「我幫周哲言道歉，他一定不是故意對歐膩開槍，反、反正她也沒死，歐巴你……可不可以回來？」

梁曉栩乍聽這話忍不住一愣，雖然她沒中槍，但……反正她也沒死？所以這件事就可以這麼揭過？湯湯這孩子的價值觀已經扭曲了吧？

顧姊在一旁聽著，忍不住笑出聲。

石智瀚沒好氣地看著袖手旁觀的兩個女人，而湯湯這頭說完話，眼淚立刻就掉了下來。

「我們好歹也是一起長大的，就算、就算你真的不想加入我們，那也不要離開，就跟以前一樣，歐膩也可以一起來，趙叔一定會治好她，以後還會有很多人可以保護你們！」湯湯說得又急又委屈，哇的一聲哭喊：「你走了，我們怎麼辦？我不要沒有你！」

石智瀚望著湯湯，一語不發。

確實，湯湯所描述的是他以前所嚮往的生活。

不用負任何責任，只想隨心所欲地過日子。

湯湯還在哭泣，一張洋娃娃似的臉蛋哭得梨花帶雨，連梁曉栩都覺得有點可憐。追根究柢，石智瀚的離開眞的不關湯湯的事，湯湯這麼喜歡石智瀚，現在石智瀚頭也不回地走了，她要是湯湯，也一定覺得委屈。

石智瀚看了梁曉栩一眼，眼神裡滿是求助的訊號。

梁曉栩很不想管這件事，她覺得自己要是開口，有點得了便宜還賣乖，不過顯然石智瀚拿湯湯的眼淚一點辦法都沒有，讓她不得不做點什麼，總不能要石智瀚抱著湯湯安慰吧？

「顧姊，那妳什麼時候回香港？」梁曉栩轉頭問。

正在看戲的顧姊不明所以，不知道梁曉栩爲什麼突然冒出這個問題，倒也還是笑著回答：「下個星期。」

「這麼快啊？」

「怎麼算快，妳都離開這麼久了，我這邊就算有多大的事也早該安頓好了，何況香港那裡也不是沒有事等著我回去處理。」顧姊靠著椅背，「這一離開，也不知道什麼時候會再見，所以還是想來跟你們說一聲。」

顧姊看了一眼漸漸停止哭泣的湯湯，明白了梁曉栩打的算盤。

沒有觀眾的話，要哭給誰看？還不如不哭呢。

顧姊淡淡地笑了下，「有些地方，走了就不要回頭了，人生從來都沒有回頭路，既然做了決定，就算再怎麼苦，都要一直走下去。」

「嗯。」梁曉栩點點頭。

「說起來，每個人都有自己的去處，走也不見得是好的，留下也未必是差的。」梁曉栩這話是說來寬慰湯湯的，雖然她知道湯湯根本聽不進去。

果然下一秒湯湯就跳了起來，「顧姊，妳怎麼這麼說？如果走了不好，當然要回頭啊！」

顧姊不禁失笑，卻不接話，梁曉栩當然也不想跟湯湯硬碰硬。

畢竟湯湯從小在那種環境下長大，當然覺得周家是個再正常不過的地方，但那不是一個普通的家，那是個會傷害別人也會傷害自己的黑道組織。

結果話題理所當然地繞回到石智瀚身上。

「歐巴，我眞的不懂你爲什麼要走……」湯湯抱住石智瀚的手臂，「我覺得周哲言今天讓我來，一定就是要讓我來替他跟你道歉，他之前壓力很大，可能……可能比較衝動……但他一定不是故意的。」

石智瀚輕輕一掙，抽出被湯湯摟住的手臂，看著她沉默了一會兒。

「不，湯湯，我不會回去的。」石智瀚沒有迴避湯湯不解的眼神，「我不想過那樣的人生，每個人都有權利選擇自己的人生要怎麼過，也有權選擇自己要跟誰在一起。」

梁曉栩低下頭，微微揚起嘴角。

不枉費她這陣子天天洗腦，石智瀚總算開竅了。

「那我呢？」湯湯哭著追問，「我的選擇就是歐巴不要離開我們！」

「對不起，我幫不了妳。」石智瀚對湯湯有些歉疚，但仍堅定地說：「我不會回去的。我不想說阿言的是非，所以我不會告訴妳我們之間發生過什麼，總之要我回去，是不可能的。」

湯湯哭喊著：「你一點也不愛我們，對不對？你只愛歐膩，因為她，所以你拋棄了我們！」

梁曉栩無奈地癟嘴，又把責任往她身上推了，大概整個周家的人都覺得是她的錯吧？算了，這件事她確實脫離不了關係，反正這黑鍋她就背了。

見湯湯哭成這樣，石智瀚終究還是伸手抱了抱她。

他從來沒有抱過湯湯，湯湯也愣住了，哭聲噎在喉頭，臉漲得通紅，一句話都說不出來。

「不要哭，沒事的，阿言會把妳照顧好的，妳一直不喜歡他，說不定是因為太執著於我的緣故。」石智瀚吐了口長氣，「所以不要難過，舊的不去新的不來。」

湯湯一動不動地聽著，彷彿只要一動，她跟石智瀚之間的所有回憶就會像夢一樣，清醒後只留下一場空，就像最近，她每天睡醒都會想到石智瀚，也都會想起他已經離開的事。

石智瀚推開湯湯，倒了一杯水給她。

湯湯接過那杯水，一飲而盡，「歐巴，你爲什麼能這麼狠心地離開？你從來沒想過我們，從來沒想過我嗎？」

石智瀚深吸了口氣，他知道依照湯湯的個性，要是不把話說絕了，說得連一步退路都沒有的話，她是不會死心的。

「對，我很自私，我只想跟我喜歡的人度過未來的人生，但那個人不會是妳。離開之後，我曾想起阿言，但是從來沒有想起妳，因爲……」

石智瀚的話，生生地止住了湯湯的淚水。

石智瀚抹了一把臉，決定不留下一點情面，他直直地看著湯湯盈滿淚水的眼睛說：「因爲我從來不喜歡妳，我愛的只會是別人，不會是妳。」

湯湯咬著下唇，吸了好幾口氣，一時無力握住手上的杯子，玻璃破碎的聲音響起，伴隨著清晰可聞的心碎。

湯湯屏住呼吸，停頓幾秒後，用力地喘了幾口氣，揚手甩了石智瀚一巴掌，「我不稀罕！」

她轉身走出病房。

顧姊注視著湯湯的背影，淡淡地說：「不用擔心，外面有人看著。」

石智瀚安靜地彎下腰，把地上大塊的玻璃碎片一一撿起，碎片一不小心劃破了他的手指，他毫無感覺，接著拿了掃把將細小的碎片清理乾淨。

他的難受，梁曉栩跟顧姊都看在眼裡。

他不愛湯湯，但是從小一起長大的情分，怎麼會是說斷就斷？

打掃乾淨之後，石智瀚坐在一邊的椅子上，抽了幾張衛生紙，壓住手指上剛被玻璃劃破的傷口。

殷紅的血在衛生紙上漫開，他彷彿在藉著這一點傷痛懲罰自己，好減少一些心中的惆悵。

「其實，我想說的是，我知道阿言會照顧好她。」石智瀚深深吸了口氣，「算了，這樣也好，湯湯一向都死纏爛打，不說得狠些，她不會放棄的。」

「痛嗎？」梁曉栩低聲問。

「不痛，湯湯的手勁哪有這麼大。」石智瀚抬手摸了摸自己被挨了一巴掌的半邊臉頰，「我是不是說得太狠了？」

梁曉栩淡淡地說：「如同你說的，要是說得輕了，根本就沒用。」

「也是。」石智瀚垂下眼眸，「這還是我第一次拒絕女生。」

「第二次。」顧姊突然出聲，「第一次是你拒絕陪我去逛街。」

石智瀚愣了愣，「那能跟這個比嗎？這麼說起來，我也拒絕過早餐店老闆娘啊。」

「怎麼不行？」顧姊笑著反問，「難道不一樣嗎？有些事情你覺得很嚴重，那就是很嚴重，但換個角度去思考後，說不定你就可以處之泰然，覺得這些事都算不上什麼。」

「我還眞寧願他這麼沒良心。」梁曉栩笑了幾聲，不小心被口水嗆到，咳了起來。

顧姊跟他們聊了好一會兒，看著時間差不多了，就起身走了。

她走後，剛好是梁曉栩的吃藥時間，吃完藥，梁曉栩昏昏沉沉地睡了。

石智瀚坐在病床邊看著窗外，想著過去的那些事情，不禁有點惆悵，心情還有點難以言喻的複雜。

如果沒有梁曉栩，湯湯口中所提到的那個人生，大概就會是他未來的人生寫照吧？

如果沒有梁曉栩的話。

他轉頭看著梁曉栩的睡臉。

這些日子，她又更清瘦了，彷彿隨時會消失。

石智瀚摸了摸她的臉，梁曉栩醒著的時候，他不敢表現出他真實的心情，關於死亡這件事，他覺得自己大概一輩子都無法做好準備。

當初離開周哲言，他之所以能走得這麼爽快俐落，也不過就是認爲周哲言不會有性命之憂，可要是現在有人在他面前拿槍指著周哲言，他還是會拚命救他。

「你想回去嗎？」梁曉栩忽然開口。

石智瀚被她嚇了一跳，「怎麼醒了？」

「本來快要睡著，你一摸我的臉，我就醒了。」梁曉栩看著石智瀚，再次問了，「你想回去嗎？」

「我回去了，妳怎麼辦？」

「那要是我走了呢？」梁曉栩目光灼灼，不給石智瀚閃躲問題的機會，「你還是想回去？」

石智瀚嘆了口氣，伸手揉了揉梁曉栩的頭，「不要想太多，妳怎麼會走，醫生不是說病情控制得很好，妳只需要撐到適合的骨髓出現。」

梁曉栩沒說話，只是握住石智瀚的手，放在脣邊親了親，「我一直都沒有跟你道過謝吧？謝謝你。」

「謝什麼？」石智瀚移動椅子，坐得離她近了些。

「這不是我第一次發病，在我很小的時候曾有過一次。那次我沒有等到骨髓，但是有用藥物控制，病情很快就穩定下來。」梁曉栩開始說起過去的事。

「這次發病，我就在想，我不要過跟以前一樣的人生了，所以才找上你，我想要看看，如果不讀書、不留在學校，我能過什麼樣的生活。」

想起剛認識梁曉栩的時候，石智瀚不由得一笑，「妳那時候超像神經病，我都覺得妳一定是念書念到崩潰了。」

梁曉栩用臉頰輕輕蹭著他的手，「還好有遇見你，雖然經歷了很多意想不到的事，雖然好像是我逼你離開了周家，可是我一點都不後悔，也不覺得自己有錯。」

石智瀚莞爾，他的栩栩居然會自省了。

「是，妳沒錯，我也不覺得妳錯了。我不會回去，我保證這輩子都不會回去，這樣妳放心了吧？」

梁曉栩點點頭，「你過來一下。」

石智瀚不明所以，兩人坐得還不夠近嗎？但還是站起走到梁曉栩面前，她伸手，抱住了他的腰。

梁曉栩把臉埋在他懷裡，悶悶地說：「其實我很害怕，說不定我會死，只是不知道是什麼時候。這次發病，醫生說要是一直等不到骨髓，我可能只剩下一年的時間，現在我……沒有多少時間了。」

梁曉栩的眼淚透過薄薄的衣服，熨燙著他。

石智瀚一下又一下地輕輕拍著她的背，壓抑著自己的情緒，「沒事，妳會沒事的，以前沒等到，不表示現在等不到啊。」

儘管他這麼說，仍舊忍不住一陣鼻酸。梁曉栩要是可以跟一般人一樣健康，那她能做多少事情？他們能一起度過多少日子？

「這段日子，我一直想是不是一開始就應該跟你說清楚，讓你知道我沒有剩下多少時日，這樣你就不會喜歡我，也不會離開周家。」梁曉栩依然悶著聲音，「你就不會像現在這樣，這麼進退兩難。」

石智瀚勉強自己勾起脣角，「大概吧，如果從頭來過，我根本不會答應妳的要求，可是這世界哪有那麼多如果，而且妳不希望我離開周家嗎？」

「我希望，所以我這麼做了，但是，我要走了啊，你的未來誰要負責？」梁曉栩從他懷裡抬起臉，雙眼滿是眼淚，「是我把你帶出來的，所以我要對你負責，但如果我死了呢？石智瀚，如果我死了，你怎麼辦？你一個人怎麼辦？」

一聲聲的追問，石智瀚只覺得心慌又心疼，梁曉栩一向不對人示弱，總是張牙舞爪，像隻高傲的波斯貓，但對於死亡，她終究還是會害怕，不知道要怎麼面對。

「栩栩……」石智瀚坐到病床上，硬是要跟梁曉栩挨得緊緊的，「我雖然不聰明，但是至少我知道只有自己可以爲自己的人生負責。我離開周家，是我做的決定，所以不管未來會如何，都是我自己的問題。」

梁曉栩靠在石智瀚的肩膀上，眼淚一滴滴地落在他身上。

「如果妳眞的要對我負責，那就盡力活久一點吧。」石智瀚用力眨了眼睛，才沒讓自己的眼淚落在梁曉栩身上，「我還想要跟妳一起過大學生活，等到大學畢業以後，我們就結婚，然後去蜜月旅行，聽說律師可以賺很多錢，到時候我們就買一棟大房子，把我繼父跟妳爸都接來，養兩隻狗，生幾個小孩，每年至少安排一趟國外旅遊……」

梁曉栩聽著那些話，不禁幻想起石智瀚口中勾勒出的未來藍圖。

「妳想先去哪裡？」石智瀚啞著嗓子問。

「從近的地方開始吧。」梁曉栩想了一會兒，「日本、韓國，冬天的話我們可以去東南亞……」

石智瀚成功轉移了梁曉栩的注意力，她不斷說起想去的地方，可是石智瀚心裡卻覺得悲從中來。

他的栩栩，這輩子沒做過任何壞事，憑什麼這麼早就得要離開這個世界？

梁曉栩慌亂的情緒漸漸平復過來，明白剛才是一時情緒失控，於是話說著說著，聲音也小了，靠在石智瀚身上，閉起眼睛，很輕很輕地說：「在認識你之前，我有時候會想，其實死就死了吧，也好過整天吃藥，提心吊膽地想著什麼時候會死。你不知道，那種感覺特別的……不踏實，好像做什麼都是白費功夫，人家說久病厭世，大概就是這樣吧？可是認識你之後，我忽然就捨不得了，我不想死，我還有很多地方沒有去過，還有很多事情沒跟你做過，我真的不想就這樣離開。」

石智瀚心裡疼到說不出話。

梁曉栩勉強地彎了彎嘴角，「有些事情，我們真的身不由己，對不對？」

身不由己嗎？

以前他覺得加入周家是身不由己，現在從梁曉栩身上知道，原來這才是真正的身不由己。

✦

已經是晚上八點多了，醫院前的商店街都還熱鬧著，石智瀚慢慢地從一家又一家商店前走過。

週末白天的時候，梁書輔通常不來醫院，想讓女兒和石智瀚多一點相處時間，只有晚上才會過來跟石智瀚換班。

他其實很想知道梁書輔心裡是怎麼想的，但不好意思問，也不敢問，總覺得是個觸霉頭的話題。不過相處久了，他漸漸能理解梁書輔的想法，如果真的就像醫生說的那樣，那……

他的想法也跟梁書輔一樣，想盡力滿足梁曉栩所有的需求與願望。

四月了，天氣已經不冷了，只是梁曉栩整日待在病房，仍穿著外套、戴著毛帽，讓他有種還是冬天的錯覺。

雙手插在口袋裡，石智瀚經過花店，忽然想起他好像從來沒送過花給梁曉栩，他立刻走進花店裡。

「您好，請問需要什麼？」店員客氣地問。

「有沒有不會凋謝的花？」石智瀚沒多想就脫口而出，說完才覺得自己很蠢，哪可能有不凋謝的花？

店員愣了一愣，「呃……雖然沒有這種花，但是有很相似的。」

「是什麼？」石智瀚有些好奇，「可以讓我看看嗎？」

店員從桶子裡抽起一株淡紫色的花，解釋道：「這是星辰花，這種花的特徵是小花凋謝後，花萼也不會脫落，且顏色不退，看起來像是不會枯萎凋零，所以又叫做不凋花，風乾做成乾燥花後，跟鮮花的樣子差不多。」

石智瀚一看見星辰花，頓時覺得眼前一亮。

紫色的花萼上頭，點綴著細小的白花，在他眼裡，就跟梁曉栩一樣雅緻且不隨俗。

店員觀察著石智瀚的神情，隨即補充：「星辰花的花語是永不變心。」

石智瀚笑了下，「那我就要這個，一束，明天早上再過來拿。」

店員應了聲，又問：「先生需要其他的花嗎？星辰花通常是拿來當配花，如果是要送人，我們可以幫先生配成一束，會比較好看。」

石智瀚想了一會兒，搖了搖頭，他想不出來還有什麼花，比星辰花更適合送給梁曉栩。要是送玫瑰百合什麼的，搞不好梁曉栩還嫌他沒創意。

既然客人都這麼表示了，店員沒再多說什麼，這年頭奇怪的人多了去，只是買束配花來送人，似乎也沒什麼好意外的。

石智瀚把錢付了，約好明天早上八點過來取花。

醫院離他家不遠，石智瀚一路上胡思亂想，很快就回到家裡。

洗完澡，他讀了一會兒的書。

他自知自己跟梁曉栩的程度相差太遠，爲了考上同一間大學，他要很拚命才行，所以一有空就總是捧著書讀，加上有梁曉栩爲他解釋，以前沒弄懂的部分，他現在慢慢也能理解。

時間到了，他熄了燈，躺在床上翻來覆去睡不著。已經過了好幾個鐘頭，今天下午梁曉栩的眼淚燙著他的感覺依舊揮之不去，他想爲她做更多的事，就算她一直住院也沒關係，他可以想辦法把這個世界的一切都帶進病房裡。

他翻身坐起，打開檯燈，坐在書桌前翻開課本。

雖然想要用功，但課本裡那些內容都沒讀進去，他滿腦子只想著自己還能爲梁曉栩做些什麼事情。

隔天早上，看到石智瀚拿著一束星辰花走進病房，梁曉栩先是驚訝，隨即笑了，坐在一旁的梁書輔也不禁微笑。

石智瀚走到病床邊，把花塞進梁曉栩懷裡，然後拿出他剛剛跟花店要來的紅緞帶，單膝跪在床邊，「我一直想著要送妳什麼才好，妳說想去很多地方，可是去不了，妳說想做很多事情，但是離不開醫院，那我就把能做的事情都帶到妳身邊。」

石智瀚用紅緞帶在自己的小指頭上纏了幾圈，接著握起梁曉栩的手，在她的小指繫上緞帶，然後綁了一個結。

「花是妳的，紅線是我們的，因為有點臨時，我買不到戒指，所以紅緞帶是跟花店店員要的。」

石智瀚這話說得坦率，連門外的護士都忍不住笑了。

「以前不是說，如果兩個人之間有紅線，那不管走到哪裡，最後都會在一起，所以妳不要怕，我現在拿紅線綁住我們了，妳以後走到哪裡，只要拉拉紅線，我就會知道妳在哪，然後找到妳，這樣我們就會重逢了。」

梁曉栩忍不住心想石智瀚的邏輯真的很差啊，說話前言不對後語的，但是一張口，她眼淚就掉下來了。

可是她不是走到哪裡，而是走了，不見了。

走了，還能回來嗎？死了，還能復生嗎？

她抿著脣，忍著心酸，故意打趣問：「石智瀚，你在跟我求婚嗎？」

「對啊。」石智瀚笑著屈膝半跪在地上，「我沒有錢，可是我有誠意。」

梁曉栩別過臉笑了幾聲，「那你問我爸，我還未成年，要得到監護人同意才可以結婚。」

石智瀚雖然笑著，其實有些緊張。

梁書輔笑眯了眼，有人跟他的女兒求婚了，雖然兩人年紀都還小，說結婚還嫌早了，可是他真的很高興，啞著嗓子說：「栩栩自己決定就好。」

這一番動靜，讓病房門外圍了一圈人，在充滿生老病死、世事無常的醫院裡，難得有這麼一件激勵人心的喜事，所有護士都樂了，不停地起鬨喊著：「嫁給他、嫁給他！」

可偏偏這麼一鬧，梁曉栩倒是冷靜了下來。

如果她很健康，有把握跟石智瀚一起活到七老八十，那她肯定想也不想就答應他的求婚，但是她現在朝不保夕，她……

「我知道我什麼都沒有，不過還好妳什麼都有，我們可以互補。」石智瀚這話一說，大家都笑了，他自己也知道這有點無理了，所以也不再多說，只是直直地看著梁曉栩，等著她的回應。

梁曉栩抹去眼淚，看著這個誠懇的男人。

她伸手拉了拉他的衣服，「你先起來。」

這什麼意思？是答應了，還是沒答應？

眾人一頭霧水，石智瀚也一臉困惑。

他隱約有種不好的預感，在起身之前又問：「那妳答應了嗎？」

梁曉栩嘴角抽動了一下，「在民法裡，夫妻有同居之義務。在刑法裡，有互相照顧的義務，要是沒有特別約定，兩人財產共有，在日常家務互爲代理人……」

她看著石智瀚，垂下了眼睛。

「所以我不能嫁給你。」

她時日無多，她怎麼跟他同居？怎麼跟他互相照顧？怎麼跟他互爲代理人？怎麼跟他……白頭偕老？

✦

雖然梁曉栩拒絕了石智瀚的求婚，但她還是捨不得把那條紅緞帶丟掉。她留下了一小段，在小指上綁了一個小小的結，看起來像是個戒指，不管做什麼事情都不肯解下來。

就連急救時，護士也知道這個結對她來說至關重要，還特地幫她留了下來，在轉入加護病房的時候，悄悄地放在她的掌心裡。

梁曉栩一直昏昏沉沉地沒醒來，加護病房開放家屬探望的時間並不會太久，石智瀚跟梁書輔總是一起來，又一起走。

這日，是梁曉栩被送進加護病房的第八天。

石智瀚跟梁書輔步出加護病房之後，兩人默默無語地在病房外的椅子上坐著，不知過了多久，梁書輔才開口說：「我們去吃點東西吧。」

這幾天，石智瀚意志消沈，人也連帶瘦了不少。

「好。」

兩人去到一間醫院附近的簡餐店，梁書輔請店員把座位安排在一處安靜的角落，兩人入座後點了餐。

今天醫生對他們說，請做好心理準備。

石智瀚明知道會有這麼一天，不是現在也會是未來，可是他的心口怎麼就這麼疼，疼得他以爲心臟受了重擊，隨時都有可能不會再跳動。

上了餐，兩人默默地吃著，但誰都沒有胃口，吃了幾口就放下餐具。

「叔叔，滿街上的人都活得好好的，爲什麼偏偏是梁曉栩……」石智瀚現在眞有股衝動，想到外面隨便抓個人痛揍一頓，如果這樣能換來梁曉栩的健康，他眞的願意這麼做。

「栩栩以前常說她的時間很寶貴，經不起浪費。我一直以爲她指的是距離大考的時間，指的是黑板上倒數的日子，甚至有時候覺得她有點驕傲，誰的時間不珍貴啊？但原來不是的，原來她的時間，眞的再一天一天減少。」

石智瀚摀住了眼睛，不想被人看見自己的眼淚，「我都不敢想像，栩栩到底是用什麼樣的心情，看著日子一天一天減少，她知道自己只剩下一年，怎麼還能過得這麼……」

石智瀚聲音很低，滿是哭音。

男生是不應該哭的吧？但他壓抑不住想哭的情緒。

想起梁曉栩在過去那些日子背負多少壓力跟情緒，還能對著他笑、跟著他玩，甚至隨他去到周家，絞盡腦汁地替他籌謀、爲他分析，他讓梁曉栩最後的人生都浪費在這些事情上，光是這麼想，他就覺得心都要被撕裂。

梁書輔畢竟年紀較長，就算難受，也還能忍著，況且他很早就有心理準備，雖然那些準備並沒有什麼用處。

「栩栩的媽媽也是因爲這個病過世的，是遺傳。」梁書輔淡淡地說：「年輕的時候，她拚著命也要生下栩栩，生產的時候很順利，但產後傷口感染，你知道的，這種病會降低白血球的數量，所以特別容易感染。」

石智瀚簡直不敢想像，梁書輔是怎麼熬過來的？怎麼熬過一次又一次的失去……

「所以知道栩栩也得到這種病的時候，我心裡就想，就算時間不多也沒關係，一定要讓栩栩過得很開心。」梁書輔嘴角略略勾起，「沒想到她不只過得開心，還過得驚天動地，我都沒想過她還能跟幫派扯上關係。」

石智瀚也微微笑了下，「是我不好，如果早知道她身體這麼差，我就不會讓她這麼冒險，我一定馬上帶她回來，逼她住院。」這樣也許她能夠多陪他一點。

他很自私地希望梁曉栩可以有更多的時間陪他，而不是只去做她想做的事情。所有她想做的事情，日後他都願意陪她去做，所有她想去的地方，他也都願意帶她去。前提是她得健健康康地活著。

「我說這些話不是要責怪你，而是想謝謝你，是你帶著栩栩度過這麼精彩的人生。」

梁書輔的口氣很平穩，可偏偏石智瀚從話裡頭聽出了一點別的意思。

「叔叔，你不要這麼說，栩栩還會有更多更好的……」

石智瀚的話說到一半，梁書輔的手機響了，他接起來，面色嚴肅地應了幾聲就掛掉電話。

梁書輔深吸了口氣，閉了閉眼。

「醫院打來的，栩栩病危。」

終章

城南大學法律系。

收到錄取通知書，石智瀚總算大大地鬆了口氣，之前就在網路上查過榜單，已經知道結果了，但是沒收到書面通知總是覺得心裡不踏實。

努力了一整年，總算對得起梁曉栩了，他可是對她保證過，要一起考上這個科系。

石智瀚換了身衣服，把錄取通知書塞進包包，先打了通電話給梁書輔，約好晚上一起吃飯，然後才走出屋子。

八月，天氣正熱著，他走進超商買了早餐，又順手買了幾罐啤酒。他現在已經成年了，可以合法喝酒，就算要出示證件他也不怕。

騎上機車，他往山上駛去。

路途有點遠，太陽有點大，但石智瀚心情很好。

進到了一棟建築物裡，他搭著電梯來到最頂層，這裡是梁書輔特別挑選的位置，說是視線極好。

找到梁曉栩所在的格子，石智瀚打開塔位的門板，在裡頭擺上啤酒跟食物，還有錄取通知書，然後席地而坐。

「栩栩，我總算考上妳想讀的城南法律系，不過指考的成績不好，我應該是吊車尾上的，但是沒關係，我已經很滿意了。」

他打開可樂的瓶蓋，仰頭喝了一口。

「這一年，妳過得好嗎？我很想妳。」

他以為自己會有很多話要對梁曉栩說，但終究只說了這一句，不知道應該再說些什麼才好。

石智瀚在心裡默默發誓，他會幫她去看看這個世界，去看看大學是什麼樣子，念法律的人是不是都跟她一樣，腦子裡裝的東西跟大家想的都不一樣？他會幫她照顧好梁書輔，也會照顧好自己。

石智瀚看著自己小指上的戒指。

大家都說尾戒防小人，只有他自己知道，他戴尾戒是為了讓梁曉栩找到他。

不知道梁曉栩手上的紅線還綁著嗎？見她最後一面時，石智瀚偷偷把它放進了她的掌心。

如果還綁著，就不要浪費時間了，快點投胎吧，既然這輩子沒做什麼壞事，肯定下輩子還能當人，他們相差十八歲已經差很多了，再耽擱下去，他很怕找到梁曉栩的那一天，會被當成變態啊。

石智瀚在心中這麼想著。

「栩栩，妳說我會在大學裡會遇見什麼人？如果交到好朋友，我會帶過來給妳看看，妳一定一眼就能看出對方是不是好人。」

石智瀚頓了頓，喝了一大口可樂，然後打了嗝。

「我好像不應該這麼想，好像先入爲主把所有人都當成了壞人。」他的笑容有點哀戚，「可是沒有妳，我好像不知道日子該怎麼過了。」

過去這一年，他報了重考班。

有些人去重考班沒認眞念書，把精力放在交男女朋友上；有些人是被家長逼來的，根本無心念書。但他不是，他是眞的想要考上那間大學的法律系，梁曉栩曾經跟他絮絮叨叨提過系上有哪些教授，培育出哪些大法官跟檢察官，所以她很想去讀。

石智瀚一個人坐了好一會兒，這裡視野遼闊，景色眞的挺不錯的，然後才拍拍屁股站起身，「九月初我就要去學校報到了，也許以後沒有機會常常回來看妳，但只是要有空，我就會過來。栩栩……妳不要覺得寂寞，眞的沒事做，就趕快去投胎，我等妳。」

想到這裡，石智瀚都有些鼻酸了。

眞的有下輩子嗎？眞的有紅線嗎？

他不知道，只是，如果他不這樣想，日子怎麼過？

栩栩，我手上還綁著跟妳的紅線，妳可不要爽約啊。

全文完

番外　突然好想你

四月中，剛過完清明節，天氣好不容易放晴了，最近忽然又下起陰冷冷的雨，我坐在病床上，總覺得懶懶散散的，提不起勁。

「栩栩，我回家洗個澡，順便洗衣服，晚餐妳想吃什麼？我幫妳買來。」爸爸收拾好東西，走到床邊對著我說。

我想了想，「沒什麼想吃的，不然你就在家休息好了，反正我有電腦，等一下我去樓下隨便吃點東西，再看個韓劇，也差不多就要睡了。」

「這樣好嗎？」爸爸不太放心地看著我，「一個人不會無聊嗎？」

「我有電腦可以上網，不無聊。」我笑了下，「現在差不多要期中考了，你學校應該很多事情要準備吧？我一個人可以的。」

爸爸想了會兒，眉頭微微蹙著，「但我不太放心。」

「有什麼好不放心的，醫院有醫生護士照看著，而且家裡離醫院這麼近，來這裡很快的，有事情你再過來就好了。」我推推他，努力說服，「就算是病人，我也是少女啊，少女也需要一點私人空間。」

爸爸被我說得笑起來，我知道他一向拿我沒辦法的。

「那我走了，我就在家，妳有事隨時打給我。」爸爸摸摸我的頭，「明天我一早就過來。」

我連忙開口：「不用太早，你來了我也還在睡啊，而且我要幫石智瀚整理講義，太早來也沒事做，你弄好再來就可以了。」

經不住我的再三催促，他終於離開，我也鬆了口氣。

我這人有個毛病，別人在的時候，我很難放鬆，就算是我爸或是石智瀚，我也不願意在他們面前流露出脆弱的樣子。

我托著臉，看著窗外細雨。

不知道我走後，石智瀚會不會跟我爸好好相處啊？

石智瀚一直是個沒什麼主見的傢伙，可是真奇怪，我就是喜歡他，說他笨也不是，他就是比較善良。

想起來他這人很衝突，我常常覺得他很多時候的表現，都像是從來沒想過會有人在背後設計他，明明剛認識他的時候，他還是我們學校的老大，認識後才發現他意外的很單純。

躺在床上，其實我有點不舒服，不過這些日子本來也沒舒服過。

他們看不出來，但是我自己知道，醫生跟我說只剩下一年，那不是開玩笑的，要是再等不到適合的骨髓，那我……真的會死。

我的腦海裡浮現出石智瀚的臉，浮現出第一次見到他的情景，還想起他一開始輸給我的時候，那不可置信的表情。

現在想想，要是能回到過去，回到還沒認識他的時候，我願不願意不要認識他，這樣他就不會參與我人生的最後一段時光。

他陪我走了剩下這一段路，可是未來怎麼辦呢？

他沒有親人、沒有好友、沒有情人，在接下來的時間裡，只剩下他孤零零地待在這麼寂寞的人世。

我雙手掩住臉，眼淚從我指縫之間淌下。

石智瀚，對不起，眞的對不起。

一開始我沒有想這麼多，後來我猶豫過是否要放棄，可是如果錯過一時，就是錯過我的一世，我不像別人有這麼多的時間可以揮霍，所以只能每一刻都按照自己的想法去做。

✦

隔天一早，爸爸很早就來了，還帶來我喜歡的豆芽菜蛋餅，但我不忍跟他說，因爲吃了藥，我嘴裡嚐不太出來味道，吃什麼都有點味同嚼蠟。

「晚點我要去學校開會跟上課，妳一個人可以嗎？」他摸摸我的頭，「今天身體還好嗎？」

「很好啊。」我咬了口蛋餅，佯裝開心地吃了，「石智瀚下午上完課就會來了，你不用擔心。」

「怎麼可能不擔心？」

他笑得很溫柔，在我印象中，他一直都沒有大聲罵過我，「爸……」

「怎麼了？」

「算了，沒什麼事，我只是想……」我頓了頓，猶豫再三，還是問：「你會不會後悔？」

「後悔什麼？」他坐到我床邊。

「如果早知道媽媽生我的時候，會因爲感染而過世，你還會要我嗎？」

我沒有什麼把握，又或者說，問了也是白問，哪個父親會說自己眞後悔，當初不應該要這個小孩的？所以最後我會得到一個肯定的答案。

但我沒有把握的是，我爸心裡到底是怎麼想的。

他彎了彎嘴角，「後悔啊。」

我嗆咳幾聲，瞪大眼睛。

眞的假的啊？原來我爸是這麼想的！

「我最後悔的是，我不應該答應妳這麼胡作非爲，看妳把身體搞成這樣。」他屈起指節敲敲我的額頭，「當年妳媽媽堅持要生妳，我後悔的是我避孕措施沒做好，不應該讓她有要不要選擇生下來的機會。」

我的臉都僵了，天啊，我爸昨天晚上吃了什麼東西，怎麼今天整個人都不對勁了？我一點都不想知道，原來自己的出生是因爲爸媽當年沒做好避孕……

「開玩笑的。」他輕輕地笑了幾聲，「我很高興有妳這個女兒，愛老婆跟愛小孩是兩種不一樣的感覺，我在妳身上知道了，原來全心全意愛一個人的感覺很幸福。」

我眼眶有些熱，「我一直知道你愛我。」

「我也是。」他走上前，抱了抱我。

「爸，那……如果我走了，你能幫我照顧石智瀚嗎？盡量的……」我有些不好開口，又覺得有點心酸，這話裡的言外之意實在太讓人傷心。

果然，我爸的臉色沉了下來。

「如果可以，我希望那是妳自己去做的事情。」他直直地看著我，「栩栩，一直以來，我只希望妳好好的，健康地活著就好。」

我看著他，眼淚一時控制不住，哭著低喊：「我也想、也想健康地活著，為什麼對別人來說是這麼簡單的事情，對我來說就這麼難！」

我真的願意好好在這世界上努力，不逃避所有責任，可是，我不行啊！

爸爸抱緊我，那種無能為力的感覺瀰漫在我們之間。

從小，我們就知道，這一天總會來臨。

總有一天，我爸會白髮人送黑髮人。

總有一天，我的病情會失控，不管我有沒有積極治療，結果都是一樣的。

總有一天，他會失去我。

這些我們都知道，也做好了心理準備，可是到了這天，誰也控制不了情緒。

「好了好了，對不起，都是我不好。」他抽了幾張衛生紙給我，又抽了張抹了抹自己的眼睛。

「不哭了，不傷心，我答應妳，會幫妳照顧好他。」

我鼻塞著，帶著濃濃的鼻音問：「那你能不能再答應我一件事？」

「妳今天怎麼這麼多要求。」他很寵溺地摸摸我，「妳說吧。」

「再找個人過日子吧，我不要見你一個人這麼寂寞。」說到這，石智瀚的身影忽然跟我爸重疊在一起，我彷彿看到寂寞無邊無際地蔓延在他們身旁。

爸爸離開後，護士來到病房內，看著我吃完藥，又做了幾項簡單的檢查後才離開。

我拿出石智瀚昨天做錯的題目，替他寫詳解，後來整理得累了，就從枕頭底下摸出石智瀚求婚用的那條紅緞帶。

我把它剪得很短，短到剛好可以在小指上綁上一個結，當成戒指一樣地戴著。

我沒有答應求婚，所以不能戴無名指。

想起那天的情景，我還是覺得有些想哭，也有些想笑。

石智瀚當時的表情，既錯愕又難堪，可是卻捨不得的模樣，我一直都記得很清楚。

但是我已經很自私地在最後的日子裡，走進他的人生，所以沒有辦法答應他的求婚，我不想讓他跟我爸一樣，在我走了之後，都守著不在的人，過著這麼孤單的日子。

他就是個死心眼的個性，如果沒結婚，也許未來他還能說自己有一段很傷心的初戀，而不是說自己有一段很傷心的婚姻。

他還這麼年輕，未來還有無限的可能，就算我死了，他也不應該跟我一起走入死胡同裡。

看著整理給他的筆記，距離大考只剩下六十幾天了，日子過得很快，他肯定是還沒準備好考試，可惜我準備好了，卻不能上場。

其實我也不在乎考試了，現在滿腦子都是醫生跟我說的話。

醫生說我只剩下一年時間，如果能夠撐過這一年的話，就能夠長命百歲，我心裡知道那只是安慰的話，我這種病，即便撐過了，那也是過一天算一天，恐怕連活過二十五歲都很難。

但我已經平安度過了這麼多日子，也許眞能夠撐過好幾個三百天，可以陪著石智瀚去很遠的地方……

我用力地搖了搖頭，把這些妄想都甩到腦後，人能活多久，看的是天，不是自己，我這麼努力，老天爺也不會多給我一天的時間。

醫院的消毒水氣味忽然竄入我的鼻腔，我攏了攏領口，嘆了口長氣。

閉上眼睛，覺得有點想哭。

理智跟情感畢竟是不一樣的，我想得再樂觀，也都不過是自欺欺人。

雖然知道生死有命，但到了最後，終究擺脫不了疾病的束縛，覺得自己像是被關在籠子裡頭的困獸，再怎麼掙扎，都是白費力氣。

「石智瀚……石智瀚……」

我低聲地喊著他的名字。

「幹麼？」

我嚇住了，愣著看向站在門邊的他，過半晌才吐了句：「你蹺課啊……」

「顯而易見。」他聳聳肩，走過來摸了摸我的頭，「不舒服嗎？」

「沒有。」我別過臉，被他看到我這麼脆弱的樣子，覺得有點彆扭，「我只是……想你了。」

「眞的啊？」石智瀚看著我，像是想從我的眼睛裡找出答案。

「眞的眞的。」我拉住他，把臉埋進他懷中，「爲什麼我拒絕你的求婚，你還天天來？」

「不然怎麼辦？」石智瀚口氣不好，但手下很輕地摸著我的頭，「就算妳拒絕我的求婚，還說了這麼多我沒辦法反駁的原因，讓我無從抗議起，但我知道妳就是這麼奇怪的人，所以我不能拋下這樣的妳不管。」

我被他說得又好氣又好笑，「這話到底是不是在誇我？」

「這話的意思是『愛到卡慘死』。」石智瀚自己笑了出來，轉眼立刻問：「不舒服嗎？要不要找醫生來看看？」

「我沒有不舒服。」我往旁邊挪了挪，「你跟我一起躺。」

他沒再客氣，馬上躺了上來，「栩栩……」

「嗯？」我微微抬頭，只看見他的下巴。

「我只是在想，以後妳可以跟別人說：『我十七歲的時候就有人跟我求婚了。』」石智瀚聲音裡頭有種難以言喻的情緒，「妳看，挺值得驕傲的吧？」

我笑起來，胸口卻疼著，無法化解的酸澀阻塞著鼻腔，「我才不會這麼說，我會說：『我十七歲就拒絕別人求婚了。』」

不過，我……有以後嗎？

我們聊了一會兒，而後推推他，「不讀書嗎？剩兩個月了，能讀多少算多少吧？說不定這一次你就考上了也不一定啊。」

石智瀚捏了捏我的臉，「讀書哪有妳重要。」

他雖然這麼說，但還是下了床，拿出今天的平時考卷出來，昨天幫他複習的成果不錯，所以他的分數也挺好看的，至少有及格了。

「看樣子我有當老師的天分。」我沾沾自喜。

「妳不要以為我考得好一點，就覺得可以當老師了，妳還是當律師就好，不然怪獸家長這麼多，妳那種上課方式一定會被打的。」石智瀚一臉嚴肅，「要不是我脾氣好，我都想打妳了。」

我笑起來，冷空氣竄入胸腔，導致我猛烈地咳起來，而後我跟石智瀚都傻了。

「我去叫醫生。」他很冷靜地站起來，走了出去。

我看著他考卷染上鮮紅的飛沫，雖然只有一點點，卻那麼怵目驚心。

沒事的、沒事的，我安慰自己。

不過就是幾滴鮮血，又不是一整片。

醫生很快就來了，檢查了一下，說我有支氣管發炎的可能，立刻叫護士拿了藥過來，醫生又做了一些檢查，抽了管血，轉身要走之前，看著我欲言又止，最後仍然什麼都沒說。

但那一眼裡頭的含意，我跟石智瀚都理解是什麼意思。

發炎，這意味著我很有可能被細菌感染。

我的白血球數量雖然可以不用住在隔離病房，但不過是剛好達到可以不被隔離的標準，距離正常的數值，還是有落差。

現在的情況，表示我很有可能因為細菌感染而喪命，就跟我媽一樣。

醫生走後，我跟石智瀚相對無言。

「我……可能要跟我爸說這件事。」我聲音啞啞的，想拿手機卻被石智瀚一把抱入懷中。

他的力氣很大，大到懷疑我的肋骨會因此而斷裂，我卻希望他可以更用力一點，好像這樣就能把我留在這個世界。

我不想死，我不想死！

「栩栩，栩栩……」

他一聲又一聲地喊著我的名字，好像不這麼做，我就會隨時從他懷裡離去。

我抱著他，深深地吸了幾口氣。

「我跟你交代一些事情好不好？」我低聲地問。

石智瀚的身體僵了僵，語氣有些不善，「不好。」

我咬著脣，覺得委屈。

又不是我的錯，爲什麼凶我？

「我去樓下買點東西喝，妳要喝嗎？」石智瀚梗著聲音問。

我搖搖頭，拉住他，「你生氣了？」

「沒有。」他回答，想了幾秒又說：「我只是不知道怎麼控制情緒，明明知道不是妳的錯，但是聽妳這麼說，我還是覺得憤怒，我需要去冷靜一下。」

我點點頭，「那你幫我買一杯熱奶茶吧。」

我懂，我眞的懂石智瀚的想法。

他應了聲，又抱了抱我，才走出去。

只是，我雖然懂他的心情，可是他卻不懂我想要交代遺言的迫切，他還有一輩子，但我連自己還剩幾天都不知道。

難怪大家都想要寫遺書，原來是爲了避免最後的尷尬啊。

看著空蕩的病房，我心中充滿了無邊無際的哀傷。

石智瀚很快就回來了，他手上拿著兩杯超商熱飲，還有一碗泡麵。

我無言。

「你買泡麵幹麼？」

「今天晚上我就住這裡了，爲了避免肚子餓，先準備好糧食。」

「理論上我懂。」我有些傻住，「但是為什麼？」

這跟我們剛剛討論的話題，好像有點不一樣？這肯定不是我的錯覺啊！

「不給妳一點顏色瞧瞧，妳還眞的以爲可以交代遺言了。」石智瀚目露凶惡，毫不留情地用食指彈了下我的額頭，「我就住這裡，敢不打起精神，打算放棄治療，妳試試看！」

我傻了幾秒，哈哈大笑，隨即又忍不住嗆咳，「你是神經病喔？」

「剛剛是我錯了。」石智瀚把東西放在一旁的桌上，走了過來，幫我順氣，「妳心情一定比我更差，我竟然還這麼對妳說。」

我的笑容僵在脣邊，「沒事，反正這些事都在意料之內嘛。」

「不要這麼說，不管怎樣，都要試一試，妳都敢在槍口下跟阿言對峙了，努力活下去也一定辦得到。」石智瀚把我攬進懷裡，「等到畢業，我就能夠來醫院整天陪妳了，妳起碼要撐到那時候。」

我乖乖地窩在他懷中，軟軟地嗯了聲。

我跟他說了好一會兒的話，才想起要打電話給我爸，我打了過去，順道請他帶我們的晚餐過來。

掛了電話，才跟石智瀚講解了幾道題目，我爸就來了，提著三人份的晚餐，問清楚剛剛的事情，有些憂心地摸了摸我的額頭。

「我沒事，反正不是支氣管炎，也有可能是別的，放輕鬆吧，就是咳血看起來挺可怕的，仔細想想，不過就是微血管破裂，跟流鼻血一樣，也沒什麼大不了。」我安慰他，石智瀚在一旁聽著，卻有些不忍地別過了眼。

大家安安靜靜地吃著晚餐，飯後我推了推石智瀚的手，「有我爸陪我，你回去吧，明天再來，你睡這裡，我爸要睡哪？」

石智瀚對我皺了皺眉，「我可以打地鋪。」

「神經病，快回去。」我擺手，轉頭跟爸爸說：「爸，你幫我送他回去。」

我爸一向是不介入我跟石智瀚之間的問題，老是在一旁看戲，聽到我說的話，他聳聳肩，表示自己沒有意見，也不干涉。

「好了你快回去吧，我去洗個澡，等等就要睡了。」我確實是覺得累了，而且也想做點別的事情，石智瀚在這裡，我什麼都不能做，我對著我爸使眼色，要他快點把石智瀚帶走。

石智瀚雖然不願意，但還是妥協了，收拾了東西。

「爸，你也回家休息一下再來吧，你身上的衣服一看就知道你是直接從學校過來的，我這裡沒事，你弄好再來。」

「好。」

看到他們一起走出門，我才鬆了口氣，迅速地拿出我的筆電，點開了Word。

以前也不是沒想過要寫遺書，但現在覺得時間到了，是時候做這件事了。

給我爸的遺書挺快就寫好了，之前我們沒有少溝通過這件事，說起來雖然難受，可是我們還算有心理準備，該說的我都說了，所以只寫下一些希望他過得好的話。

但寫給石智瀚的內容，我猶豫了半晌，還是不確定要怎麼起頭。

原來寫遺書這麼難啊……

我琢磨了好一會兒，才開始打字。

石智瀚：

如果你看到這封信，那就表示我已經死了。

我沒什麼要交代你的，只是想跟你說，你的紅線我帶走了，下輩子，你一定要找到我，孟婆湯我會少喝一點，看能不能記得你多一些，然後，我的夢想跟我爸就拜託你了，你要好好照顧我爸，還要努力考上城南法律系啊。

想了想，如果我只留上面這段話給你，你應該會氣到想揍我，所以我只好多寫一點。我現在想不太起來，我有沒有跟你說過「我愛你」？希望我有說過，因爲我眞的很愛你。

然後，不要傷心太久，但也不要馬上就忘了我，不然我會很難過。

遇見你，是我這輩子最幸運的事情，我一直這麼覺得的，所以你不要哭，不要搞得像認識我是件不幸的事情一樣。但是你也不要掛念我太久，要往前看，我想要你將來過得很好，即使你的未來裡，沒有我。

還想跟你說點什麼，卻又覺得說再多都不夠，大概就像人生吧，活得再長都覺得太短。你一定一定要讓自己的人生過得很精彩，這樣你再遇上我的時候，才能有很多事情跟我分享。

栩栩

話說得再多都不夠，日子過得再長都覺得太短，不如就這樣吧。

石智瀚，你一定要過得很好。

關上了電腦，我躺在床上，不只喉嚨不舒服，全身上下都不舒服，像是骨頭裡有一個黑洞，迅速且殘忍地吞噬著我所有的力量。

眞想就這麼睡過去，但就這麼放棄的話，石智瀚會難過吧？

石智瀚，我可是爲了你而努力著啊！

石智瀚，還好你跟我爸走了，不然看到這副情景，你會傷心死吧？

石智瀚，如果你沒走，那該有多好。

我現在好想見你，這一瞬間，如果還能握住你的手，那該有多好？

我撐著一口氣，掙扎地按下了護士鈴，在護士趕來之前，我再也聽不見任何聲音了。

後記 因憤怒而起

嗨，許久不見，大家好嗎？

這結局有超乎你們的預料嗎？（被打）

接連看了兩本喜劇收尾的故事，偶爾穿插一下BE也沒關係吧？哈哈哈。

當初會想寫這個故事，是因為有一次我跟隔壁的Evans還有唯綠吃飯（哇哈哈，身為作者，我想最棒的福利就是可以光明正大地勾搭其他作者吧XD），吃完飯，我們依照慣例，到春水堂喝飲料續攤，在閒聊的時候，談到了彼此間的健康問題。

回想起來，這根本是場老人聚會，當初為什麼會聊到健康呢？只有老人才會講這種話題吧……

總之，我說起了自己從小身體就不好的事。小時候一到冬天，我的身體容易變得很差，常常住院，還曾經問過我爸會不會死在醫院裡；等長大了點，狀況是稍微好了些，但依然長年與藥為伍，平時吃中藥，急症就吃西藥，再不行直接送急診。

大概是因為這樣，我的家人對我的態度十分寬容，可能是基於一種「不知道這小孩能活到什麼時候」的憂慮感，所以對我幾乎是毫不苛求，採放任主義，基本上我想幹麼就幹麼，還是學生時，他們覺得考幾分都不要緊，長大之後，變成賺多少錢也都沒關係。

家人雖然很縱容我，但其實我是個自制自律、自我要求很高的人，因此一直以來滿在乎成績的，我在中學時期，是那種英文考了九十八分會哭的死小孩，不過對成績越是在乎，壓力也就越大，於是想也知道，我這種破爛身體哪負荷得了這麼大的壓力，所以經常頭痛，那時候常常上完半天的課就回家了。

後來跟Evans聊起我家人，他一直覺得這可以寫成一本小說。

「妳父母對妳根本沒有別的期望，只要妳活下去就可以了。」當時他說的大概是這個意思。

所以，這個故事裡先成形的人物，其實是梁曉栩的父親。

然後才有了梁曉栩這個怪胎。

梁曉栩的存在，是我對於自己人生的一種投影。因爲身體不好，常被迫中途放棄很多事情，身體完全跟不上頭腦想的事，基於這種憤怒（？）所以有了梁曉栩這個角色。同樣被病痛所苦的她，想用剩下的日子，去度過自己沒試過的人生，於是找上了石智瀚，這個故事就這麼展開了。

說起來，故事的雛型只是來自於日常生活中的瑣碎小事，但其實寫作就是這樣，先從一個契機開始，然後慢慢地發展成一個完整的故事。

不過每次寫悲劇時，都會有人問：如果主角沒死、沒分手或是沒離開，會有什麼不同的結局？

說眞的，我不知道。

因爲在我心裡，故事只有這個結局，不會有第二種版本，所以不要再問我啦，我眞的不知道。

最後，依照慣例，感謝為這個故事出力的大家，還有正在閱讀這本書的你們。

對作者而言，故事在寫完的時候就已經完整了；但是對一個故事而言，讀者看完之後，故事才能真正的圓滿。

無論這個故事帶給你們什麼感受，謝謝你們讓它圓滿。

那我們就下本書再見了。

煙波　寫於暮秋　府城家中

國家圖書館出版品預行編目資料

倒數三百天／煙波著 . -- 初版 . -- 臺北市；城邦原創, 民 106.01
面；公分 . --（戀小說；68）

ISBN 978-986-93420-9-4（平裝）

857.7 105022379

倒數三百天

作　　者／煙波
企畫選書／楊馥蔓
責任編輯／林鈞儀
行銷業務／林政杰
總 編 輯／楊馥蔓
總 經 理／伍文翠
發 行 人／何飛鵬
法律顧問／元禾法律事務所　王子文律師
出　　版／城邦原創股份有限公司
台北市中山區民生東路二段 141 號 6 樓
電話：(02) 2509-5506　傳眞：(02) 2500-1933
E-mail：service@popo.tw
發　　行／英屬蓋曼群島商家庭傳媒股份有限公司城邦分公司
聯絡地址：台北市中山區民生東路二段 141 號 11 樓
書虫客服服務專線：(02) 25007718 · (02) 25007719
24小時傳眞服務：(02) 25001990 · (02) 25001991
服務時間：週一至週五 09:30-12:00 · 13:30-17:00
郵撥帳號：19863813　戶名：書虫股份有限公司
讀者服務信箱 email：service@readingclub.com.tw
城邦讀書花園網址：www.cite.com.tw
香港發行所／城邦（香港）出版集團有限公司
地址：香港灣仔駱克道 193 號東超商業中心 1 樓
email：hkcite@biznetvigator.com
電話：(852) 25086231　傳眞：(852) 25789337
馬新發行所／城邦（馬新）出版集團 Cité(M)Sdn. Bhd.
41, Jalan Radin Anum, Bandar Baru Sri Petaling,
57000 Kuala Lumpur, Malaysia.
電話：(603) 90578822　傳眞：(603) 90576622
email:cite@cite.com.my
封面設計／黃聖文
印　　刷／漾格科技股份有限公司
電腦排版／陳瑜安
經 銷 商／聯合發行股份有限公司
電話：(02)2917-8022　傳眞：(02)2911-0053

■ 2017 年（民 106）1 月初版
■ 2022 年（民 111）5 月初版 11.5 刷
Printed in Taiwan

定價／250元

ISBN 978-986-93420-9-4